숲에서 어린이에게 길을 묻다

숲에서
어린이에게 길을 묻다

김상욱 아동문학평론집

Changbi Publishers

희망으로 잇닿은 길

어린이문학에 관한 첫번째 책을 낸다. 모든 처음이 그러하듯, 처음은 늘 서투르기 마련인가보다. 그런데도 마음이 어느 때보다 크게 출렁거리는 것 또한 사실이다. 여물지 못한 생각이 그대로 드러날까 두렵기도 하지만, 어린이문학을 향한 설렘을 다시금 느낄 수 있어 마음이 그득하기도 하다. 그러나 이미 세상 밖으로 몸을 내민 한권의 책은 개인의 감회와 무관하게 평가될 것이다. 다만 이 책을 읽는 모두에게 조금 덜 면구스럽기만 바랄 뿐이다.

무엇보다 어린이문학의 주변을 서성이면서 안타까웠던 점은 지금까지의 어린이문학이 주로 어린이를 강조하고 있었다는 점이다. 어린이에게 무엇을 건네줄 것인가가 주된 관심의 초점이 된 나머지, 문학 그 자체의 본질적 속성을 상대적으로 소홀히 해왔던 것이 아닌가 의아했다. 그러나 말할 필요도 없이 어린이문학은 문학이자 예술이다. 어린이문학은 단순히 어린이를 위한 교육용 자료가 아니라, 어린이의 삶 속에 스며 있는 진정성을 아름다움과 깨달음 속에서 형상화한 문학이자 예술이어야 한다. 이 책은 전적으로 문학으로서의 어린이문학, 예술로서의 어린이문학으로 강조점을 이동하고자 기획되었다. 그러나 자칫 문학에 대한 지나친 강조가 어린이의 특수성을 간과하는 또다른 편향으로 기울지 않아야 함도 물론일 것이다. 어린이는 어린이문학을 가능케 하는 가장 중요한 내적 본질이기 때문이다. 따라서 문학으로서의 보편성과 어린이문학으로서의 특수성, 그 어느 한 편에도 치우침 없이 날카로운 긴장을 유지하고, 또 예술적 폭과 깊이를 모색하는 것이야말로 어린이문학이 가야 할 길일 것이다.

책은 전체적으로 네 부분으로 구성하였다. 첫번째 마당에서는 어린이문학의 바탕을 이루는 시각을 정리하고자 하였다. 어린이문학이 도대체 우리에게 어떤 의미를 갖는지 살펴보고자 하였다. 두번째 마당에서는 이야기장르를 중심으로 다양한 갈래에 관한 논의를 거칠게 답사하였다. 판타지나 옛이야기, 그림책 등이 적절한 제자리를 찾아나가야 하는 것은 영역의 확장을 위해서뿐만 아니라, 어린이문학의 총체적 발전을 위해 몹시 중요하다는 점을 드러내고 싶었다. 세번째 마당에서는 어린이문학의 오늘을 있게 만든 역사적 동력들을 식민지시대에서 1980년대까지 주요 작가, 작품을 중심으로 개괄하였다. 어린이문학의 역사를 재구하고자 한 이들 글들이 편향된 것이 아니라 온당한 관점임을 거듭 확인받고 싶었다. 끝으로 마지막 마당에서는 1990년대 이후 비약적으로 진전을 거듭한, 지금 여기에서의 현단계를 주로 현실주의 작품 중심으로 검토해보았다. 다양한 작품들이 서로 중층적으로 작용하며 한 시대를 어떻게 형성해가는가를 보였어야 했는데, 짧은 공부로 말미암아 익숙한 관점과 작품만을 앞서 거론하였다.

지금 생각컨대 문학과 문학교육에서 어린이문학으로 몸을 옮기는 것이 쉽지만은 않았던 듯하다. 그럼에도 이렇게 자리를 옮긴 것은 어린이 문학이 아직도 희망의 담론을 소중하게 끌어안고 있는 문학이기 때문인 듯싶다. 한동안 희망과 함께 즐거이 지내온 지금은 몸을 옮긴 것이 아니라, 새삼 있어야 할 곳에 몸을 부렸다는 느낌이 든다. 그리고 그 따스한 느낌이 새록새록 깊어가는 까닭은 어린이와 어린이문학에서 눈길을 거두지 못하고 있는 철없는, 아니 진정 깨어 있는 어른들이 함께 있기 때문일 것이다. 어느 소설가가 '무엇을 하는가가 아니라, 누구와 함께 무엇을 하는가가 더욱 중요하다'고 쓴 적이 있다. 헌사가 허락된다면 이 조촐한 책을, 함께 공부했던 '동화 읽는 어른', 선생님, 예비작가 들에게 건네고 싶다. 또 이 게으르고 굼뜬 서생에게 이 책 대부분의 글들을 끝까지 연재할 수 있도록 독려해준 『우리교육』 편집인들과 유독 번잡한 글을 단정한 책 속에 담아내준 창비어린이책 편집인들에게 거듭 고마움을 전한다. 끝으로 이 책의 독자들이 좋은 어린이문학 작품을 찾아 읽으며, 삶의 온기를 마음속 깊이 건사해주기를 바란다. 힘겨울 때마다 희망으로 잇닿은 길을 어린이와 어린이문학이 넌지시 알려줄 것임을 나는 의심치 않기 때문이다.

2002년 1월
김상욱

차례

첫째 마당　어린이문학의 바탕

텃밭을 일구는 이들에게

아이들의 눈, 어른의 상상력

꽃과 풀은 어떻게 다른가

텃밭을 일구는 이들에게

1

반갑습니다.

김상욱이라고 합니다. 지면이라 따로 사회자가 없으니 제 머리를 제가 깎아야 할 듯. 저는 춘천교대 국어교육과에 근무하고 있습니다. 대학으로 옮겨온 지 5년 남짓 되었지만 아직도 교수라는 생각은 잘 들지 않습니다. 남들도 그렇게 생각하는 것 같지 않고요. 수위아저씨도 제가 아침에 교문을 들어서면 본척만척합니다. 남들에게는 꼬박꼬박 경례를 척기분 좋게 올리면서도. 언젠가 전체 교수들이 함께 저녁 먹는 시간에 한 원로교수님이 제 어깨를 툭 치시며 "도서관 업무는 다 파악했나? 근데 오늘 여기 왜 왔지?"라고 말해 황당하던 적이 있습니다. 더러 가까운 이들이 도서관장 자리는 아주 따놓은 당상이라고 추어올리곤 합니다. 그 덕분에 삶의 목표가 하나 생긴 셈입니다. 도서관장이 되어 춘천교대 도서관을 우리나라 어린이문학 자료의 메카로 만들 생각입니다.

대학에서 저는 문학을 가르치고 있습니다. 특히 어린이문학을. 저랑 아주 잘 어울리는 일이라고 더러 말합니다만, 아무래도 듣기 좋으라고 하는 말인 듯이 느껴져 간지러울 때가 많습니다. 맑고 고운, 선하고 아름다운 동화·동시의 이미지와 달리, 오히려 저는 많이 지저분하고 늘 상식을 넘어 엉뚱한 일을 벌이는 부잡한 인간이기 때문입니다. 그리고 사실 처음부터 어린이문학을 공부해야겠다고 생각지도 않았습니다. 늘 그러하듯이 예기치 않은 일로 깊이 출렁거리는 것이 우리네 삶이기도 하니까요.

제가 어린이문학에 관심을 가진 것은 순전히 교대라는 곳에서 녹을 먹고 있기 때문입니다. 그렇지 않았다면 그 근처에는 얼씬도 하지 않았을 것입니다. 대개 '어린이문학합네' 하는 이들이란 너나없이 위선덩어리인데다 현실도피주의자라고 생각했으니까요. 집에서는 물방개만큼 큰 바퀴벌레도 닥치는 대로 무엇이든 손에 들고 철썩 내리치면서도, 밖에서는 "어머! 이런 곳에도 파리가 있네." 하며 온갖 호들갑을 떠는 이들, 땀흘려 일하는 이들의 삶은 나 몰라라 팽개쳐두고, 어설프게 눈부신 꽃과 알록달록한 풍선을 노래하는 이들. 물론 그러한 인식은 많이 바뀌었습니다. 그동안 우리 어린이문학이 일구어낸 값진 성과를 이곳에서 가르치며 배웠기 때문입니다.

턱없이 소개가 길어졌습니다. 저는 어린이문학에 관심을 기울이는 모든 이들과 함께 이마를 맞대고 우리네 어린이문학에 대해 생각을 나누고자 합니다. 특히 어린이를 기르는 부모, 선생님, 어린이문학에 직접적으로 관여하는 작가, 연구자는 누구보다도 어린이문학 가까이에서 지내는 이들입니다. 그런 이들을 앞에 두고 서푼어치도 안되는 부스러기 지식으로 너스레를 떨어보려는 마음은 조금도 없습니다. 다만 저는 제가 감동적으로 마주쳤던 책과 사람들을, 그 책과 사람들이 몸을 부리고 있는 어린이문학을, 그 문학이 힘겹게 열어나가고자 하는 우리 어린이들의 과거와 현재, 또 미래를 그저 묵묵히 펼쳐 보일 수 있을 따름입니다. 들어주시겠는지요?

2

어디서부터 실마리를 열어갈까 생각하다가 저는 모든 문학이 뿌리내리고 있는 우리네 삶으로부터 이야기를 시작해야겠다는 생각이 들었습니다.

삶, 인생, 생활. 이렇게 나란히 쓰고 보니 불현듯 뿌슈낀(A. S. Pushkin)의 시가 떠오르는군요. 중국집 한켠에 먼지를 뒤집어쓴 채, 우리를 한없이 위로하던 시. "생활이 그대를 속일지라도/슬퍼하거나 노여워 말라"로 시작하는. 아무래도 생활은, 삶은 우리를 속이기 마련인가 봅니다. 삶은 늘 짐작과는 다른 일들이 얽히고 설킨 채, 누더기 같은 모습으로 우리를 옥죄고 있습니다. 저는 언젠가 삶이 삶은 달걀과 같다고 쓴 적이 있습니다. 생각만으로도 목이 메는, 아주 폭폭한, 폭폭하다고밖에는 달리 표현할 길 없는 삶은 달걀. 여러분들의 생은 어떠한지요?

눈을 뜨고 일어나 어기적거리며 화장실을 가서, 끄응 힘 한번 주고 씻고, 모래알 같은 밥을 간신히 넘기고, 떨어지지 않는 걸음을 옮겨 서둘러 일터로 나가고, 커피를 마시며 전문적이지도 새로울 것도 없는 일을 붙들고 씨름하다 잠깐 "점심은 누구와 무얼 먹지?" 가늠해보고, 오후의 따스한 볕과 나른한 식곤증으로 멍하니 시간만 저울질하다 마침내 긴 하루를 접으며 집으로 가려는데, "어머, 자기. 이제부터 뭐 해? 저기 백화점 쎄일 한대더라. 같이 안 갈래?"라는 한마디에 손목을 이끌려 내키지 않는 저녁까지 먹고, 집으로 돌아와 씻고 텔레비전 보다가 잠이 들고 마는, 삶은 그저 그런 것일 뿐입니다. 덧없는 하루가, 또 고만고만한 한 해가, 그렇게 한 생애가 흐르는 강물처럼 지나가는 게지요.

그러나 삶이 우리를 아무리 속인다 할지라도 아무렇게나 내팽개쳐도 되는 삶이란 어디에도 없습니다. 어쩌면 삶의 의미를 애써 찾으려고 하는 것이 사람들의 부질없는 과욕 때문이 아닌가 생각해보기도 합니다. 저는 간혹 개미가 무엇인가를 물고 따가운 뙤약볕 아래를 지나는 것을 가만히 들여다볼 때가 있습니다. 그나마 곳간을 채울 만큼 기름진 것이라면 아쉬움이 덜하지만, 아무 쓸모도 없을 듯한 부스러기들을 힘겹게 끌어갈 땐 냉큼 손으로 집어 집 앞으로 옮겨주고 싶을 정도로 안타까움을 느낍니다. 그러나 이 역시 사람의 생각일 뿐입니다. 개미는 무엇에 쓸까 골똘히 생각하지 않습니다. 다만 필요한 것이라는, 본능이 내린 판단에 순종할 뿐인 게지요. 그것이 내 앞에 놓여 있기에 끌고 당기며 밀어갈 뿐인 게지요. 그러니 우리네 사람들도 삶이 앞에 놓여 있다는 사실만으로도 어기차게 살아야 마땅할 것입니다.

더욱이 우리네 삶은 길고 지루한 일상만으로 잔뜩 메워져 있지만도 않습니다. 누구나 조금만 곰곰이 생각해보면 깨닫게 될 것입니다. 저물녘 별이 하나둘 돋아나듯, 빛나는 순간들이 내 삶에도 깊이 아로새겨져 있음을. 그 순간은 비록 짧게 스치고 지나가지만, 삶 전체의 의미를 뚜렷하게 밝혀줍니다. 마치 어둔 밤 한줄기 번개가 산과 강, 들판과 마을을 짧게, 그러나 한꺼번에 비춰 보이듯이. 저는 삶이란 길고 지루한 일상과 섬광처럼 빛나는 아주 황홀한 순간들로 이루어져 있음을 거듭 느낍니다. 그 순간이 삶의 도처에 도사리고 있기에, 그 순간들을 생각하는 것만으로도 너끈히 한 생애를 힘주어 끌어안을 수 있는 것이겠지요.

영화나 드라마가 우리를 설레게 하는 것도 바로 이 때문입니다. 이미 스치고 지나간 그 순간을 오래도록 응시할 수 있게 해주기 때문입니다.

누군가를 처음으로 깊이 사랑하던 순간, 세상의 모든 것들이 딱 숨을 멈춘 채 목을 길게 빼고 훔쳐보려 하던 외진 골목길에서의 스칠 듯 마주치던 첫 입맞춤의 순간, 처음 교실에 들어와 짙은 먹머룻빛 순결한 아이들의 눈을 만난 순간, 그 눈동자 한켠에 비친, 웃을 듯 울 듯 엉거주춤 서 있던 어린 병아리 선생님의 모습을 들여다본 순간, 오랫동안 산고를 겪고 나서 마침내 꼬물거리는 한 생명을 안아들고 꼭 움켜쥔 손을 하나씩 조심스레 펼쳐보던 순간, 앞질러 세상을 뜨고 만 가까운 지인들의 고요한 얼굴 곳곳에 스며들어 있던 검버섯을 내려다보는 순간, 이 순간들을 영화나 드라마는 문제삼고 있기 때문입니다. 그 순간은 연기를 하는 배우들의 삶이 아니라, 바로 우리들 자신이 잊고 있던, 우리들 자신이 반드시 찾아내고야 말 모습 그것입니다.

그러나 정작 영화나 드라마는 어느정도의 장삿속을 떨쳐버릴 수가 없습니다. 만만치 않은 제작비용으로부터 자유로울 수 없기 때문입니다. 삶의 진정한 표정을 담고 있는 빛나는 순간들을 드러내 보일 때조차 상업적인 기획은 교묘하게도 우리가 마주치는 경험세계를 지나치게 단순화하거나 미화함으로써 왜곡합니다. 삶의 진정성이란 있는 그대로의 모습으로 우리 앞에 펼쳐져야만 합니다. 더 많은 사람들이 보고 느낄 수 있도록 조작된다면 그것은 우리들 자신이 겪는 생의 충만한 고통과 기쁨이 아니라, 한번 걸러진 보편적인 경험이 될 따름입니다. 사랑은 결코 보편적인 경험이 아니라 나라는 특정한 개인의 경험이며 어떤 일반화로도 담아낼 수 없는 구체적인 경험이기 때문입니다.

결국 생의 빛나는 순간을 공유하기 위해서는 영화나 드라마보다 다른 예술에 기대야만 합니다. 무릇 모든 예술, 모든 진정한 예술은 생의 진정성을 드러내는 순간을 탐구의 대상으로 삼습니다. 그리고 아주 구체적이고 개별적인 한 예술가의 눈으로 이 탐구를 진척시켜 나갑니다. 아도르노(T. W. Adorno)라는 독일의 미학자가 말한 대로 "서정성에 깊이 닻을 내리면 흔쾌히 서사성과 마주치게 된다"는 것도 이러한 의미일 것입니다. 한 예술가의 독특하고 구체적인 느낌으로 표현되는 서정성이 어느새 모든 살아가는 사람들의 느낌과 아름답게 만난다는 것입니다. 그것은 누구의 구미에나 맞는 보편적인 틀을 먼저 설정하고, 여기에 억지로 구체적인 느낌을 담아낸 장삿속과는 판이하게 다른 것입니다. 그것이 바로 진정한 예술의 본질인 것이지요.

우리는 이들 예술작품을 통해 비로소 삶의 빛나는 표정들을 날것 그대로 만나게 됩니다. 우리가 아직 겪지 못한 순간, 이미 겪었으나 무심히 지나쳐버린 순간, 내가 가슴 먹먹해하며 겪었던 일을 거듭 겪게 되는 순간 들이 예술작품에는 빼곡히 들어차 있는 것입니다.

지난해 제가 본 영화 중 가장 아름다운 영화는 로베르또 베니니(R. Benigni)가 감독과 주연을 맡은 「인생은 아름다워」(La Vita e Bella)였습니다. 그 영화만큼은 예술이란 이름에 값할 만큼 충분히 아름다운 영화였습니다. 좁은 텔레비전 화면으로 본 것입니다만, 아주 우스꽝스러운 배우의 몸짓과 표정에도 불구하고 저는 영화를 보는 내내 가슴을 억누르는 답답함을 떨치지 못하고 있었습니다. 영화가 끝나고서도 막막하게 어두운 숲을 창 너머로 바라보며 오래도록 영화가 안겨준 고통 안에서 머물러 있어야 했습니다. 거듭 나에게도 인생은 아름다운 것인지, 아름다운 것으로 그렇게 만들어가고 있는지를 되물으면서. 저는 새삼 진정한 예술은 한없이 사람들을 고통스럽게 만든다는 사실을 깨달아야만 했습니다. 그리고 그 고통이 삶을 새로운 눈으로 들여다보게 한다는 것도 깨달아야만 했지요.

또다른 경험 한가지도 생각나는군요. 몇해 전 일입니다. 집과 아주 가까워 저는 과천 현대미술관에 가족들과 산책을 가곤 합니다. 비용도 들지 않고, 무엇보다 사람도 많지 않아 언제나 아주 쾌적한 나들이 길입니다. 그런데 가는 날이 장날이라, 마침 '민중미술 15년전'이란 전시회가 열리고 있었습니다. 그곳에서 저는 80년대와 90년대를 거칠게 가로지르던 수많은 사람들의 눈물과 땀, 희망과 고통을 돌이켜볼 수 있었습니다. 그곳에서 본 신학철의 「모내기」나 「한국현대사 연작」도 신문에 오르내린 횟수만큼 인상적이었고, 임옥상의 「어머니」란 작품도 아주 좋았습니다. 임옥상의 작품은 종이 부조로 뜬 것이었는데, 늙은 어머니가 말라비틀어지고 축 처진 젖가슴을 그대로 드러낸 채, 손을 내려뜨린 모습으로 대지에 뿌리내리고 있는 조각이었습니다. 붉은 황톳빛의 채색이 흙 속에서 평생을 살아낸 모습을, 어머니의 이마를 가로지르는 고랑진 주름 속에서 삶의 생채기를, 무엇이든 안길 듯한 그 품안에서 생명을 길러낸 도도한 힘을 함께 볼 수 있어 좋았습니다.

그러나 이 전시회에서 가장 오래도록 저의 발길을, 눈을, 마음을 붙든 작품은 이렇게 큰 이름을 거느린 작품이 결코 아니었습니다. 누가 그린 것인지조차 까맣게 잊을 정도로 이름없는 화가가 그린—나중에야 저는 이 그림이 주재환 선생의 작품임을 알게 되었지요—그 그림은 크기도 그저 A4용지만했으며, 채색은 전혀 없는 그림이었습니다. 그것은 어느 책상에나 하나쯤은 있을 법한 탁상용 달력을 그린 것이었습니다. 큰 네모 칸에 숫자만 댕그렇게 있는 그 달력은 어느 민주화운동단체의 간사 일을 하는 청년의 책상 앞에 놓인 달력인 듯했습니다. 그달치의 달력에 빼곡하게 들어찬 메모들은 누가 분신하고, 누가 죽고, 누구의 영결식에 갔으며, 어디에서 언제 집회가 있으며, 몇시에 어느 장지로 모일 것을 일일이 기록해두고 있었습니다. 그것은 김지하가 조선일보에 '죽음의 굿판을 집어치워라'라는 과격한 칼럼을 썼던, 유난히도 많은 젊은이들이 스스로 몸을 던져 죽어나가던 그달치의 달력을 그린 것이었습니다. 난데없는 저물녘의 산책길에서 저는 날카로운 비수 하나를 깊숙이 받아 안아야만 했던 것입니다. 물론 그 비수는 이미 오래 전에 내 등에 꽂힌 채, 틈만 나면 깊은 동통을 안겨주던 것인지도 모릅니다. 저는 그 그림을 보는 순간, 놀랍게도 그때의 그 순간으로 되돌아가 있었습니다. 그 무엇도 하지 못한 채, 다만 깊이 고통스러워하고만 있던 즈음으로. 이 그림을 앞에 두고 망연해하던 저를 이끌며 "아빠, 왜 그래? 아빠, 왜 그래?" 하며 얼굴을 바싹 들이대던 아들녀석의 놀란 표정이 제게는 아직도 선명하게 남아 있습니다.

그렇습니다. 진정한 예술의 힘이란 바로 여기에 있습니다. 삶을 비로소 삶답게 만드는 순간들을 다시금 불러들이고, 앞질러 엿보게 하고, 더욱 선명하게 부조해내는 것, 그것이 진정한 예술의 기능인 것입니다. 예술작품을 통해 우리는 거꾸로 삶의 감추어진 의미를 거머쥘 수 있게 되는 것이지요. 사실, 그것은 오직 예술을 통해서만 가능한 일이기도 합니다. 예술만이 경험 그 자체만큼이나 구체적이고 개별적인 모습으로 우리에게 친숙하게 말을 건네기 때문입니다.

3

예술의 기능이 삶의 진정성을 밝히는 것에 있다면, 예술의 한 종류인 문학 또한 의당 그러해야 할 것입니다. 물론 좋은 문학작품에 한해서입니다만. 문학은 다른 예술과 매재(媒材)인 언어만 다를 뿐, 예술 본연의 기능을 나누어 갖는다는 데에는 어떠한 차이도 없습니다. 차이가 없을 뿐만 아니라, 문학은 다른 것에 비할 때 더욱 유용한 예술작품이기도 합니다.

그림의 경우 우리는 멀리 전시장을 찾아야만 합니다. 그렇지 않을 경우, 우리가 볼 수 있는 것은 복제품이거나, 어떤 질감도 느껴지지 않는 평면으로 된 사진일 뿐입니다. 그러나 복제품이나 사진이 원화 자체와 동일한 감동을 안겨줄 리는 결코 없습니다. 음악도 다르지 않습니다. 공연장을 엄숙한 정장으로 찾지 않는 다음에야 우리가 듣는 음악은 음악 그 자체가 아니라, 그 일부인 소리일 뿐입니다. 연주자의 움직임들을 볼 수 없는 음악은 상품화된 음악일 따름입니다.

사람들은 드러누워 텔레비전 중계를 봐도 되는데, 굳이 경기장을 찾아가 축구경기를 보려고 합니다. 텔레비전이 부리나케 공만 쫓아가는 데 반해, 경기장에서는 화면에 포착되지 않을지라도 11명의 선수들이 공의 흐름에 따라 멈추고 달려나가는 전체를 눈에 담을 수 있기 때문입니다. 무엇이 진짜 축구경기를 보는 것일까요? 생생한 현장성을 빠뜨린 예술 작품은 녹화된 경기를 보는 것만큼이나 맥빠진 것일 따름입니다. 이미 익숙해져버린 우리들은 그조차 느끼지 못하고 있습니다마는.

그러나 문학은 언제, 어떠한 모습으로 존재할지라도 그 자체가 곧 하나의 원본입니다. 작품을 한 편 보시지요.

아버지

어릴 때
내 키는 제일 작았지만
구경터 어른들 어깨 너머로
환히 들여다보았었지,
아버지가 나를 높이 안아 주셨으니까.

밝고 넓은 길에선
항상 앞장세우고
어둡고 험한 데선
뒤따르게 하셨지.
무서운 것이 덤빌 땐
아버지는 나를 꼭
가슴속, 품속에 넣고 계셨지.

이젠 나도 자라서
기운 센 아이
아버지를 위해선
앞에도 뒤에도 설 수 있건만
아버지는 멀리 산에만 계시네.

어쩌다 찾아오면
잔디풀, 도라지꽃
주름진 얼굴인 양, 웃는 눈인 양
"너 왔구나?" 하시는 듯
아! 아버지는 정다운 무덤으로
산에만 계시네.

—이원수 『너를 부른다』, 창작과비평사 1979.

이 동시는 이원수 선생이 생전에 마지막으로 쓴 작품입니다. 병상에 누워 쓴 동시와 이 번잡한 글의 한 귀퉁이를 차지하고 있는 동시 사이에는 어떠한 차이도 없습니다. 이 자체가 곧바로 생동하는 현장성으로 우리 앞에 놓인 작품인 것입니다.

동시는 어린시절 무동을 태워주던 아버지에 대한 회상으로 시작됩니다. 이어서 또다른 기억들을 나란히 불러세워, 아버지가 자신에게 어떤 존재였나 그려 보입니다. 그리고 이제 세월이 흘러 자신 역시 조금 자랐으나, 당신은 이미 돌아가셨음을 안타까이 돌이켜봅니다. 그리고 무덤가에서 정답게 자신을 어루만지는 아버지를 느끼는 것으로 끝맺고 있습니다. 뿌듯함에서 안도감, 안타까움, 그리움으로 정서를 시시각각 변화시켜가며, 죽음을 앞둔 한 시인의 곡진한 그리움을 말갛게 그려내고 있습니다. 더욱이 거듭되는 '산에만 계시네'에 담긴 애틋함을 어루만지고 있노라면, 우리는 곧장 우리들 자신의 아버지에게로 눈길을 되돌리게 됩니다. 비록 아스라한 기억 저편에 놓여 있기는 하지만, 당신이 보여주시던 사랑의 몸짓을 다시금 떠올리게 되는 것입니다.

다음 임길택 선생의 동화에서도 아버지는 몸을 내밀고 있습니다.

"누구, '염낭거미'에 대해 아는 사람 있어요?"
………

부끄럼 많은 순임이는 더 이상 뒷말을 잇지 못하고, 대신 선생님이 설명을 했다.

"이 거미들은 주로 풀잎을 말아 그 속에 집을 짓고 새끼를 까요. 그런데 알에서 갓 깬 어린 새끼들은 스스로 먹이를 찾아 나설 만큼 튼튼하지 못해요. 그래서 제 어미 몸뚱이에 든 양분을 빨아먹고는 껍질만 남겨 놓지요."

선생님은 그런 어미 염낭거미가 우리 부모님들과 하나도 다르지 않다고 했다. 죽어라 하고 벌어 자식들 뒷바라지하다 보면, 어느 새 당신들에겐 뼈와 가죽만 남는다는 거였다. 그러면서도 누구한테 따뜻한 위로의 말 한 마디 들어 보지 못하고 지내 왔는데, 이웃들조차 하나 둘 어디론가 떠나가니 성질이 거칠어지지 않았다면 되레 정상이 아니라 했다. 어찌 됐든 지금, 우리들만이라도 농사짓는 부모님들을 이해해야 할 때라고 말하는 선생님 목소리는 어느 새 떨리고 있었다. (임길택 「아버지의 손」, 『느릅골 아이들』, 산하 1994)

가난한 산골 아이들의 아버지가 이 동화가 탐구하는 미적 대상입니다. 아이들의 아버지는 누구랄 것도 없이, 만취하도록 술을 마시고, 벌컥 화를 내고, 밥상을 엎거나, 어머니에게 분풀이 주먹을 날리는 존재로 그려지고 있습니다. 그러나 이야기가 진행될수록 우리는 아버지의 삶에 얽혀든, 도무지 납득하기 힘든 고통을 알게 됩니다. 섬세한 원인의 탐구, 그 탐구를 충분히 개연적으로 보여주는 '염낭거미'의 형상에 힘입어, 이 작품은 우리네 아버지들이 왜 그렇게 일그러졌는지를 깨닫게 해줍니다.

더욱이 이 깨달음은 윤리교과서가 전하는 마른 등걸 같은 교훈과 판이하게 다릅니다. 이 동화는 시종일관 경아라는 여식아이의 눈으로 묘사되고 있으며, 줄곧 그 아이 마음의 결을 쫓아가며 오르내림을 거듭하다 마침내 한 세계의 감추어진 진실을 끌어안게 됩니다. 선생님의 상세한 설명이 다소 거슬리기는 하지만 "경아는, 아버지의 손을 그릴 때 땟자국 한 곳이라도 보태거나 빼어선 안된다던 선생님 말을 떠올렸다"는 이 동화의 마지막은 아주 정갈한 매듭이 아닐 수 없습니다.

좋은 예술작품이 늘 그러하듯, 이들 작품 또한 우리의 자각과 인식을 새롭게 일깨워줍니다. 우리네 주변을 둘러싸고 있는 사물과 사람들과 사람들 사이의 관계를 새로운 눈으로 응시하게 함으로써, 삶이 무엇인지 또 삶은 어떠해야 하는지를 또렷하게 밝혀 보이고 있는 것입니다.

4

어린이문학의 범주 안에 들어오는, 어린이를 주요한 독자로 삼고 창작된 동화나 동시 역시 삶의 빛나는 순간을 포착하여 그것을 독자들의 삶에 되돌려준다는 점에서 예술이기는 마찬가지입니다. 그리고 모든 문학이 그러하듯, 가장 손쉽게 만날 수 있는 예술작품인 것도 물론입니다. 우리는 5, 6천원의 적은 돈으로 한권의 동시집, 한권의 동화집이 아니라, 아름다운 몇편의 예술작품을 감상하고 향유할 수 있게 되는 것입니다.

더욱이 어린이문학 작품은 유독 아이들만을 위한 예술품은 아닙니다. 무릇 예술이란 깊이의 문제이지, 크기의 문제가 아니기 때문입니다. 화폭의 크기가 크다고 해서 결코 더 좋은 작품이 아니듯, 경험의 세계가 넓은 편폭을 가진다고 해서 결코 더 좋은 예술작품일 수는 없습니다. 작은 그림에는 작은 아름다움이 깃들듯, 아이들의 경험세계에는 거기에 어울리는 아름다움이 깃들며, 또 그만한 감동이 뒤따르기 마련이지요.

또한 아이들의 경험과 어른의 경험 사이에 높고 긴 만리장성이 있는 것도 물론 아닙니다. 예술이 빚어내는 아름다움이란 특정한 이들만을 위한 아름다움이 아니기 때문입니다. 마치 서양문학이 서양인들만을 위한 문학이 아니듯, 아프리카문학이 그들만의 문학이 아니듯, 뛰어난 문학작품은 누구에게나 깊은 공감과 눈부신 깨달음을 안겨주기 때문입니다.

무엇보다 좋은 어른, 좋은 선생님은 스스로의 기쁨을 발견하기 위해 동화와 동시를 읽을 뿐만 아니라, 아이들에게 가장 빛나는 문화적 산물인, 제대로 된 예술작품을 건네기 위해서라도 좋은 동화와 좋은 동시를 찾아나서야 할 것입니다. 아직도 어린시절 읽은 『플란더스의 개』가 안겨주던 놀라운 감동을 기억하고 있다면 말입니다. 권정생 선생의 「강아지똥」에 스며 있는 감동을 우리 아이들에게도 건네주어야 하지 않겠는지요?

여름의 끝자락인데도 햇볕은 아직 따갑기만 합니다. 그래도 오래지 않아 가을을 재촉하는 풀벌레소리가 빈 마음을 가득 채울 것입니다. 그 빈 마음을, 풀벌레소리와 함께 우리네 어린이문학이 그동안 일구어온 빛나는 시와 이야기들로 채울 수 있다면 얼마나 좋을까 생각해봅니다. 동화 읽는 어른, 동화 읽는 선생님. 참으로 근사한 어른들과 선생님의 형상이 아닌지요?

따분한 이야기 끝까지 들어주셔서 그저 고마울 따름입니다. 건강하시길 바랍니다.

■ 찾아 읽기

김상욱 『다시쓰는 문학에세이』, 우리교육 1998.
이원수 『너를 부른다』, 창작과비평사 1979.
임길택 「아버지의 손」, 『느릅골 아이들』, 산하 1994.
권정생 『강아지똥』, 길벗어린이 1996.

아이들의 눈, 어른의 상상력

1

어릴 적 내 꿈은 작가가 되는 것이었다. 초등학교 때 선생님이 "네 꿈이 무어니?" 하고 물으시면 셰익스피어와 같은 대문호가 되는 것이라고 말하곤 했다. 사실 대문호가 무엇을 뜻하는지 제대로 알지도 못하던 주제에. 중학교에 올라가서는 아무래도 대문호가 되기는 어려울 듯했다. 그래서 다시 정한 것이 소설가였다. 그런데 이것조차 고등학교에 들어가서는 시인으로 바뀌었다. 시가 그나마 짧으니까. 대학에 들어와서는 동화작가가 되어볼까 생각했다. 어린아이들을 상대로 하는 동화는 그래도 쓸 수 있지 않을까 하는 자신감으로. 지금은 이도저도 아닌 문학을 가르치는 선생님이 되었을 뿐이고, 더러 쓰는 글에는 문학평론가 아무개라고 소개가 되어 있다. 시도 소설도 쓰지 못하면서 그나마 문학 언저리에서 헤어나지 못한 채 맴돌고 있는 이들이 바로 평론가이다. '그 잘난 네가 한번 써봐라'라는 말이 아마도 이들이 가장 싫어하는 말일 게다.

간혹 왜 몇줄만 쓰면 되는 시인이나 코흘리개 어린것들의 마음을 홀랑 사로잡는 동화작가가 못되었을까 생각해본다. 고등학교 시절에는 시를 많이도 읽고 쓰고 했다. 아름다운 시어나 마음에 드는 시는 따로 공책을 만들어 적어두기까지 했다. 그리고 백일장 같은 곳에 가서 시 제목을 받아들면 그와 관련된 시어들을 먼저 잔뜩 나열해두고, 그것을 이리저리 짜맞추어 한 편의 그럴싸한 시를 완성하고는 했다. 더러 상도 타기는 했지만 시인이 되지는 못했다. 아주 나중에야 깨달았다. 시란 아름다운 언어를 이리저리 꿰어맞추는 것이 아님을. 시란 새로운 관점, 새로운 눈으로 세상과 마주친 경험을 쓰는 것임을 뒤늦게야 깨달았다. 애초 출발부터가 잘못된 것이다.

동화작가가 되지 못한 것도 다르지 않다. 동화 역시 문학이며, 또한 예술인 다음에야 문학으로서의, 예술로서의 품격이 깃들어야 한다. 예술로서의 문학이 아닌 동화는 동화가 아니다. 그런 동화를 쓰는 사람이 동화작가가 아닌 것도 분명하다. 시나 소설을 잘 쓰지 못하니 동화라도 쓰겠다는 발상은 참으로 한심한 것이다. 그것은 동화를 위해서도, 그 동화를 읽는 어린이를 위해서도, 그런 유의 동화를 써대는 작가 자신을 위해서도 불행한 노릇이다.

아니, 오히려 동화는 문학으로서의 품격에 덧붙여 더 많은 것을 요구한다. 문학이기는 마찬가지지만, 시나 소설과는 질적으로 다른 문학이다. 서로 다른 장르의 문학인 것이다. 식민지시대의 이태준이나 현덕과 같이 소설도 쓰고 좋은 동화도 남긴 이가 더러 있다. 그러나 어디까지나 예외일 따름이다. 한때 현역 소설가들의 동화가 유행을 탄 적이 있다. 그러나 그 작품들은 한결같이 수준 과잉 혹은 미달의 교훈담이거나, 도식적인 알레고리에 기댄 태작이었을 뿐이다. 동화가 갖출 최소한의 필요조건인 '아이들의 눈으로 세상을 본다'는 당연한 원칙이 지켜지지 않았기 때문이다.

어린이문학이란 아이들을 독자로 상정하고 창작된 문학작품이다. 따라서 독자인 아이들의 눈높이에 맞추어야 한다. 아이들의 눈과 마음으로 마주친 경험을 담고 있어야 하며, 아이들이 읽고 공감하고 감동할 수 있어야 한다. 더욱이 아이들은 어른과 달리 단일한 묶음으로 묶이지 않는 존재들이다. 끊임없이 성큼성큼 성장하고 있는 존재인 것이다. 초등학교 1학년과 6학년은 한묶음으로 묶일 수 있는 아이들이 아니다. 교실에 앉아 지우개가 없어졌다고 울고, 옆짝이 운다고 따라서 훌쩍거리며 우는 1학년과 가슴이 불룩하게 솟아오르고 불규칙하게나마 생리를 치르는 6학년이 어떻게 똑같은 아이들이란 말인가? 그 차이, 성장에 따른 차이를 모른다면 어린이문학은 한 발짝도 어린이들에게로 다가서지 못할 것이다.

2

어린이의 눈으로 자신과 자신을 둘러싼 세상을 경험하고, 그 경험을 어린이들이 읽을 수 있게 성장단계에 맞추어 창작하는 일이 쉬운 일은 결코 아닐 것이다. 나는 아무래도 동화작가가 되지 않은 것을 천만다행으로 생각한다. 시나 소설은 비슷한 흉내나마 낼 수 있겠지만, 동화는 흉내내는 것조차 가능하지 않다. 아이들의 슬픔과 기쁨, 고통과 환희, 서러움과 뿌듯함 등 아주 기초적인 감정조차 제대로 헤아리지 못하기 때문이다.

아이들의 경험과 아이들의 성장과정을 알지 못한 채 창작되는 모든 어린이문학은 어린이문학이 아니다. 양의 탈을 쓴 늑대라고나 할까. 그저 책상머리에 앉아 아이들이 이래야 한다거나 아이들이 이렇게 느끼지 않을까 하고 쓴 작품들은 한결같이 늙은 애의 생각이거나 애늙은이의 생각일 뿐이다. 그렇게 씌어질 경우, 아이들을 미숙한 어른으로 여기고 잔뜩 부풀린 교훈만을 전달하거나, 이상적인 인간으로 가정하고는 아름답고 어여쁘게 꾸며내는 일에 급급하게 되는 것이다. 어린이는 계몽주의자들이 보듯 가르쳐야 할 훈육의 대상도 아니며, 그렇다고 낭만주의자들이 생각하듯 '천상에서의 기억을 아직도 간직하고 있는' 찬탄의 대상도 아니다.

아이들은 우리와 다를 바 없이 현실 속에서 살아가는 존재이며, 삶에서 거듭되는 성장과정을 고통으로 때로는 기쁨으로 경험하는 존재이다. 자신을 둘러싼 환경으로 인해 힘겨워하고, 스스로의 정체성을 되물으며 자아를 찾아나간다. 친구들 사이에서 따돌림을 당하지 않기 위해 전전긍긍하며, 선생님께 인정받고자 고심하기도 한다. 때로는 놀라운 상상력으로 어른들을 놀라게 하지만, 골똘히 한 생각에 파묻힌 채 앞뒤 없이 큰일을 벌이기도 한다. 구걸하는 사람에게 한푼이라도 건네기 위해 호주머니를 뒤적이기도 하며, 기르던 강아지와 헤어지기 싫어 며칠을 눈이 붓도록 울기도 한다. 그런가 하면 싫어하는 친구에게는 그럴 수 없다 싶게 잔혹하게 대하고, 잠자리를 손에 꼭 쥐고는 맥없이 죽게 만들기도 한다. 아무래도 아이들은 어디로 튈지 모르는 럭비공 같은 존재인 것이다.

더욱이 아이들은 아주 민감하다. 작은 일에도 깊이 출렁거리며 마음속 깊이 받아들인다. 성장기에 받아들이는 경험은 아주 작은 것일지라도 몸 곳곳으로 퍼져 피가 되고 살이 되어 성장의 자양분으로 급속히 전화한다. 마치 작은 흰쥐가 담배연기에 몇분도 견디지 못하고 숨을 가쁘게 내쉬듯이, 아이들은 작은 영향에도 빠르게 반응을 보인다. 그만큼 섬세한 존재들인 것이다.

그럴진대 어른들이 자신의 이러저러한 관점으로 마구 써낸 동화가 아이들의 삶에 어떠한 도움도 되지 못함은 명확하다. 이 작품들은 아이들에게 전혀 공감을 안겨줄 수 없는 낯선 세계일 따름이다. 뿐만 아니라 아이들을 억압하거나, 아이들에게 그릇된 인식을 심어주기까지 할 것이다. 나무줄기에 옹이가 박히듯 아이들의 내면을 뒤틀어놓고 말 것이다. 그 반대의 경우도 물론이다. 좋은 작품은 깊은 생각과 따뜻한 마음을 건네줄 것이며, 그 안에 담긴 진실한 삶의 모습은 아이들의 삶을 변화시킬 것이다.

좋은 작품이 바꾸어놓는 아이들의 삶은 사실 겉으로는 잘 드러나지 않는다. 그러나 진정한 변화란 눈으로 확인할 수 있는 것이 아니다. 눈에 보이는 갑작스러운 변화는 다만 변화된 척하는 몸짓일 따름이다. 참으로 진정한 변화는 나무가 자라듯 보이지 않게 조금씩 바뀌는 것이다. 자신도 모르는 사이에 삶의 아름다움이 무엇인지, 삶을 어떻게 마주해야 하는지 알게 되는 것이다.

많은 설명보다 어쩌면 다음의 시 한 편이 선명하게 밝혀줄 것이다.

할아버지 요강

아침마다
할아버지 요강은 내 차지다.

오줌을 쏟다 손에 묻으면
더럽다는 생각이 왈칵 든다.
내 오줌이라면

옷에 쓱 닦고서 떡도 집어 먹는데

어머니가 비우기 귀찮아하는
할아버지 요강을
아침마다 두엄더미에
내가 비운다.
붉어진 오줌 쏟으며
침 한 번 퉤 뱉는다.

　　　　　　　　　—임길택『할아버지 요강』, 보리 1995.

　이 시는 보리 출판사에서 나온 『할아버지 요강』이란 시집에 실린 시다. 임길택 선생이 작고하기 두 해 전에 펴낸 두번째 시집이다. 이태수 화백이 아슴아슴한 느낌을 안겨주는 점묘로 그려낸 세밀한 그림이 시집의 곳곳에 있어 책 전체가 참 아름답다. 선생의 시 역시 기교가 없는 아주 맑고 담백한 시편들로 시집을 풍요롭게 만들고 있다. 특히 「할아버지 요강」은 시인이 자신의 시집 제목으로 삼을 만큼 아끼는 시임이 틀림없다.

　그러나 정작 이 시를 읽은 아이들의 반응은 심드렁하기 그지없었다. 다만 "내 오줌이라면 / 옷에 쓱 닦고서 떡도 집어 먹는데"라는 부분이 재미있다고 생각할 따름이었다. 그렇지만 대부분의 아이들은 시의 화자인 아이가 할아버지를 아주 좋아하고 있다는 점만은 분명히 알고 있었다. 오히려 대학생들에게는 그 사랑을 알기까지 많은 설명을 해주어야만 했다.

　무엇보다 이 시가 좋은 점은 더러운 것을 더럽다라고 말하고 있다는 점이다. "더럽다는 생각이 왈칵 든다"나 "침 한 번 퉤 뱉는다"에는 어떠한 꾸밈도 없다. 교훈을 전하기에 급급한 시인이라면, 아마도 마지막 행쯤엔 '그래도 나는 할아버지가 좋다'는 말이 끼여들었을 법하다. 그러나 이 시에는 억지스러운 감정 표현이 없다. 그런데도 이 시에는 할아버지를 애틋하게 생각하는 마음이 담겨 있다. "내 차지다"나 "내가 비운다"에서 더럽지만 기꺼이 그 일을 감당해내는, 할아버지를 향한 애정이 담겨 있다. 더욱이 "붉어진 오줌"에서 알 수 있듯 지금 할아버지는 와병중이다. 더러운 것은 더러우며, 사랑하는 것은 사랑하는 것이라는 이 단단한 선언이 이 시에는 거침없이 표현되어 있는 것이다. 더럽지만 사랑한다거나 사랑하지만 더럽다거나 하는 어정쩡함이 없다. 그것이 아이들이 보고 겪으며 생각하는 현실이다.

사실 동시는 읽기가 여간만 어려운 것이 아니다. 오히려 깊은 의미를 찾는 데에 익숙해진 어른들로서는 읽기가 더욱 어렵다. 권태응의 「감자꽃」을 읽고도 나는 이 동시가 왜 그렇게 좋다고들 하는지 알기 어려웠다.

자주 꽃 핀 건 자주 감자,
파 보나 마나 자주 감자.

하얀 꽃 핀 건 하얀 감자,
파 보나 마나 하얀 감자.
　　　　　　　　　　　　　　　—권태응 「감자꽃」, 『감자꽃』, 창작과비평사 1995.

이 동시를 오래도록 마주해온 나는 1연에 '아이들의 소박한 관점이 표현되어 있어 좋은가?' 하고 생각한 적이 있다. '사실 자주꽃이 피어도 감자는 하얀데 아이들은 이렇게 상상하는구나' 하고. 그런데 얼마 전 자주꽃 핀 것은 정말 자주 감자가 열린다는 사실을 농사짓는 사람에게서 들었다. 껍질이 고구마나 순무처럼 자줏빛을 띠고 있다는 것이다. 그렇다면 이 시에는 어떤 기발한 상상력도 없게 되고 만다. 그렇다면 이 동시는 왜 좋은 동시일까?

잘 모르겠다고 자꾸 갸우뚱거리자 어느 술자리에서 시인 도종환 선생이 "왜 그것도 몰라. 내가 노래를 불러볼 테니, 잘 들어봐"라고 말하고는 젓가락으로 부드럽게 술상을 두들기며 어깨를 약간 흔들면서 노래를 불렀다. 노래가 계속되는 동안 나의 고개도 리듬에 맞춰 오르락내리락했다. 부드럽게 높낮이를 오가는 노래에서 나는 '고향의 봄'을 부르던 그 분위기를 떠올렸다. 편안했고 고즈넉했다. 그러나 다 듣고서도 알 수 없기는 마찬가지였다. 뭔가 더 분명한 것을 나는 찾고 있었다.

아주 많은 시간이 흐르고서야 나는 알았다. 이 동시의 미덕은 단순성에 있음을. 다른 생각의 여지를 한치도 남겨두지 않고, 자신이 발견한 그 단단한 진실을 고스란히 드러내고 있음을. 어떤 군더더기 없이. 더욱이 이 동시에는 자장가에서 채 벗어나지 못한 어린 꼬마녀석들의 삶의 리듬과 일치하는 명료한 리듬감이 있다. 뿐만 아니라 보이는 꽃의 색깔과 보이지 않는 감자의 색깔이 같아야 한다는 지극히 당연한 인식이 깃들어 있으며, 이는 자연을 보는 눈에 그치지 않고 삶 전반을 두루 살피는 바탕으로 넓게 퍼져나갈 것이다. 그것이 '아이의 눈으로 세상을 본다'는 말의 정확하고 올바른 의미인 것이며, 권태응의 동시는 그 의미를 선명하게 되살리고 있던 것이다.

3

아이들을 지나치게 순수한 존재로 이상화하는 것은 그릇된 관점이다. 순수함이란 아이들 세계의 지극히 작은 특성일 따름이다. 그것이 아이들 삶의 전부라는 생각 아래 창작된 작품은 진실에서 멀다. 아이들을 지나치게 미숙한 존재로 생각하고 훈육의 대상으로 삼는 것도 그릇된 것이다. 교훈으로 잔뜩 부풀어 있는 작품도 진실에서 멀다. 이들 두 관점은 크게 보아 어른의 눈으로 아이들의 세계를 고정시킨다는 점에서 다르지 않다. 주관적이고 관념적인 어른들의 머릿속 생각일 따름이다. 진정한 문학작품은 삶의 실상으로부터 비롯된다. 어린이문학은 아이들의 있는 그대로의 삶을 꼼꼼하게 들여다보는 것으로부터 시작된다.

그러나 있는 그대로의 아이들을 인정하고, 그 세계를 그대로 표현한다고 해서 좋은 문학작품이 되는 것도 아니다. 현실을 잘 드러낸다고 해서 그 현실이 곧바로 문학이, 예술이 되는 것은 아니기 때문이다. '한국글쓰기연구회'나 이오덕 선생이 이끌어온 어린이문학이 지닌 문제점이 여기에 있다. 이들이 동심을 보는 올바른 관점을 세우기는 했다. 왜곡되지 않은 있는 그대로의 아이들이 우리에게 소중하기 때문이다. 그러나 동심이란 관념적인 화두에 매달려 있는 한 다소의 이상화와 다소의 계몽적 기획은 피하기 어렵다. '어린이문학은 동심의 문학이다'라는 큰 틀에서 씩씩하게 벗어나 있지 못하기 때문이다. 그것은 아이들을 보는 올바른 관점일 수 있으나, 문학을 보는 올바른 관점은 아닌 것이다. 어린이문학은 아이들의 마음을 담고 있는 것이 아니다. 어린이문학은 아이들의 현실을 아이들의 눈으로 보고, 그것을 다시금 상상력의 힘을 빌려 새롭게 구성한 것이기 때문이다.

무엇보다 문학이란 구체적인 개별성으로부터 시작한다. 개별적인 경험, 그 경험으로부터 받은 개인의 구체적인 감동이 없으면 안된다. 그러나 그 구체적인 경험을 쓴 것이 곧바로 문학작품은 아니다. 문학은 구체적인 것에 그치지 않고, 구체적인 것을 삶의 전체와 관련시켜야만 한다. 보편적인 삶의 의미와 맞닿지 못하는 구체성도 많이 널려 있기 때문이다. 물론 아이들이 쓴 작품들 가운데 성큼 보편적인 의미를 획득하고 있는 작품도 적지 않지만, 삶이 표현되었다고 해서 그것이 모두 좋은 어린이문학 작품으로 평가될 수 있는 것은 아니다.

어린이문학도 문학이라는 당연한 원칙은 거듭 강조될 필요가 있다. 그 원칙은 개별적인 경험을 보편적인 체험으로 상승해내는 힘과 관련되어 있다. 나아가 그 보편성은 다시금 구체적인 경험으로 한단계 더 상승해야 한다. 보편성을 속에 끌어안고 있는 구체성. 그것이야말로 문학다운 문학이며, 어린이문학 작품은 그 지점에서야 비로소 문학작품이, 예술작품이 된다.

이원수 선생의 동화 가운데 「감자밭」이란 작품이 있다. 일기체의 생활글과 다르지 않게 하루 동안 일어난 일들을 아이의 관점으로 쓴 작품이다. 이 작품에는 두 이야기가 나란히 연결되어 있다. 첫번째 이야기는 동생이 뭔가를 만들다가 손가락을 깊이 베인 일이다. 급히 붕대를 감아주지만 아픔이 사라질 리 없다. 이야기하는 아이는 동생의 상처가 덧나지 않으려면 개울가에서 그 재미있는 천렵도 해서는 안되고 오래도록 고생해야 하리라 생각한다. 그러던 차에 두번째 이야기가 이어진다. 감자밭으로 부모님을 도우러 나오라는 말을 듣는다. 아이는 감자를 심기 위해 감자눈을 따라 감자를 썰며 말은 하지 못하지만 감자가 아파할 거라 생각한다. 동생처럼. 그리고 재를 묻히며, 재가 감자에게는 베인 곳에 바르는 약이라고 느낀다. 달이 뜰 즈음 겨우 일을 마치고 부모님과 함께 돌아오며, 아이는 달빛이 동생의 상처도, 감자의 상처도 낫게 해주기를 바란다.

이 이야기는 이원수 선생이 쓴 짧은 동화 가운데 빼어난 작품이다. 두 가지 일이 하나로 아이의 내면 속에 자리잡고 있으며, 작가는 아이의 안타까움과 바람을 과장 없이 적절한 균형감각 속에 풀어내고 있다. 물론

이 두 가지 경험을 하나의 작품 안에 결합하는 것은 전적으로 문학적인 상상력이다. 두 사건이 하루에 일어날 리도 없으며, 적어도 한 가지 경험은 상상력으로 끌어낸 것이다. 아니면 두 경험 모두 사실일지라도 그것을 하나로 연결해내는 힘 또한 작가의 상상력이다. 그리고 그 상상력이야말로 구체적인 경험에 보편성을 부여하고, 또다시 한단계 더 높은 구체성으로 상승해내는 힘이다. 상상력이 빠진 글쓰기는 문학작품으로 고양될 수 없는 것이다.

이원수 선생은 이 이야기를 바탕으로 한 편의 아름다운 동시도 덧붙이고 있다. 그리고 이원수 선생은 물론이거니와 선생의 동시를 노래로 만들어낸 백창우도 뛰어난 상상력을 지닌 이이기는 마찬가지이다. 이야기를 이야기의 울타리를 넘어 노래의 울타리 안으로 끌어들이는 힘도 상상력이 없이는 불가능하다. 상상력이란 '지금, 여기'라는 구체적이고 경

—백창우 아저씨네 노래창고 「씨감자」. (http://www.loodog.co.kr)

험적인 현실의 시간적·공간적 제약을 넘어서서 사고하는 능력이기 때문이다. 우리 아이들을 사랑하고, 아이들에게 참된 아이들의 노래를 건네고자 하는 그의 노력 끝에 맺은 아름다운 결실은 앞의 악보와 같다.

4

  비록 동화작가가 되지는 못했지만 곰곰이 생각해볼 때가 있다. 누가 좋은 어린이문학 작가가 될 수 있을까? 당연히 아이들의 삶을 잘 아는 사람이 어린이문학 작가가 될 수 있을 것이다. 그것이 좋은 작품을 쓰기 위한 필요충분조건은 아니지만 필요조건인 것만은 확실하다. 그에 비할 때 글을 쓰는 알량한 재주는 정말 알량한 충분조건일 뿐이다. 그렇다면 누가 아이들의 삶을 잘 알 수 있을까?
  먼저 떠오르는 이들은 아이들 자신이다. 자신만큼 스스로를 잘 아는 이들이 어디 있을까? 아이들 자신에 비할 때 남들은 모두 구경꾼일 따름이다. 아이들의 삶 속에 스며 있는 마음의 결과 생각의 흐름은 아이들만이 정확히 알 수 있을 것이다. 그러나 안타깝게도 그 아이들에게는 구체적인 결과 흐름이 있을 뿐, 그것을 보편적으로 상승시킬 힘이 없다. 물론 구체적인 경험을 여실히, 충분히 구체적이고 자세하게 드러내는 것만으로 우리는 감동을 느끼기도 한다. 그러나 그것은 어디까지나 보기 드문 예외일 따름이다. 아이들이 쓴 작품의 성과가 시에서 빛을 발하고 있으나 동화에서는 별다른 성취가 없다는 것은 그 한계를 잘 보여준다. 시에서의 상상력이 대상의 한 조각을 선명하게 드러내는 것으로 충분한 데 반해, 이야기의 상상력은 더 깊이 있는 구성적 능력을 필요로 하기 때문이다.

다음으로 떠오르는 이들은 어린시절을 경험한 어른들이다. 사실 모든 어른들은 한때는 아이들이었다. 지금은 개구리가 올챙이 시절을 모르듯 모두 잊고 말았지만, 어린시절이 있었음은 분명하다. 그러나 이 유년의 경험은 가물가물 단편적인 이미지로만 남아 있을 뿐이다. 구체적인 결과 흐름이 없다. 그나마 어른들에게 상상력이 있어 다행이긴 하지만, 빈약하게 남아 있는 경험을 바탕에 두고 펼쳐내는 상상력으로는 한두 편의 좋은 작품을 쓸 수는 있을지언정, 줄기차게 우리네 어린이문학을 열어나가기는 어렵다.

또 그 다음으로 아이들의 삶을 잘 알 수 있는 사람은 부모이다. 부모, 특히 어머니는 아이들의 생활과 마음을 누구보다 잘 안다. 어린이문학 작가가 되기 위한 필요조건을 이만큼 넉넉하게 지닌 이는 찾기 어렵다. 더욱이 아이를 키우는 어머니들은 아이를 이해하기 위해 끊임없이 노력하며, 애정의 끈을 늦추지 않고 있다. 그러나 안타깝게도 아이들은 어른들의 바람대로 머물러 있지 않는다. 아이들은 거듭 성장해가고 마침내 부모와 아이 사이에는 넘을 수 없는 벽이 생기게 된다. 3, 4학년만 되어도 이 교활한 자식들은 부모에게 보여주고 싶은 것만을 보여준다. 더욱이 학교에서 일어나는 또래집단 사이의 일들을 시시콜콜히 듣기는 불가능하다. 고작해야 선생님 욕을 들을 수 있을 뿐이다. 고학년이 되면 마침내 아이들은 도무지 이해할 수 없는 벽 저편으로 꼬리도 남기지 않고 가뭇없이 넘어가고 만다. 『나쁜 어린이 표』를 쓴 작가 황선미는 "나는 내 아이들이 자라는 것이 싫다. 그냥 아이로 계속 남아줬으면 좋겠다"는 고백을 한 적이 있다. 솔직한 작가의 바람이다. 잘 자라주기를 바라는 부모의 마음은 또 어쩌지 못하지만.

그럼 도대체 누가 좋은 어린이문학 작가가 될 수 있단 말인가? 아이들을 사랑하고, 아이들을 가까이에서 들여다보며, 아이들이 보여주고 싶은 것만이 아니라 아이들의 삶 자체를 날것 그대로 볼 수 있는 사람은 누구란 말인가? 이들은 바로 선생님이다. 선생님이야말로 아이들 가까이에서 아이들의 눈으로 아이들의 삶을 볼 수 있는 특권을 지닌 이다. 더욱이 선생님들은 부모가 될 수도 있지 않은가. 제 아이를 키워본 선생님들이야말로 좋은 어린이문학 작가가 될 수 있는 자양분을 지닌 복된 이들이며, 좋은 어린이문학 작품을 읽고 올바르게 평가할 수 있는 바른 눈을 지닌 이들이다. 남들보다 더 좋은 조건에서 작품을 쓰고 또 읽어낼 수 있는 이들이 바로 아이들과 함께 생활하는 선생님들인 것이다. 물론 진정으로 아이들을, 밉지만 사랑하려고 애쓰는 선생님들에게만 해당되는 말이다.

무엇보다 좋은 작가, 바람직한 독자는 좋은 환경에서 자란 이들이 아니라, 열악한 환경이지만 스스로의 노력으로 어려움을 극복한 작가, 독자 들일 것이다. 비록 이미 어른이 되었고, 어린시절의 기억도 흐릿해졌지만, 오직 좋은 작품을 쓰고자 하는 열망으로 끊임없이 아이들의 삶으로 가까이 다가가고 그로부터 감동을 받으며, 그것을 상상력의 힘으로 다시 끌어올려 힘겹게 한 편의 작품을 생산해내는 작가들이야말로 우리 어린이문학의 미래를 열어젖히는 이들일 것이다. 그런데도 나는 자꾸만 선생님들 가운데 좋은 작가가 많이 나왔으면 좋겠고, 선생님들이 좋은 독자가 되어 좋은 작품들을 아이들에게 선뜻 건넬 수 있으면 하고 소박하게 바란다. 삶의 구체성과 상상력이라는, 문학으로 내뻗은 양날의 무기가 선생님들의 손에는 쥐어져 있다. 나는 선생님들 스스로가 손에 소중한 보검을 들고 있음을 빨리 알아줬으면 좋겠다. 그랬으면 정말 좋겠다.

■ 찾아 읽기

폴 아자르, 햇살과나무꾼 옮김『책·어린이·어른』, 시공주니어 1999.

권태응『감자꽃』, 창작과비평사 1995.

임길택『할아버지 요강』, 보리 1995.

이원수「감자밭」,『토끼 대통령』이원수 아동문학전집 5, 웅진 1984.

백창우 아저씨네 노래창고『이원수 시에 붙인 노래들 1·2』, 보림 1999.

꽃과 풀은 어떻게 다른가

1

최근의 일이다. 7차 교육과정 문학 단원을 현장 선생님 한 분과 함께 집필하였고, 1차 심의결과 거론된 몇몇 부분을 고쳐달라는 실무진의 요청을 받았다. 늘 하는 일이 칠칠치 못한지라 별생각 없이 '또 뭐가 잘못되었나?'라고 의아해하며, 굵은 펜으로 고친 부분을 들추어보았다. 그러고는 실망하지 않을 수 없었다.

내가 인용한 작품은 『서울로 간 허수아비』를 쓴 윤기현 선생의 『보리타작 하는 날』의 한 장면이었다. 아이들이 아웅거리는 장면이었다.

그 때 위쪽에서 고기를 잡던 5학년짜리 종범이가 빈 깡통을 흔들며 내려왔습니다. 그리고는 다짜고짜 성쌓기 놀이를 하고 있는 아이들의 놀잇감을 빼앗았습니다.

"이건 전부 내 거야. 내가 어제 갖고 놀다 버린 거야. 그리고 여긴 내가 놀던 자리야. 빨리 꺼지지 못해!"

종범이가 손을 휘저어 모래성을 무너뜨리고 아이들을 밀쳐 냈습니다.

"아니야, 여긴 우리 자리야. 이것들도 우리가 맨날 갖고 놀던 거야. 형이나 저리 가!"

"니네들 나한테 죽고 싶어? 내 주먹이 얼마나 센지 한번 맞아 볼래?"

종범이가 주먹을 휘두르자, 아이들은 목을 움츠렸습니다. (윤기현 『보리타작 하는 날』, 사계절 1999)

교과서 심의진들은 '꺼지지'를 '가지'로, '니네들 나한테 죽고 싶어'를 '너희들 나한테 맞고 싶어'로 깜찍하게 고칠 것을 요구하고 있었다. 인물의 울퉁불퉁하게 살아 있는 언어를 상황에도 잘 맞지 않는 매끄러운 언어로 바꾸라는 것이었다. 이 정도는 나도 눈감아줄 수 있을 만큼 아량이 있다. 좋은 말을 교과서에 싣고자 하는 심의진들의 눈물겨운 노력도 엿보였기에 가상하기까지 했다. 윤기현 선생께는 조금 미안한 노릇이지만, 언제 남녘 해남에 한번 들러 술이나 걸치면서 안주 삼아 이야기를 꺼내면 될 듯싶었다.

그러나 그 다음쪽을 펼치자 도무지 참을 수 없는 일이 기다리고 있었다. 임길택 선생의 동시를 실었는데, 여지없이 수정되어 있었다. 다음의 동시다.

달려가서 선생님을 부르면
뒤돌아 서 있다가
우리를 꼬옥 안아 줍니다

뗏국물 흐르는 손
따뜻이 쥐어 주시고
눈 맑다 웃으시며
등 두드려 줍니다.

그럴 때면
선생님 고운 옷에
푹 나를 묻고서
선생님 냄새를 맡아 봅니다.

선생님을
선생님을
우리 엄마라고도 생각해 봅니다.

—임길택『할아버지 요강』, 보리 1995.

　수정된 것은 동시의 내용이 아니라 제목이었다. 이 동시의 제목은 원래「김옥춘 선생님」이었다. 그런데 심의진들은 '우리 선생님'으로 고쳐 놓았다. 나는 노엽다 못해 피식 웃음이 터져나왔다. 문학이 무엇인지 도대체 알고나 있는지 의아하기까지 했다. 누가 이따위 놀라운 발상을 했는지 궁금할 지경이었다.

　새삼 말할 것도 없이 모든 문학은 구체성으로부터 비롯된다. 이 동시 역시 시적 화자의 구체적인 경험으로부터 분비되어 나온 것이다. 이 동시에 몸을 내밀고 있는 선생님은 오직 '김옥춘' 선생님이어야 한다. 그 선생님의 몸짓, 웃음, 말투, 냄새가 이 시를 이루는 중심축이다. 김옥춘 선생님을 버려두고서는 이 동시가 성립되지 않는다. 생동하는 구체성을 팽개치고 아주 보편적인 '우리 선생님'으로 제목을 바꾸었을 때, 이 동시는 그저 그렇고 그런 범속한 시로 전락하고 만다. '우리 엄마라고도 생각' 해볼 수 있는 이는 선생님 일반이 아니라 오직 김옥춘 선생님 한 분뿐이며, 그 분이 뚜렷하게 실존함으로 해서 이 동시는 아름다울 수 있는 것이다.

'김옥춘 선생님'을 '우리 선생님'으로 바꾼다면 이 동시는 더이상 동시가 아니다. 더욱이 임길택 선생님은 이미 우리 곁을 떠나신 분이라, 술판을 벌여 변명할 기회도 없는 나로서는 시를 교과서에서 빼버릴망정 우스꽝스러운 옷을 입혀 내보낼 수는 없었다. 절대 안될 일이다. 나는 또 한판 결판지게 싸울 준비를 해두지 않으면 안되게 되었다.

2

싸움은 언제나 서 있는 바탕을 바로잡는 데서 시작되는 법이다. 발을 굳건히 땅에 붙이지 않고서는 주먹 하나도 제대로 날리기 어렵다. 그리고 우리가 서 있는 바탕은 어린이문학이란 무엇인가라는 처음의 질문으로 거듭 되돌아오는 것이어야 한다. 되돌아올수록 그 바탕은 더욱 견고해질 것이며, 운신할 수 있는 폭도 그만큼 넓어질 것이다.

형식에 맞게 정의를 내리자면, 어린이문학이란 어린이를 주된 독자로 하여 창작된 문학작품이다. '주된'이라고 쓴 것은 어른들 역시 어린이문학 작품의 독자가 될 수 있기 때문이다. '동화 읽는 어른'이나 '동화 읽는 선생님'이라는 모임도 있는 바에야 명확하게 어린이들로 독자를 한정할 수는 없는 노릇이다. '누가 쓰는가' 하는 창작 주체의 문제 역시 중요하지 않다. 작가가 쓴 것만 문학작품인 것은 아니다. 더욱이 이들이 동화나 동시라고 써놓은 것을 보면 창작 주체의 문제가 전혀 중요하지 않다는 것을 새삼 절감하게 된다. 글쓴이가 누구이든지간에 그저 아이들에게 시와 이야기를 건네고자 하는 열망만 있다면, 그가 쓴 글은 어린이문학 작품이 될 것이다.

그러나 문제는 어린이문학이란 무엇인가라는 형식적인 정의가 아니다. 문제는 좋은 어린이문학 작품이란 무엇인가 하는 점이다. 정작 우리에게 필요한 것은 어린이문학 작품이 아니라 좋은 작품이기 때문이다. 그렇다면 좋은 작품은 무엇을, 어떠한 요건을 갖추고 있어야 할까? 이 질문에 대한 답을 이글턴(T. Eagleton)이란 문학이론가는 비유를 통해 설명하고 있다. 그는 무엇이 풀이며, 또 무엇이 꽃인가라고 질문하고 있다. 동일한 식물인데, 어떤 식물은 꽃이 되고 어떤 식물은 풀이나 잡초가 된다는 것이다. 문학작품인 것은 맞는데 어떤 작품은 꽃으로 사랑을 받으며, 어떤 작품은 그저 잡초로 여겨진다. 그렇다면 꽃과 풀을 나누는

권정생 글·정승각 그림 『오소리네 집 꽃밭』, 길벗어린이

기준은 과연 무엇일까?

꽃을 피우는 것은 꽃이고, 그렇지 않은 것은 풀인가? 아니다, 그렇지 않다. 풀도 꽃을 피운다. 아니 오히려 풀꽃은 꽃밭에서 자란 잘 정돈된 꽃보다 더 아름답기까지 하다. 권정생 선생이 쓰고 정승각이 그린 『오소리네 집 꽃밭』의 들꽃들은 눈부실 지경이다. 그럼 이름이 있는 것은 꽃이고, '이름 없는 들꽃'처럼 이름이 없는 것은 풀인가? 그것도 아니다. 이 세상 어디에도 이름 없는 풀은 없다. 모든 존재하는 것은 저마다 자신들만의 이름을 지니고 있다. 시인 안도현은 "애기똥풀꽃도 모르는 내가 이 땅의 시인이라니" 하고 탄식한 적이 있다. 풀이라고 해서, 잡초라고 해서 이름이 없을 리 없다. 다만 사람들이 알지 못할 뿐이다.

예의 문학이론가는 풀과 꽃을 나누는 기준이 '유용성'에 있다고 말하였다. 사람들의 쓸모를 얼마나 충족시켜주는가에 따라 달라진다는 것이다. 그 쓸모가 구체적으로 무엇을 가리키는 것인지는 한마디로 말하기 어렵다. 우리들 삶을 출렁거리게 만드는 것이 꼭 하나는 아니다. 중요한 것은 어떤 특정한 속성이 좋은 문학작품과 나쁜 문학작품을 나누는 기준이 아니라, 그것이 얼마나 깊은 감동으로 우리들의 마음속에 물결처럼 번져오는가에 따라 달라진다는 점이다.

사실 모든 뛰어난 예술작품들은 언제나 경계를 허물어뜨리며 전진해 왔다. 이래야 한다거나 저래야 한다는 고정된 틀을 우습게 아는 사람들만이 뛰어난 작품의 주인이 될 수 있다. 이런 속성을 담으면 좋은 작품이 되지 않을까 하는 생각은 이류의 작가들만이 하는 생각이다. 『강아지똥』이 이 세상에서 가장 더럽고 쓸모없는 것을 소재로 삼았다고 해서, 더 더럽고 쓸모없는 것을 찾아내려고 하는 것만큼이나 어리석은 일은 없다. 영화판을 들여다보면 쉽게 알 수 있다.

영화에는 장르 영화와 예술 영화가 있다. 장르 영화란 할리우드 영화,

홍콩 누아르, 디즈니 만화영화처럼 일정한 틀을 지니고 있는 영화를 말한다. 대중의 심리와 흥미를 적당히 충족시키며, 예측이 가능한 변화만을 제한된 틀 안에서 허용하는 영화들이다. 디즈니 만화영화에 등장하는 주인공들은 한결같다. '백설공주'와 '인어공주'는 자매처럼 닮아 있다. '백설공주'는 옷을 잔뜩 껴입고 있고, '인어공주'는 속살이 언뜻언뜻 비친다는 차이밖에 없다. 한결같이 색채는 밝고 화려하며, 선은 모난 구석 없이 둥글고 부드럽다. 주제는 '차카게 살아라, 이 아그들아. 그래야 복 받는대이'다. 그러나 예술 영화는 다르다. 따르꼬프스끼(A. Tarkovsky)의 영화는 공장에서 찍어내는 상품과 달리 그 어떤 틀에도 포함되지 않는 독특함을 지니고 있다. 「희생」에서 피력된 삶의 희망과 구원에의 갈망, 그것에 몰두하는 인물의 성찰은 어떤 영화에서도 마주치지 못하던 경험이다. 이런 유의 영화는 어느 그릇에라도 담을라치면, 담기는 부분보다 넘쳐나는 부분이 언제나 더 많다. 익숙하지 않고 낯설고 불편하고 심지어는 졸리기까지 하다. 하지만 적어도 이러한 감상행위는 상품을 소비하는 것이라기보다 예술품을 대면하는 예술적 소통이라고 할 수 있다.

영국에서 매년 뛰어난 그림동화에 안겨주는 '케이트 그리너웨이(Kate Greenaway) 상'을 받은 『고래들의 노래』(*The Whale's Song*)란 그림동화가 있다. 개리 블라이드(G. Blythe)가 캔버스에 유채로 그림을 그렸는데, 그 정성은 물론이거니와 효과 또한 글의 아름다움을 유감없이 드러낸다. 질감이 두터운 유화 본래의 특징을 풍부하게 살려, 생활세계의 정교한 현실성을 포기하지 않고서도 환상적 이야기가 펼쳐 보이는 내면성을 획득하고 있었다. 그림동화의 마지막 장면은 압권이다. 짙푸른 밤하늘 점점이 뿌려진 별들을 배경에 두고 고래들이 부르는 소리에 놀라 돌아보는 주인공 소녀 릴리의 근접 묘사된 얼굴, 그 얼굴 전체를 장악하고

D. 셸든 글 · G. 블라이드 그림 『고래들의 노래』, 비룡소

있는 회동그래 커진 눈, 조금 벌어진 입술, 바람에 흐트러진 부드러운
굴곡의 머리칼, 입체감을 완벽하게 드러내는 음영 처리, 옆으로 길게 펼
쳐져 모자라지도 넘치지도 않게 대상을 담아내고 있는 적절한 화면의
분할. 나는 완벽하게 매혹되고 말았다. 『서양미술사』(*The Story of Art*)
에서 보던 그 어떤 그림보다 아름다웠고 풍부했으며 역동적이었다. 나
는 1초에 24프레임이 넘어가며 1시간 넘게 이어지는 디즈니의 「인어공
주」를 들여다보는 대신, 이 그림동화 한 페이지에 담긴 한 프레임의 그
림에 매달려 있을 수도 있겠다는 생각이 들 지경이었다.

　3

　일반적으로 어른들의 문학과 다른, 어린이문학의 특성으로 다음과 같
은 몇가지를 제시할 수 있다.

- 단순한 내용과 형식
- 행복한 결말
- 대립적 구성
- 반복적 구조

  그러나 이것은 옛이야기의 특성이거나 저학년을 위한 어린이문학의 특성일 뿐, 어린이문학 전반의 특성일 수는 없다. 그리고 저학년 독자를 위한 작품이라고 하더라도, 이러한 특성들이 반드시 지켜져야 하는 강제적인 규범도 물론 아니다.

  내용만 해도 그렇다. 어린이문학의 내용은 단순하다고 해서 좋은 것도 아니며, 굳이 단순할 필요도 없다. 모든 예술작품이 그러하듯 어린이문학 역시 그 소재는 무한히 확장될 수 있다. 아이들의 삶이 넓어지고, 삶을 바라보는 눈이 깊어지는 만큼 어린이문학의 소재도 넓고 깊어질 것이다. 실제로 서양의 경우 1960년대에 들어 '새로운 현실주의'라고 지칭되는 경향이 어린이문학에서 생겨났다. 아이들 세계에서 일어나는 현실적인 문제, 예컨대 약물 남용, 미혼모, 인종차별, 가족의 해체 등 복잡한 사회적 현안들이 작품 속에 여과없이 투영된 것이다. 『하늘을 나는 교실』(*Das Fliegende Klassenzimmer*)로 유명한 에리히 케스트너(Erich Kästner)의 『로테와 루이제』(*Das Doppelte Lottchen*)도 부모의 이혼에 따른 아이들의 고통을 다루고 있는 작품이다. 이러한 경향은 더욱 증폭되어, 최근에 들어서는 '검열'의 문제가 본격적인 쟁점으로 떠오르고 있을 지경이다. 이는 청소년들에게 유해한 영화나 만화를 검열하는 것보다 첨예한 문제가 아닐 수 없다. 더한층 뿌리깊은 영향을 더욱 어린 아이들에게 미치기 때문이다.

우리 어린이문학의 경우에도 이와같은 예는 찾을 수 있다. 송언의 『하느님께 보내는 편지』나 김중미의 『괭이부리말 아이들』은 도시빈민의 문제를 다루고 있다. 소재의 현실주의적 확대란 점에서 가장 돋보이는 작품은 박기범의 『문제아』이다. 이 작품에서 박기범은 산업재해, 정리해고, 빈부격차, 문제아, 춘지, 철거민, 농가 부채, 민주열사 등 우리 사회가 끌어안고 있는 거의 모든 문제에 촉수를 내밀고 있다. 물론 소재의 확대만이 능사가 아닐 것이다. 그러나 소재의 확대는 작품의 내용과 형식을 기존에 경험한 것과 아주 다른 방식으로 재편할 것을 자연스럽게 요구한다. 내용이 달라지면 그것을 담는 용기 또한 달라지는 것이 당연하기 때문이다. 박기범은 이러한 요구를 그 어떤 작가보다 뛰어나게 형상화하고 있다.

내용과 상응하는 형식을 모색하고 발견하는 순간 우리 어린이문학은 더한층 성숙한 모습이 될 것이다. 나는 우리 어린이문학에서도 빨리 검열의 문제가 쟁점으로 부각되기를 바란다. 그리하여 아이들에게 교육적으로 나쁜 영향을 미치니 검열해야 한다거나, 표현의 자유나 예술작품의 완결성을 근거로 검열해서는 안된다는 주장들이 서로 맞서 치열한 다툼을 벌여나갔으면 한다. 그러나 여기까지 도달하기에는 현재의 우리 어린이문학은 갈 길이 너무도 멀다. 작가들 스스로 어린이문학은 이래야 한다는 선입견을 갖고 스스로가 자기 검열을 일삼고 있는 형편이기 때문이다. 더욱이 그 선입견이란 어린이문학을 문학이자 예술로서가 아니라, 아이들을 위한 교육적 장치쯤으로 생각한다는 것이다. 그 관성으로부터 벗어나지 않고서는 우리 어린이문학의 획기적 발전은 불가능하다.

물론 어린이문학의 교육적 성격은 어린이문학 작품의 본질적인 특성이다. 그러나 그 교육성의 의미는 '학교 교육'이라고 사람들이 말할 때의 교육이란 말처럼 좁은 개념의 교육이 아니라, 더한층 폭넓은 개념이다. 정확히 말하면, 가르친다는 의미보다 배운다는 의미가 더욱 부각되어야 하는 교육성이다. 작품이 가르치려고 하기보다 독자가 스스로 작품을 통해 배워나가야 하는 것이다. 문학의 교육적 성격은 작가의 의도가 아닌 독자의 독서행위라는 결과를 통해 의미를 갖는 것이다. 작품을 통해 무엇인가를 하려고 들 때, 작품은 그만큼 예술로부터 멀어진다. 돈을 벌어들이려 할 때, 가르치려고 들 때, 이름을 한번 날려보려고 할 때, 작품은 사이비 예술품으로 전락하게 된다.

예술에는 어떠한 제한도 강제되어서는 안된다. 어린이문학 작품도 이와 다르지 않다. 예술로서의 어린이문학에 이미 앞질러 존재하는 규정이란 어디에도 존재하지 않는다. 작가는 한 걸음 한 걸음 그전에 누구도 가보지 못한 곳으로 자신의 세계를 밀고 나아간다. 그 새로움이, 낯설음이 우리로 하여금 무릎을 바싹 당겨 그 작품과 대면하게 만드는 힘인 것이다. 이미 앞질러 울타리가 쳐 있는 지점이 어린이문학이 마주친 한계다. 그 안에 작품을 가두어두려고 하거나 스스로 그 안에서 안식을 취할 때, 예술가로서의 전진 역시 멈추게 되는 것이다.

그렇다고 출발선조차 잊어서는 안될 것이다. 그 출발선, 어린이문학을 어린이문학이게 만드는 유일한 중심축은 독자인 아이들이다. 아이들의 관점으로 아이들의 삶을 깊이 응시하여야 한다는 것만이 어린이문학의 요체인 것이다.

4

사실 우리 국어교과서에는 변변한 어린이문학 작품이 없다. 이리저리 구미에 맞게 뜯어맞춘 나머지, 원작의 흔적조차 찾기 힘들 지경이다. 그 결과 작가들의 이름도 교과서에는 실리지 않는다. 이미 그 작가의 작품이 아니기 때문이다. 게다가 천편일률적으로 내용이 들어갈 쪽수가 결정되어 있어 작품의 전편을 싣기도 힘들다. 그 결정은 언어사용 영역의 필요에 의해 만들어진 것이기에, 언어영역에 짓눌려 문학교육이 숨도 못 쉬는 판이라고 볼 수 있다. 이러한 문제를 극복하기 위해서는 한시바삐 문학이 언어영역으로부터 독립하거나, 문학교과서가 따로 만들어져야 한다. 현재의 틀을 인정하고서는 한 발짝도 앞으로 나아갈 수 없는 것이 우리의 현실이다.

지난번에는 3학년 교과서에 채인선의 『내 짝꿍 최영대』를 작가에게 부탁해서 줄여 싣고자 했다. 그러나 결국 포기해야 했다. 주인공 최영대가 다소 부족한 아이이며, 그와 비슷한 아이들에게 상처를 줄 우려가 있다는 것이다. 일리는 있다. 하지만 그것조차 교육적 배려이지 문학교육적 관점은 아니다. 계속 그러한 척도가 적용되는 한 『내 짝꿍 최영대』처럼 구체적인 삶과 삶의 고통을 드러내고 있는 문학작품은 교과서의 기준을 결코 만족시키지 못할 것이며, 결국 현실과 동떨어진 작품만이 수록될 것이다. 이러저러한 이유로 제대로 된 문학작품이 실리지 못하는 현재의 국어교과서로는 아무래도 제대로 된 문학교육을 할 수가 없다. 아마도 싸움은 길고 지루하게 이어질 것이다. 그리고 작고 볼품없는 이 글 또한 나는 싸움의 일환으로 쓰고 있다. 성근 머리칼을 쥐어뜯으며.

그 싸움은 아마도 다음의 시가 교과서에 수록될 수 있는 날, 전반전이 끝나게 될 것이다. 백석의 「거미」라는 시. 비록 감상적인 틀 안에서이긴 하지만 이 시에는 아주 섬세한 마음의 결이 담겨 있다. 다른 사람이라면 어떠한 생각도 없이 거듭 쓸어내는 거미들일 텐데, 시인은 자신의 애잔한 마음에 바탕을 두고, 그 거미들을 애틋한 상상력으로 함께 연결한다. 작은 것, 보잘것없는 것에 대한 오랜 관찰과 그 관찰이 불러일으키는 상상, 스스로의 상상에 흠칫 몸을 떨며 섬세하게 비극적 슬픔에 공명하며, 마침내는 거미와 자신을, 나아가 민족적 현실을 암묵적으로 유추해내는 시인의 마음이 잘 드러나 있다. 더욱이 이 시는 시와 산문의 경계, 시와 동시의 경계를 무너뜨리고 있으며, 시인 자신은 초등학교 교과서에는 아직껏 금기로 묶여 있는 북한의 문인이기까지 하다.

거미새끼 하나 방바닥에 나린 것을 나는 아모 생각 없이 문 밖으로 쓸어 버린다
차디찬 밤이다

언젠가 새끼거미 쓸려나간 곳에 큰거미가 왔다
나는 가슴이 짜릿한다
나는 또 큰거미를 쓸어 문 밖으로 버리며
찬 밖이라도 새끼 있는 데로 가라고 하며 서러워한다

이렇게 해서 아린 가슴이 삭기도 전이다
어데서 좁쌀알만한 알에서 갓 깨인 듯한 발이 채 서지도 못한 무척 적은 새끼거미가 이번엔 큰거미 없어진 곳으로 와서 아물거린다
나는 가슴이 메이는 듯하다
내 손에 오르기라도 하라고 나는 손을 내어미나 분명히 울고불고할 이 작은 것은 나를 무서우이 달어나버리며 나를 서럽게 한다
나는 이 작은 것을 고히 보드러운 종이에 받어 또 문 밖으로 버리며
이것의 엄마와 누나나 형이 가까이 이것의 걱정을 하며 있다가 쉬이 만나기나 했으면 좋으련만 하고 슬퍼한다
　—백석 「거미」 (겨레아동문학연구회 엮음 『귀뚜라미와 나와』, 보리 1999에서 재인용)

■ 찾아 읽기

테리 이글턴, 김명환 외 옮김 『문학이론입문』, 창작과비평사 1986.

겨레아동문학연구회 엮음 『귀뚜라미와 나와』, 보리 1999.

권정생 글 · 정승각 그림 『오소리네 집 꽃밭』, 길벗어린이 1997.

송언 『내일은 맑을 거야』, 우리교육 1997.(개정판: 『하느님께 보내는 편지』, 우리교육 2001.)

윤기현 『보리타작 하는 날』, 사계절 1999.

D. 셀든 글 · G. 블라이드 그림, 고진하 옮김 『고래들의 노래』, 비룡소 1996.

에리히 케스트너, 김서정 옮김 『로테와 루이제』, 시공사 1995.

E. H. 곰브리치, 백승길 옮김 『서양미술사』, 예경 1994.

둘째 마당   어린이문학의 결

이야기를 좋아하면 가난하게 산단다

그림동화, 참 아름다운 세상

살고 싶은 희망의 세계, 판타지

이야기를 좋아하면 가난하게 산단다

1

어린시절 할머니 방에서는 언제나 큼큼한 냄새가 났다. 곰방대를 채우고 있던 담뱃진 냄새 같기도 했고, 청국장을 끓이고 난 뒤끝의 부엌 냄새나 오래된 서책들에서 나는 해묵은 냄새 같기도 했다. 그 냄새는, 추운 겨울 온종일 동네 골목길을 휘젓다 찬바람과 함께 방에 들이닥치면 더욱 심하게 스며나왔다. 담요를 둘둘 말고 아랫목을 차지하고 앉은 메줏덩이라도 함께 있는 날이면, 더운 기운과 함께 훅 하니 끼쳐오는 그 냄새는 자연 얼굴을 찌푸리게 하곤 했다. 그러지 말아야 한다는 생각도 그때만큼은 까맣게 잊곤 했다. 그런데도 아랑곳없이 할머니는 차가울 대로 차가워진 내 작은 손을 잔뜩 끌어당겨 "어이구, 내 강아지"라고 흥얼거리시며 당신의 엉덩짝으로, 겨드랑이 사이로 그 차가운 손을 끌어당기곤 하셨다.

염치없는 손을 다 녹이고는 냉큼 빼치고 일어서기라도 할 양 몸을 움

찔거리면, 할머니는 닳아 반들거리는 반짇고리를 열고는 한참을 뒤적거리셨다. 기다림에 못내 답답해진 나는 "할머니, 이것 찾아?" 하며 귀퉁이에 쑤셔박혀 있는 단단히 비틀린 누런 종이봉투를 앞질러 건네곤 했다. 그 안에는 어김없이 마름모꼴의 하얀 박하사탕이나, 빨간색과 흰색으로 색동 모양을 내고 굵은 설탕이 덧입혀진 알사탕이 들어 있곤 했다. 성하지도 않은 치아로 힘겹게 조각 냈음직한 반쪽짜리 사탕을 입에 물고, 마른 등걸 같은 할머니의 무릎을 베고 누우면 세상을 다 얻은 듯 아늑했다. 다만 할머니 입에서 구수하게 풀려나오던 얘기 한자락이 아쉬울 따름이었다.

"할머니, 나 옛날 얘기 하나만."

"늙은이가 얘기나 할 줄 알면."

"지난번엔 해줬잖아. 팥죽 할멈 얘기."

"다 잊어부렀지. 여지껏 알고 있기나 하나."

"그래도 해줘, 응."

"아가, 얘길 좋아하면 가난하게 산댄다."

"그래도 해줘, 응."

"가난하게 산대도 그러네."

"그래도 할머니. 가난해도 좋아."

"떽끼, 녀석. 가난한 게 무에 좋아. 그럼, 할미가 딱 하나만 해줄 테니께. 옛날에 말이지, 호랭이 담배 먹던 시절이었지."

할머니 이야기는 팥죽 할멈이 고개를 넘고 또 넘듯 이어져갔고, 그 이야기에 취했는지, 끊임없이 머리칼을 쓰다듬으시던 그 손길에 취했는지 나는 그만 까무룩 잠들곤 했다. 그런 날이면 어김없이 형들이 "야, 학교 가야지, 학교. 늦었다. 가방 여기 있다" 하고 호들갑을 떨며 깨우곤 했다. 책가방을 챙겨 부리나케 마당을 나서려 하면 해는 막 서편 하늘에

진홍빛 노을을 그리며 내려앉고 있었고, 그제야 어머니가 "저녁 먹어야지. 가긴 어딜가" 하며 다시금 불러세웠다.

어디서 다시 만날 수 있을까? 그 큼큼하던 할머니 냄새, 아늑하게 이어지던 할머니의 옛이야기 소리. 그런데 참, 왜 옛이야기를 좋아하면 가난하게 사는 걸까? 그래서 나도 가난하게 살고 있는 걸까?

2

많은 시간을 이야기와 함께 살아온 나는 이제야 조금은 알 듯하다. 왜 이야기를 좋아하면 가난하게 사는지. 그것은 좋은 글과 이야기가 세상을, 사람을 바꾸기 때문이다. 마치 종이를 접으면 그 흔적이 남듯, 하여 아무리 반듯하게 펼쳐도 건듯 부는 바람에 땅으로 떨어지기라도 하면 다시금 그 흔적을 따라 살짝 들리듯, 모든 좋은 글과 이야기는 읽는이의 마음속에 깊이 새겨져 접힌 흔적을 남기는 법이다.

이야기 속에는 한 세상이 빼곡하게 들어차 있다. 한 세상이 들어차 있을 뿐만 아니라, 무엇이 아름다운지 또 무엇이 추악한지 분명하게 드러나 있다. 콩쥐와 팥쥐는, 흥부와 놀부는, 백설공주와 그 계모는 누가 보아도 선명한 대립 속에서 존재한다. 옳음과 그름, 아름다움과 추함, 선함과 악함이 무엇인지를 이야기 속에서 거듭 만난 이들은 자연스럽게 이야기가 가진 삶의 판단을 자신의 것으로 받아들이게 된다.

그러나 현실은 어떠한가? 이야기가 아닌 현실이라면 백설공주는 거듭 이어지는 계모의 간교한 술수를 이겨내고, 일곱 난쟁이의 도움으로 마침내 왕자를 만나게 되었을까? 어쩌면 백설공주는 사냥꾼의 손아귀에서 이야기가 채 피어오르기도 전에 숨을 거두지나 않았을까? 콩쥐는 팥쥐의 구박과 설움 속에서 시집도 못 간 채 늙고 병든 시궁쥐처럼 쑤셔오는 뼈마디를 드러내며 고단한 삶이 안겨준 해수기침 속에서 시름시름 앓으며 죽어가지는 않았을까? 흥부는? 그리고 이야기를 읽고, 그 이야기가 선택한 삶의 아름다움을 내면 깊숙이 간직한, 이야기를 좋아하는 모든 이들은? 놀부나 팥쥐, 백설공주의 계모 같은 사람들이 되어서는 안되겠다고, 그렇게 살지 말아야겠다고 거듭 다짐하며, '그건 놀부 같은 놈들이나 하는 짓이야. 오늘은 정말 내가 팥쥐가 된 기분이야'라고 되뇌며 성장한 이들은?

이들은 현실 속에서 어떻게 살게 될까? 당연히 가난하게 살 것이다. 그러나 가난에 허덕거리는 대신, 도리어 그 가난을 자신의 몫으로 끌어안으며 살 것이다. 행여 자신도 모르는 사이에 다른 이들에게 날선 칼끝을 날려보내지 않았을까 조심스럽게 하루를 되짚어보고, 또 그렇게 한 생애를 되돌아보며 살아갈 것이다. 가난하게, 가난한 마음으로.

옛이야기를 좋아하면 가난하게 산다는 말속엔 이처럼 우리네 선인들의 깊은 지혜가 담겨 있다. 그렇다면 옛이야기란 무엇이며, 어떤 특징을 지니고 있으며, 또 오늘날 옛이야기를 읽는다는 것은 정확히 어떤 의미가 있을까.

옛이야기란 말 그대로 옛날부터 전해 내려온 이야기란 뜻이다. 좀더 곰곰이 들여다보면, '옛날부터 전해 내려온'이란 말은 이중의 의미를 지니고 있다. 그 하나는 시간적으로 '오래된' 것을 뜻하며, 또다른 하나는 오랜 시간의 침식과 풍화를 버텨와 지금 여기에서도 여전히 이야기로서의 위력을 과시한다는 것을 뜻한다. 옛이야기는 오늘날의 이야기에 견주어 시간적인 순서가 먼저임을 가리키는 것이며, 사라져버린 이야기에 견주어 살아남은 이야기라는 가치평가를 담고 있는 것이다. 지금 우리에게 필요한 것은 두번째 해석이 갖는 의미이다. 무엇이 옛이야기가 오늘날에도 여전히 힘을 잃지 않고 우리에게 건네지도록 만들었는지 따져 물어야 하는 것이다.

무엇보다 옛이야기에는 뚜렷한 민중적 인식이 담겨 있다. 옛이야기를 향유하던 이들이 바로 일하는 사람들이기 때문이다. 모든 예술작품은 그것을 빚어낸 이들, 그것을 향유하는 이들과 결코 분리할 수 없다. 시조가 양반 사대부들의 양식이듯, 탈춤이 시장을 활갯짓하며 다니던 상인들의 양식이듯, 옛이야기는 무지렁이 농사꾼의 양식이다. 더욱이 옛이야기는 특정한 개인의 창작품이 아니며, 오랜 시간 입에서 입으로 전해져온 구비적 양식이다. 전해지고 또 전해져오는 동안 이들 수많은 농투성이들의 마음을 옹골차게 담아낼 수 있게 된 것이다. 불필요한 겉가지는 덜어내고, 필요한 정수만으로 거듭 간추려진 것이다. 마치 우리들 몸속에 한국인의 유전자가 있어 그 모든 과거를 기억하고 있듯, 옛이야기는 이들 민중적 삶의 온갖 것들, 고통과 슬픔, 땀과 눈물, 탄식과 울분, 희망과 기쁨을 빼곡하게 끌어안고 있을 수밖에 없다.

이 즈음에서 예를 들어보는 것이 좋을 듯하다. 이야기 전체를 그대로 보여주지 못하는 것이 아쉬우나, 지금은 어쩔 수 없다. 구수한 입담에 실려, 오르락내리락 리듬을 타며 들어야만 이야기는 제맛이 난다. 활자를 좇아 읽더라도 '아, 글쎄' '그런데 갑자기' '자-알 먹고, 자-알 살았더란다' 등 생생한 구어를 가능한 한 살려낸 작품을 읽어야 된다. 들려줄 옛이야기는 「반쪽이」란 잘 알려진, 아이들도 아주 좋아하는 작품이다.

옛날 가난한 부부가 있었는데, 아이가 없다. 치성을 드려, 잉어 세 마리를 고아 먹으면 자식을 얻게 될 것이라는 말을 산신령에게 듣게 된다. 그런데 그만 고양이가 잉어 한 마리를 물어가 버리고, 황급히 쫓아갔으나 이미 반 토막을 먹은 다음이다. 결국 두 마리 반만 고아 먹고는 아들 셋을 낳는데, 막내아들이 눈도, 귀도, 팔도 모두 하나씩만 달려 있는 반쪽이다. 그러나 몸이 반만 생긴 채 태어난 '반쪽이'는 힘이 아주 세고 마음이 곱다. 형들을 좇아 과것길에 오른 반쪽이는 창피하다고 쫓아내는 형들에게 여러 차례 시련을 당한다. 마침내 호랑이가 많이 나오는 깊은 숲에 버려진 반쪽이는 오히려 호랑이를 잡아 가죽을 얻게 된다. 돌아오는 길에 한 부잣집 영감을 만나 서로 호랑이 가죽과 딸을 걸고 내기 장기를 두어 이긴다. 반쪽이는 딸을 주지 않으려는 부잣집 영감에게서 재치있게 딸을 훔쳐낸다.

이 옛이야기는 옛이야기의 원형을 아주 잘 보여준다. 무릇 모든 옛이야기가 그러하듯이, 이 작품의 주인공 반쪽이 역시 결핍된 인물로 설정되어 있다. 이 땅의 일하는 사람들이 누구나 그러하듯이. 옛이야기는 이 결핍을 과장되었다 싶을 정도로 증폭하여 보여준다. 눈도, 귀도, 팔도 하나밖에 없는 반쪽이의 형상은 심지어 그로테스크하기까지 하다. 그러나 그 결핍에도 불구하고, 옛이야기 속의 주인공은 한결같이 맑고 순수한 존재들이다. 자신의 처지를 비관하거나 누구를 탓하지 않는다. 그러나 겉으로 보아 한없이 모자라는 이 인물들은 그 맑고 순수함으로 말미암아 옛이야기의 주인공이 될 수 있다. 판타지세계의 주인공이 될 수 있는 것이다. 구렁이총각은 허물을 벗고 아름다운 몸을 드러내며, 개구리왕자 역시 늠름한 왕자의 면모를 자신의 내부 깊숙이 숨겨두고 있다. 우리의 반쪽이는 아주 힘이 세고, 지혜롭게 형상화되어 있다. 힘과 지혜는 일하는 이들이 가짐직한 소망이다. 넉넉한 힘으로 하루치의 일용할 노동으로 일용할 양식을 얻고, 밝은 지혜로 세상의 고달픈 일들을 해결해 나가고자 하는 것이다. 이들 민중적 소망과 희원을 옛이야기는 한결같이 생생하게 형상화해 보이고 있는 것이다. 이들 옛이야기의 인물들이 펼쳐나가는 세계야말로 판타지의 세계이며, 이 땅을 살아가는 모든 가난하고 억눌린 이들이 마음속 깊이 희구하는 세계이다.

3

옛이야기를 가만히 들여다보고 있노라면 참 신기하다는 생각이 든다. 전세계에 흩어져 사는 민족들마다 사는 방법이 각기 다른데도 이야기는 참 닮은 점이 많다. 콩쥐팥쥐와 신데렐라를 보면 알 수 있다. 비트겐슈타인(L. Wittgenstein)이던가. 이처럼 한눈에 보이는 닮은 점을 '가족유사성'(Familienähnlichkeit)이란 말을 붙여 이론으로 만들어낸 사람이. 똑같지는 않지만 가족임을 대번 알아챌 수 있도록 만드는 비슷한 점. 사실 오랜 세월 함께 이마를 맞대고 지내노라면 웃는 표정이나 투덜거리며 내뱉는 말도 아주 똑같이 닮게 된다. 이런 뻔한 말이 이론이라면 나도 '붕어빵 이론'쯤은 주장할 수 있을 듯하다. 같은 붕어빵틀로 찍어낸 붕어빵들은 똑같이 생겼다는 아주 한국적인 냄새가 물씬 나는 이론. 'The theory of boongeobbang' 이렇게 영어로 써놓고 보니 동글동글한 모양이 붕어빵의 튀어나온 옆모습을 닮아 아주 그럴싸하다.

모든 이야기는 서로 닮은 구석을 지니고 있다. 선한 주인공이 마침내 그 선함으로 말미암아 판타지의 세계로 들어가며, 그 안에서 누구도 이루지 못한 성취를 해내고 돌아오는 내용뿐만이 아니다. 형식적인 구조들도 아주 비슷한 점이 많다.

그 가운데 가장 두드러진 점은 반복이 많다는 것이다. 특히 3이라는 숫자가 아주 많이 등장한다. 잉어를 세 마리 고아 먹어야 하며, 형제도 삼형제다. 반쪽이는 세 번이나 형들로부터 버림받으며, 부잣집 영감과

세 번 장기를 둔다. 그래도 장가는 한 번밖에 들지 못하지만. 서양의 옛
이야기에서도 아기돼지는 세 마리이고, 세 개의 문을 통과하며, 빨강,
파랑, 노랑 세 개의 주머니를 얻는다. 그러고 보니 3이란 숫자는 참 마술
적이란 생각이 든다. 2는 너무 단순하고, 3을 넘어서면 너무 복잡해진다
는 느낌을 준다.

　이와같은 반복은 무엇보다 옛이야기가 입에서 입으로 전해졌기 때문
이다. 기록된 책을 읽고 들려주는 것이 아니었기에 구조는 아주 단순해
야 했으며, 또한 이 단순성을 탈피하기 위해서는 반복적인 짜임이 가장
적합하였을 것이다. 물론 이러한 반복적 구성은 이야기를 들려주는 가
운데 일정한 리듬감을 형성함으로써 구비전승의 묘미를 더했을 것이다.
또한 이야기를 듣는 사람들의 입장에서도 이 반복은 이어질 이야기의
예측을 가능하게 함으로써 이야기 속으로의 몰입을 도왔을 것이다.

　옛이야기를 연구한 베텔하임(B. Bettelheim)은 이러한 반복적 구조가
단순한 변주가 아니라 성장의 의미를 함께 담고 있음을 주장하고 있다.
예컨대 「아기돼지 삼형제」는 각각 짚과 나무와 벽돌로 집을 짓고 늑대와
대면한다. 짚으로 아무렇게나 집을 만들고 놀이를 즐기는 돼지는 하고
싶은 일을 먼저 하는 쾌락원칙을 좇은 반면, 벽돌로 집을 만든 막내 돼
지는 해야 하는 일을 하는 현실원칙에 따라 행동한다. 이야기는 점차 아
이들의 의식이 성장해가야 하는 방향을 좇고 있다는 것이다.

　심리학자로서 자폐아에 관한 연구로부터 자신의 연구를 시작한 베텔
하임은 옛이야기가 심리치료에도 아주 적절한 자료임을 설득력 있게 제
시하고 있다. 예컨대 어린아이들이 가장 심각하게 직면하는 두려움은
'분리공포'라고 지칭되는, 이 세상에 홀로 남겨질지도 모른다는 것이다.
그러나 옛이야기는 부모로부터의 분리가 단지 일시적일 뿐임을 알려준
다는 것이다. 헨젤과 그레텔은 마침내 집으로 돌아오며, 백설공주 역시

왕자와 함께 돌아온다. 홀로 남겨진 아이들은 모든 옛이야기가 그러하듯, 언젠가는 모든 것이 처음으로 돌아가 행복해질 것을 깊이 받아들이게 된다. 또 옛이야기는 동일한 실체가 지닌 모순을 조정할 수 있게 해주기도 한다. 예컨대 아이들은 늘 자상하게 자신을 품어주는 엄마와 마구 화를 내며 소리를 질러대는 '이상한 괴물'이 함께 공존하는 것을 이해하기 어렵다. 그러나 옛이야기는 소리를 지르며 엉덩짝을 두들기는 이 엄마가 사악한 계모이며, 곧 진짜 엄마가 돌아와 자신을 따뜻하게 품어줄 것을 기다리게 된다. 사악한 계모로 인해 아이들은 "내면에 좋은 엄마를 따로 간직한 상태로, 나쁜 '계모'에게 마음껏 화를 낼 수 있기 때문"(『옛이야기의 매력』, 시공주니어 1998, 114면)이라는 것이다.

이야기가 다소 빗나가고 말았지만, 반복과 함께 또 들 수 있는 옛이야기의 특성은 대립이다. 모든 옛이야기는 엄격한 이분법 아래 선과 악, 아름다움과 추함이 명확하게 이항대립의 짜임으로 배치되어 있다. 이 명확한 대립은 지나치게 선명한 나머지 아이들에게 그릇된 세계인식을 심어준다는 우려의 소리도 있다. 그러나 옛이야기가 만들어진 중세의 세계인식 자체가 어정쩡한 중간항을 용납하지 않는 것이었으며, 아이들의 세계 역시 소박한 단순성의 세계 속에 잠겨 있기에 오히려 더욱 적합한 인식이기도 하다. 이도저도 아닌 어정쩡함을 먼저 터득하는 것이 좋다고는 느껴지지 않기 때문이다.

대립, 반복에 나란히 마주 세울 수 있는 옛이야기의 또다른 공통적인 특성은 여행을 주요한 장치로 활용한다는 점이다. 반쪽이는 과거시험을 보러 가는 형들을 좇아 길을 떠나며, 헨젤과 그레텔 역시 길 위에 내던져진다. 길은 안온한 공간인 집과 달리 끊임없이 새로운 사건들이 벌어지는 공간이다. 길을 따라가며 인물들은 새로운 상황에 마주치며, 착한 이도 만나고 나쁜 일도 겪는 것이다. 길은 이 모든 것을 가능케 하는 장치로 작동한다. 더욱이 이 길은 내적 성장을 향한 길이다. 인물은 길 위에서 마주치는 시련을 극복함으로써 한층 성숙된 자아를 확립하기 때문이다. 물론 옛이야기의 길은 다시 되돌아오는 길이기도 하다. 처음의 자리로 인물들은 성큼 자란 모습으로 돌아오는 것이다. 이 되돌아오는 길에서 주인공은 예전의 남루하고 초라한, 남들의 업신여김을 당하는 인물이 더이상 아니다. 판타지의 세계를 경험한 이들에게만 주어지는 밝고 환한 빛살이 그를 쫓아다니기 때문이다.

러시아의 민담학자 쁘롭(V. Propp)은 이 모든 옛이야기의 공통점들을 인물의 기능을 중심으로 묶어 제시한 바 있다. 그에 따르면 옛이야기의 인물들은 크게 일곱 가지로 분류될 수 있다. 주인공인 주체와 그가 마침내 획득해야 하는 객체, 그리고 그 임무를 맡기는 파송자, 여행에서 도움을 주는 조력자와 훼방을 놓는 악당, 그리고 마침내 객체를 가로막고 서 있는 무너뜨려야 할 적대자, 적대자와의 싸움에서 이긴 다음에 얻게 되는 보상 등이 그것이다. 「반쪽이」에서는 당연히 반쪽이가 주체이다. 아이를 점지해주는 산신령은 조력자이며, 형들은 악당이다. 이야기의 후반부에서 부잣집 영감은 적대자이며, 그 딸은 객체이자 보상물이기도 하다.

이러한 옛이야기의 구조적 공통점들은 이 세상 모든 사람들의 의식 속에 인간의 유전자와 함께 기억되고 있음이 분명하다. 그리하여 언제라도 그 공통점을 이야기 속에서 발견하기라도 하면 화들짝 깊이 공명하게 프로그램되어 있는 듯하다. 옛이야기뿐만 아니라 거의 모든 대중적인 형태의 이야기 장르가 옛이야기의 특성 안에서 편안히 기거하고 있는 것만 봐도 알 수 있다. 요즘 종이 값을 올리고 있는 해리 포터(Harry Potter) 씨리즈도 다르지 않다. 이 이야기에도 여행, 대립, 반복이 나타나며, 어김없이 쁘롭이 말한 일곱 가지 기능을 각기 수행하는 인물들이 등장한다. 미하엘 엔데(M. Ende)의 『끝없는 이야기』(*Die Unendliche Geschichte*) 또한 다르지 않으며, 매일 저녁마다 사람들을 불러들이는 텔레비전의 연속극도, 흥행에 성공한 영화들도, '톰과 제리' 같은 만화영화도 약간의 변주만 있을 뿐 큰 틀에서는 어김없이 옛이야기의 특성을 공유하고 있는 것이다.

그러나 부가가치가 그렇게 높다고 말하는 문화산업에서 옛이야기가 갖는 중요성보다 더욱 우리에게 소중한 것은 우리들 삶 자체가 옛이야기와 다르지 않다는 점이다. 이들 이야기 구조는 곧 우리들 자신의 삶이 펼쳐지는 구조이기도 한 것이다. 우리는 살아가면서 파송자로부터 해결하거나 달성해야 할 특정한 과제를 부여받으며, 그 객체와 보상을 획득하기 위해 노력한다. 때론 조력자도 만나고 적대자도, 악당도 만난다. 우리들 자신이 주인공이 되어 우리들의 삶을 한 조각 한 조각 만들어나가는 것이다. 우리들이 이어나가는 이야기도 옛이야기처럼 선한 주인공이 소박한 삶의 진실을 위해 희망과 용기를 갖고 나쁜 무리들과 싸워 이겨내고, 마침내는 소망스러운 성취를 획득하는 것으로 이루어져 있는 것이다. 그렇다면 내가 만들어가는 나의 이야기는 지금쯤 어떤 길 위에 서 있을까?

4

얼마 전 텔레비전에서 우리나라의 전통 음식문화를 보여준 적이 있었다. 밥과 김치, 장과 젓갈을 차례대로 보여주었다. 이들 전통음식은 옛이야기처럼 아주 오래 전에 개발되어서 우리 민족과 역사를 같이하며 지금껏 살아남은 것들이다. 그러다 보니 이들 음식이 오히려 우리의 체질을 바꾸어놓았다는 것이다. 하물며 음식이 우리 몸에 미치는 영향이 이렇거늘, 옛이야기가 우리의 마음속에, 또 머릿속에 미치는 영향은 어떠할지? 더욱이 옛이야기는 문화 가운데서도 가장 정점에 놓인 예술작품이기에, 접혀진 종이처럼 우리 의식 깊숙이 닻을 내리고 정박해 있을 터이다.

그런데도 정작 우리는 우리 것으로 내세울 만한 이야기를 정리해두지 못하고 있다. 프로그램의 제작자가 대표적인 음식으로 네 가지를 선정하였듯이, 우리도 한시바삐 대표적인 옛이야기 100편 남짓을 골라내야 하지 않을까? 그것이 더 급한 일이 아닐까? 이 땅에서 태어나고 자란 아이들은 이 100편의 이야기를 듣고 읽으며 자랄 수 있도록 해야 할 것이다. 고전적인 규범이 되는 작품을 수록한 정전은 한 사회를 통합하는 시멘트의 역할을 어김없이 수행해나갈 것이며, 민족적인 정서와 이미지, 희원과 열망을 공유하게 만드는 장치로서 작동할 것이다.

이제 들려줄 '힘센 장사 이야기'도 그 100편의 정전 속에 포함될 것이다.

옛날 아주 힘센 장사가 살았어. 마을에는 당할 사람이 없어 온 나라를 돌아다녔어도 자기만큼 힘센 사람을 만나지 못했어. 더이상 힘자랑을 할 데도 없어진 장사는 고향으로 돌아오고 말았단다. 그런데 돌아오는 너럭바위에 쉬고 있노라니 등이 따끔거리는 것이었어. 조그마한 이가 기어다니고 있었던 것이야. 장사는 감히 자기를 문, 이란 놈을 잡아 바위 위에 올려놓고는 돌멩이로 힘껏 내리쳤어. 웬걸 이는 죽지 않고 기어나오고 있었어. 돌멩이의 울퉁불퉁한 틈 때문에 죽지 않았던 거지. 화가 버럭 난 장사는 이번에는 바위를, 또 더 큰 바위를 메다꽂았지만, 이는 여전히 벌벌벌 기어다니고 있었더래. 그 큰 바위에 맞아도 죽지 않는 이를 보고 장사는 더럭 겁이 났어. '이놈의 이가 나보다 힘이 세단 말인가.' 하고 생각했지. 그러고 있는데 웬 농사꾼이 지게를 지고 고개를 오르다가 그 꼴을 보고 손톱으로 슬쩍 눌러 이를 죽이거든. 그래 놓고 허허 웃으면서 고개를 넘어가버린단 말이야.

여기까지는 여느 어리석은 사람의 우스운 이야기와 다를 바가 없다. 그러나 이 옛이야기가 정전으로 손색이 없는 것은 다음의 마지막 장면이다.

　힘센 장사는 그걸 보고 그만 두 눈이 사발만해져서 멍하니 서 있어. 그러다가 한참만에야,
　"야, 저렇게 힘센 사람도 있구나. 내가 집채만한 바위로도 못 죽인 것을 손톱 하나로 슬쩍 눌러 죽이다니 저런 사람도 농사를 짓고 사는데 내 꼴이 이게 뭐람."
하더니, 그 길로 마을에 내려가 부지런히 농사를 짓고 살았대. 뭐라고? 아, 그 뒤로는 절대로 힘자랑을 안 했지. 또 힘자랑하다가 무슨 망신을 당하려고. 허허.　(서정오 편 「바위로 이 잡기」, 『나귀 방귀』, 보리 1996)

■ 찾아 읽기

브루노 베텔하임, 김옥순·주옥 옮김 『옛이야기의 매력1·2』, 시공주니어 1998.
블라디미르 프로프, 유영대 역 『민담형태론』, 새문사 1987.
막스 뤼티, 이상일 역 『유럽의 민화』, 중앙신서 1978.
서정오 편 『나귀 방귀』, 보리 1996.
이미애 글·이억배 그림 『반쪽이』, 보림 1997.

그림동화, 참 아름다운 세상

1

나는 그림에는 문외한이다. 몇해 동안 학교에서 미술을 배웠지만, 몇몇 미술사에 대한 지식을 빼고는 아는 바가 없다. 좋은 그림을 앞에 두고도 그것이 좋은지 나쁜지조차 모른다. 유명한 그림들을 보면 고작 알아볼 뿐이다. 마치 낯선 이국땅에서 같은 피부색의 사람들을 마주친 반가움이라고나 할까. 전혀 아는 바가 없어도 그저 빙긋이 웃음이 머물게 되는 반가움. 사실 나는 그림을 봐도 화가가 무엇으로 그렸는지조차 모른다. 수채화와 수묵담채를 구분하지 못하며, 판화로 찍어낸 그림인지 캔버스에 그려낸 그림인지도 모를 때가 많다. 까막눈인 셈이다.

그림을 볼 안목은 없지만, 그래도 나는 틈만 나면 전시장을 찾곤 한다. 얼마 전에도 이철수의 판화 전시회를 보러 갔다. 선생은 나랑 자못 막역한 사이다. 언제부터인가 책을 낼 때면 나는 선생의 판화로 표지를 삼곤 했다. 첫번째 가져다 쓴 그림은 「보금자리-조갯등」이란 작품이었다. 큼

지막한 조개 위에 우리나라 소나무들이 들어차 있고 귀퉁이에 보일 듯
말 듯 집이 올라앉은 그림이었다. 거친 칼끝으로 빚어낸 초기 작풍의 이
그림이 나는 꼭 마음에 들었다. 그날 전시회에서 본 그림들처럼 편안하
고 유순한 선으로 그려낸 작품도 싫은 것은 아니지만, 점차 양식화해가
는 느낌이 들어 자못 안타까웠으며, 선생 특유의 시적 언어들이 많이 느
슨해진 것도 불만스러웠다. 두번째 쓴 그림은 김용택 시인의 시를 그림
으로 옮긴 「눈 오는 마을」이라는 작품이었다. "하늘에서 눈이 내리고/
마을이 조용히 그 눈을 다 맞는/눈 오는 마을을 보았느냐"로 마무리되
는 시도 아름다웠지만, 한지의 질감을 바탕으로 기와를 올린 황톳빛 집
과 점점이 흩뿌려지는 눈송이들이 그지없이 아늑한 느낌을 건네주었다.
이 그림을 진작에 나는 선생의 작업실에서 눈여겨봐두었고, 서둘러 빼
앗아 표지로 삼은 것이었다. 나는 전시장 한켠에 걸린 이 그림을 앞에

이철수 「눈 오는 마을」, 『이렇게 좋은날』, 학고재

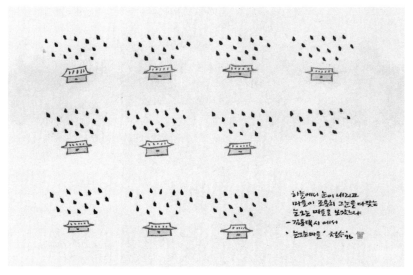

두고, 내 안목이 어떠냐고 슬쩍 아내의 옆구리를 찔렀더니, 칭찬에 인색한 그이도 픽하니 웃음을 날리는 것으로 보아 그리 궁색한 선택은 아니었던 듯싶다.

비교할 바는 못되지만 그래도 이철수 선생만큼이나 나의 눈길을 끄는 이는 박수근이다. 이미 박완서의 소설 『나목』에서 언뜻 얼굴을 내비친 바 있는 그는 아주 궁핍한 속에서도 자신의 화풍을 꿋꿋이 지켜왔던 이다. 소박하고 토속적인 제재는 물론이거니와 지극히 한국적인 선과 물감을

박수근 「나무와 여인 I」,
1956

74

거듭 덧칠하여 얻어낸 마띠에르를 통해 흩뿌려진 점묘를 보는 듯 풍부한 양감을 안겨준다. 그의 그림을 생각하고 있으면 나는 복사본이라도 한점 거실에 내걸고 싶은 심정이 된다. 특히 나는 「나무와 여인 I」이란 작품을 좋아한다. 아이를 들쳐업은 아낙네와 함지박을 이고 묵묵히 앞을 향해 걷는 여인이 풍성하게 솟구친 큰 나무를 사이에 두고 있는 그림. 아이를 업은 아낙은 다소 풍만하게 묘사되었으며, 길을 가는 아낙은 생의 고단함에 젖어 많이 야위었다. 나는 간혹 만화의 말풍선처럼 이들 두 아낙의 입에 독백을 달아보곤 한다. 그 말풍선 속에, 길을 나서는 이의 뒤태를 물끄러미 건너다보는 정주하는 아낙의 상대적인 안도감을 넣어보기도 하고, 또 때로는 부러움의 언사를 넣어볼 때도 있다. 때로는 떠나는 아낙의 말풍선에 '등 포시랍은 년. 보긴 뭘 봐!'라는 말을 넣어보고는 도무지 그림의 전체 이미지와 달라 박박 지우고, '배고프지? 조금만 기다려라, 아기들아'라고 추위에 옹송그린 채 아이들이 기다리는 집을 향해 발걸음을 서두르는 것으로 대신하기도 한다. 이 작품의 인물들은 그 어떤 말풍선도 가능할 만큼 풍성함을 안고 있어 좋다. 그리고 이런 화풍으로 그림을 그려내 마음을 고즈넉하게 만드는 박수근이 나는 참 좋다.

이철수나 박수근뿐만 아니라, 나는 고흐(Vincent Van Gogh)도 좋아하고, 로트렉(Toulouse-Lautrec)도 좋아한다. 「감자를 먹는 사람들」의 어둡고 힘겨운 생, 그 안에 담긴 진실을 좋아하며, 「세탁부」에서 그려낸 닿을 수 없는 세계를 향한 절망적인 동경도 좋아한다. 나는 케테 콜비츠(Käthe Kollwitz)의 「시립구호소」에 담긴 그 참담한 고통도 좋아한다. 그러고 보니 내가 좋아하는 그림들은 모두 절망이거나 고통이거나 환멸로 화폭이 가득 채워져 있다. 그러나 나는 안다. 절망을 그려내는 이들이야말로 희망에 가장 가까이 육박한 이들임을. 그들은 한결같이 희망을 건져올리기 위한 힘겨운 몸짓을 자신들의 화폭에 메워나갔음을.

케테 콜비츠 「시립구호소」, 1926.

그런데 그림과 맺어나가던 어설픈 관계를 한꺼번에 뒤집는 일이 나에게 일어났다. 바로 그림동화를 만난 것이다. 글과 그림이 함께 하나의 이야기를 구성하는 그림동화를 읽으며, 나는 이제 더이상 그림의 문외한이 아니게 되었다. 그림에 관해 모르기는 매일반이지만, 이렇게 빈번히 그림을 마주하는데 어찌 문외한일 수 있으랴. 설혹 그림을 보는 눈은 여전히 까막눈일지 몰라도, 나는 더이상 괘념치 않는다. 나는 하루에도 수십편의 그림동화를 깊이 들여다보며, 그림 속에 펼쳐진 놀라운 이미지에 사로잡혀 오래도록 설렘을 추스르기에 여념이 없다. 어린이문학을 공부하면서 얻게 된 이 새로운 즐거움을 나는 이 땅의 모든 이들과 함께 나누고 싶어 오줌이 마려울 지경이다.

그림동화를 만나기 전에 나는 그림동화를 고작해야 유아들을 위한 책쯤으로 알고 있었다. 아직 글을 깨우치지 못한 아이들을 위해 엄마가 잠자리에서 들려주는 어설픈 이야기쯤으로. 그러나 그것은 착각이었다. 그것이 착각이었음을 깨닫게 해준 것은 레오 리오니(Leo Lioni)의 『파랑이와 노랑이』(*Little Blue and Little Yellow*)였다. 레오 리오니는 파랗고 노란 색종이를 이리저리 찢어 붙여, 아주 그럴싸한 이야기를 하나 만들어내고 있었다. 동화는 "파랑이입니다"로 시작되어, 가족과 친구들을 소개하고, 파랑이의 학교생활과 놀이들을 나란히 제시한다. 이어서 파랑이는 노랑이를 만나 서로를 깊이 공감하기에 이르고, 마침내 둘은 더이상 노랗지도 파랗지도 않은 초록이 되어버린다. 그러나 부모들은 초록이 되어버린 노랑이와 파랑이를 알아보지 못한다. 슬픔에 겨워 둘은 눈물을 흘리고 그제서야 비로소 원래의 색을 되찾게 된다. 그러나 이들은 이 경험을 통해 서로 공유하고 나누는 삶의 소중함을 깨닫고 더할 나위 없는 기쁨 속에서 기꺼이 자신의 색을 더이상 고집하지 않기에 이른다. 물론 이 작품은 그래픽 아티스트 출신인 레오 리오니의 작가적 특성으로 말미암아 그림의 회화적 속성보다 디자인적 속성을 최대한 이끌어내고 있다. 그러나 이 간결한 디자인 속에서도 레오 리오니는 삶의 진정성을 모색하고 있으며, 나는 누구인가, 함께 어울려 살아간다는 것은 무엇인가 등의 깊이 있는 성찰들을 이끌어내고 있었다. 뒤이어 읽은 『프레드릭』(*Frederick*)이란 아주 낯선 생쥐 이야기도 일상의 삶에서 벗어나 빛과 향기, 시와 이야기를 간직하는 것이 얼마나 아름다운 일인지를 펼쳐 보이고 있었으며, 『새앙쥐와 태엽쥐』(*Alexander and the Wind-Up Mouse*) 역시 놀라운 반전을 통해 살아가는 일의 고단함과 그 안에 스민 따스함을 밝고 환한 꼴라주를 통해 표현하고 있었다.

레오 리오니에게 홀딱 빠진 나는 에즈러 잭 키츠(Ezra Jack Keats)의 『눈 오는 날』(*The Snowy Day*)과 『휘파람을 불어요』(*Whistle for Willie*)를 읽으며 또다른 그림동화의 세계와 마주쳤으며, 존 버닝햄(John

레오 리오니 『프레드릭』, 시공주니어 1999.

Burningham)의 『지각대장 존』(*John Patrick Norman McHennessy: The Boy Who Was Always Late*) 『야, 우리 기차에서 내려!』(*Hey! Get off Our Train*)를 읽으며 그림동화가 결코 유아만을 위한 책이 아니라 모든 이들이 처음 만나는 이야기여야 하며, 가장 나중까지도 잊지 말아야 할 이야기임을 깨닫게 되었다.

2

그림동화란 글과 그림이 함께 제시되어 있는 동화다. 물론 일반적인 동화에도 글과 그림이 함께 있다. 그러나 이들 동화에는 그림이 독자적인 기능을 하지 못하며, 다만 글의 이해를 돕는 부차적인 기능, 곧 삽화라는 말 그대로 이해를 돕기 위해 덤으로 끼워진 그림일 따름이다. 그

집 안으로 들어간 피터는 어른처럼 보이려고 아빠의 모자를 써 보았습니다. 그리고 거울을 들여다보며 다시 휘파람을 불어 보았습니다. 여전히 휘파람 소리는 나지 않았습니다.

에즈러 잭 키츠 『휘파람을 불어요』, 시공주니어 1999.

러나 그림동화의 그림은 글의 보조장치가 아니라 독자적인 풍부함과 구체성을 지니고, 서사를 진행하거나 장면을 제시하는 기능을 감당한다. 심지어 어떤 그림동화는 글 없이 그림만으로 서사를 진행하기도 한다. 잘 알려진 레이먼드 브릭스(Raymond Briggs)의 『눈사람 아저씨』(*The Snowman*)는 대표적인 작품이다. 『눈사람 아저씨』는 글 없이도 세분화된 장면 제시를 통해 서사의 연결을 충분히 매끄럽게 진행하고 있다.

더욱이 오늘날의 그림동화는 기존의 그림이 갖는 한계를 넘어서고 있다는 점에서 새로운 예술의 장르이다. 기존의 그림은 그림 자체가 갖는 공간적 특성으로 말미암아 시간적인 흐름을 담아내는 것이 쉽지 않다. 고작해야 화폭의 크기를 넓힘으로써 서사적 내용을 담아낼 수 있을 따름이다. 삐까소(Pablo Picasso)의 「게르니까」(Guernica)는 스페인 내전에서 겪은 민중들의 고통을 광대한 화폭 속에 표현하고 있다. 이와 함

께 오늘날의 회화는 추상표현을 통해 폭 대신 내적인 깊이를 획득하고 자 한다. 이는 표현된 그림과 그 의미 사이의 간극이 넓어 상상으로 메 워나가야 한다. 그러나 그림동화는 이러한 표현에 기대지 않고도 충분 히 개별적인 장면들의 연결과 전환을 통해 서사적 폭을 담아내며, 내면 성의 표현도 너끈히 해내고 있다. 독특한 예술적 자질을 획득하고 있는 것이다.

　그림동화처럼 이미지와 이야기를 동시에 담을 수 있는 예술로 영화가 있다. 영화 역시 그림동화와 마찬가지로 이미지의 연결과 전환을 통해 이야기를 진행해나간다는 점에서 동일한 장치에 바탕을 두고 있다. 그 러나 영화는 제작에 쏟아붓는 비용만큼이나 그 이면에 깔린 상업주의적 기획을 극복하기 어렵다. 기존의 이미지와 이야기의 문법을 고스란히 답습하는 장르 영화가 대부분을 차지하는 것도 이 때문이다. 그러나 그림동화는 기본적으로 적은 비용으로도 충분히 제작이 가능하며, 따라서 독립영화나 예술가 영화처럼 상업성을 배제한 새로운 세계의 탐구에 상대적으로 자유롭다.

그러나 그림동화의 중요성은 그 예술적 특성 때문만이 아니다. 무엇보다 그림책이 중요한 것은 그것이 어린이들을 위해 만들어진 아주 특별한 예술작품이라는 사실이다. 그림동화에는 어른들이 어린이에게 보내는 무한한 애정과 사랑이 전제되어 있다. 그림동화를 통해 어른들은 어린이들에게 세상의 아름다움이 무엇인지를 앞질러 보여주고자 하는 것이다. 아주 이른 시기부터 어린이들은 그림책이라는 독특한 예술과 마주침으로써 삶과 자신을 둘러싼 세상을 자연스럽게 배우게 되며, 삶에 스며들어 있는 아름다움을 마음껏 향유하게 된다. 물론 좋은 그림동화에 한정된 말이기는 하지만. 더욱이 그림동화는 어린이들이 가장 먼저 만나는 책이다. 그것은 곧 가장 먼저 만나는 세상이기도 하다. 그림동화를 통해 어린이들은 앞질러 세상을 만나고, 무엇이 소중하며 아름다운지를 무의식적으로 깨닫게 된다. 처음 세상을 만날 때의 그 경이는 누구에게도 잊지 못할 기억일 것이다. 하물며 그 세상이 아름다운 색채와 형상으로 충만하기에 어린이들의 정서 속에 더 깊이 닻을 내릴 것임은 분명하다.

더욱이 그림동화의 정서적 기능과 함께 그림동화를 통해 얻게 되는 인지발달의 가능성도 무시할 수 없다. 그림동화를 통해 어린이들은 먼저 사물의 이름을 배운다. 어린이들은 거듭 반복되는 듣기를 통해 낱자와 소리의 관련을 배워나가게 된다. 또한 언어가 사용되는 상황을 그림을 통해 익히게 됨으로써, 단순히 사물을 지칭하는 어휘들만이 아니라 어휘들이 사용되는 실제의 상황을 함께 알게 된다. 나아가 이들 말과 말이 이어져 하나의 이야기를 구성한다는 이야기의 문법도 익히며, 세상을 마주하는 시야를 열어가게 된다.

그림동화는 또한 언어적인 능력뿐만 아니라, 시각적인 능력을 비약적으로 진전시키기도 한다. 색채와 형상, 질감과 양감을 거듭 반복해 구분함으로써 이른바 시각적인 문해력(visual literacy)을 획득하기도 하는 것이다. 이 시각적 문해력의 성장은 오늘날 우리가 단순히 문자매체로만 정보를 획득하던 시대와 달리 복합적인 매체를 통해 정보를 주고받는다는 점을 고려할 때, 정보처리 능력을 진전시켜나갈 수 있는 훌륭한 수단이 된다.

그러나 그림동화가 갖는 무엇보다 큰 이점은 인지적 발달이나 정서적 발달보다 무엇이 참된 것이며 아름다운 것인지, 또 무엇이 거짓된 것이며 추한 것인지를 글과 그림을 통해 깨닫게 한다는 점이다. 이것은 참되고 바르게 성장해가는 밑거름이 되어 어린이들이 삶을 견고하게 지탱할 수 있게 하는 힘이 되어줄 것이다. 그림동화는 단순히 책이 아니라, 즐거움과 함께 깨달음을 얻는 성장의 필수적 자양분인 것이다.

3

그림동화의 그림은 반드시 이야기와 관련을 맺고 있다. 비록 글이 없는 것일지라도 연속되는 그림이 하나의 이야기를 구성해간다. 그러나 그림동화의 그림이 글과 관련을 맺어나가는 방식은 생각보다 아주 다채롭다. 단순히 글을 보조하는 수단을 넘어 그림 자체의 고유한 역할을 이야기 속에서 감당해나가고 있는 것이다.

그림이 하는 다양한 역할 가운데 두드러진 점은 이야기의 배경을 제시해준다는 점이다. 배경은 시간과 공간으로 구체화되며, 이는 글이 할 수 없는 구체적인 세부를 형상화함으로써 작품을 이해하는 데 도움을 준다. 한번도 가보지 않았던 세상을 보여주며, 아주 오래된 과거나 아직 경험해보지 못한 미래를 상상적으로 재구성해 보여줌으로써 글을 구체적인 이미지로 경험할 수 있게 해주는 것이다. 물론 자유롭게 글을 읽는 능력을 갖춘 어린이들에게 그림을 통해 구체적인 이미지를 보여주는 것이 오히려 상상력을 제한하기도 하는 것이 사실이다. 어린이들은 '동그라미'라는 낱말을 마주함으로써 각자의 머릿속에 각기 다른 동그라미를 떠올리게 된다. 누구는 크고 완벽하게 둥근 노란 동그라미를 떠올리는가 하면, 또 누구는 작고 파랗고 약간 일그러진 동그라미를 떠올리기도 할 것이다. 그러나 그림이 제시되면 누구나 그림 속에 표현된 단 하나의 동그라미만을 이미지 속에 가두어두게 된다.

그러나 문제는 그림동화의 주요한 독자는 언어기호를 통해 자유롭게 지시대상을 떠올릴 수 있는 성장한 어린이들이 아니라, 글과 이미지를 서로 분명하게 연결하지 못하는 어린이들이라는 점이다. 이들에게 그림은 글을 구체화하여 명료한 이미지를 떠올리게 해주는 것이다. 모리스

모리스 센닥 『괴물들이 사는 나라』,
시공사

낸시 태퍼리 『아기 오리는 어디로 갔을까요?』, 비룡소

센닥(Maurice Sendak)의 『괴물들이 사는 나라』(*Where the Wild Things Are*)는 맥스의 상상 속 괴물들을 선명한 이미지로 구체화함으로써 상상력을 제한하는 것이 아니라 상상력이 역동적으로 작용할 수 있는 바탕을 마련해주고 있다. 더욱이 그림이 배경을 명확하게 함으로써 현실 속에서 존재하지 않는 판타지적인 시공간이나 직접 경험하지 못하는 역사적인 시공간을 손쉽게 표현하고 있음은 물론이다. 이 시간과 공간에 대한 구체적인 형상을 통해 이야기는 더욱더 생생하게 독자에게 감흥을 불러일으킬 수 있게 되는 것이다.

배경의 구체화와 함께 그림동화에서 그림이 떠맡고 있는 또다른 역할은 인물과 이야기를 구체적으로 표현해준다는 점이다. 특히 그림을 중심으로 이야기를 진행하는 경우 그 기능은 더욱 두드러진다. 칼데콧 (CaldeCott) 상을 수상한 낸시 태퍼리(Nancy Tafuri)의 『아기 오리는 어디로 갔을까요?』(*Have You Seen My Duckling?*)의 경우, 글이라고는 고작해야 '이른 아침'이라는 시간 설정과 그 아침에 나비를 쫓아 둥지를 떠난 한 마리 아기오리를 찾기 위해 어미가 "우리 아기 못 봤어요?" 하고 거듭 다른 동물들에게 묻는 것이 전부이다. 달리 어떠한 글도 제시되어 있지 않지만, 오리들의 생생한 표정을 통해 상황이 여실히 드러난다.

그림에서 아기오리들은 각기 제 할일에 열중하고 있다. 서로 뒤섞여 이야기를 주고받거나 채 떨치지 못한 잠을 잔다. 덧붙여 나비를 쫓아 둥지를 떠나는 오리와 그 뒷모습을 보고 있는 오리가 있다. 그 다음 그림에서 아기오리는 둥지를 조금 멀리 떠나고 있으며, 나머지 일곱 마리 아기오리들은 일제히 멀어지는 오리를 향해 모두 일어서서 날개를 퍼덕이며 입을 딱딱 벌리고 있다. 굳이 글이 없더라도 모두 입을 모아 "야, 어딜 가!" 하고 소리치는 모습이 역력하다.

그러나 그림의 역할이 단순히 글과 나란히 조응하면서 보완하고 강화하는 역할만을 하는 것은 아니다. 때로는 글과 정반대의 진술을 함으로써, 글의 서사적 진행과 나란히 또다른 독특한 이면적 서사를 진행하기도 한다. 예컨대 팻 허친즈(Pat Hutchins)의 『로지의 산책』(*Rosie's Walk*)이나 존 버닝햄의 『셜리, 물가에서 나와!』(*Come away from the Water, Shirley*)는 그 대표적인 작품이다. 『로지의 산책』에 제시된 글은 아주 간단하다. "암탉 로지는 산책을 갔습니다./뜰을 건너/연못을 넘고/건초더미를 지나/물방앗간을 돌아/울타리를 따라/벌집 아래로/그러다 저녁 시간이 되어 돌아왔습니다." 암탉 로지의 평화롭고 느릿느릿한 산책길을 따라 이야기가 진행되고 있다. 그러나 그림은 다르다. 로지의 평화로움 뒤에는 탐욕스러운 여우가 끊임없이 암탉을 덮치기 위해

호시탐탐 노리고 있기 때문이다. 이 여우야말로 정작 그림 속에서 이야기를 꾸려나가는 주인공이다. 지나친 탐욕으로 인해 번번이 실패를 거듭하던 여우가 마침내 벌집을 잘못 건드려 화들짝 달아나는 것으로 그림이 전하는 이야기는 끝맺게 된다. 그림이 전하는 이야기는 글이 구성하는 이야기와 달리 또다른 새로운 이야기를 빚어내고 있다.

『셜리, 물가에서 나와!』 역시 다르지 않다. 각각의 장면은 양쪽으로 엄격하게 분할되어 있다. 같은 작가의 『야, 우리 기차에서 내려!』와 마찬가지로 음영이 짙고 충만한 색채로 가득 찬 오른쪽 면과 간략하게 소묘 형태로 제시된 왼쪽 면이 나란히 겹쳐져 있다. 소묘로 제시된 부분에는 엄마와 아빠가 해변가에서 한가롭게 쉬고 있다. 아빠는 신문을 보거나 잠이 들었는지 누워 있고, 엄마는 뜨개질을 하고 있다. 글은 한쪽 면에만 제시되어 있으며, 다른 쪽에는 셜리가 환상을 충족시켜가는, 채색으로 충만한 그림이 거듭 이어진다. 그림의 풍부함과 달리 글은 끊임없는 잔소리로 거듭되고 있다.

"그래, 수영을 하기엔 너무 춥고 말고, 셜리. / 의자를 이 위로 조금 당겨 놓아야겠다. / 왜 저쪽으로 가서 아이들과 함께 놀지 않는 거니? / 새로 산 비싼 신발에 지저분한 기름이 묻지 않도록 해라. / 셜리, 개를 때리면 어떡해. 어디로 달아났는지 찾아 와. / 이게 세 번째고 마지막이다. 뭘 좀 마시겠니, 셜리? / 돌을 마구 던지면 어떡해. 사람들이 맞을지도 모르잖아. / 냄새나는 해초를 집에까지 가져가서는 안 된다, 셜리. / 아빠가 조금만 쉬시다가 너랑 함께 놀아줄 거다. / 이런, 시간이 벌써 이렇게 됐네. 빨리 서두르지 않으면 늦겠다."

셜리의 상상 속 여행은 글에 조금도 표현되어 있지 않다. 그러나 셜리는 바닷가에서의 놀이 속에서 엄마의 잔소리를 매개로 해적들과 싸우기도 하고, 밀려드는 거센 파도에 맞서 이겨내기도 한다. "왜 아이들과 함께 놀지 않는 거니?" 하고 엄마가 말하면, 이미 셜리는 선장이 되어 아이들을 진두지휘하며, "돌을 마구 던지면 어떡해"에서는 포탄을 날리며 해적선에 맞서 의연하게 싸우고 있다. 하지만 엄마의 말과 셜리의 환상은 가까스로 연결되어 그림동화의 서사를 이어갈 따름이다. 오히려 어른의 세계와 아이들의 세계가 책의 오른쪽과 왼쪽으로 엄격하게 분할된 채 단절되어 있음을 이 그림동화는 선명하게 보여주고 있다. 오른쪽의 그림을 통해 버닝햄은 글과는 다른 서사를 제시할 뿐만 아니라, 두 세계의 의사소통이 애당초 불가능함을 아이러니컬하게 드러내 보이고 있는 것이다.

이들 두 작품의 공통점은 글로 표현된 세계와 그림으로 표현된 세계가 이질적이라는 사실이다. 물론 아이들의 세계는 글이 아닌 그림의 세계 속에 붙박여 있다. 그것이 오히려 글이 드러내는 세계보다 진정한 세계의 실체인 것이다. 탐욕스러운 여우와 환상으로 가득 찬 셜리의 세계, 곧 그림으로 포착된 세계가 진정한 이야기인 것이다.

그림이 글의 의미를 강화 혹은 구체화하거나, 이와 달리 그림과 글이 서로 의미의 간극을 둔 채 이질적인 이야기를 전개하는 것 이외에도 그림의 기능은 다채롭다. 예컨대 그림은 글 속에서 표현되지 않은, 이야기의 진행과 직접적인 관련이 없는 많은 정보를 제공함으로써 이야기 자체를 풍성하게 만드는 역할을 한다. 이억배의 『솔이의 추석 이야기』는 그 특성을 잘 드러내 보이고 있다. 솔이네 가족이 추석 준비를 하고, 동네를 떠나고, 시골에 도착하고, 다시 돌아오는 과정이 이야기의 기본적인 진행이다. 그러나 이 그림책은 솔이 가족뿐만 아니라, 가로로 길게 늘인 판형에 가득 담기는 그림을 통해 동네사람들 모두, 시골 마을사람들 모두가 느끼는 추석 명절의 즐거움을 마음껏 표현하고 있다. 이발소에서 머리를 다듬는 사람들과 목욕탕에서 벌거벗은 채 웃는 얼굴로 때

이억배 『솔이의 추석 이야기』, 길벗어린이

를 미는 사람들까지 상세하게 그려냄으로써 이억배의 그림책은 자잘한 즐거움을 안겨주고 있는 것이다.

이와 함께 그림이 곧 서사의 연결을 가능하게 하는 단서를 제공하기도 한다. 예컨대 앞에서 언급한 모리스 센닥의 『괴물들이 사는 나라』의 첫 장면은 개를 쫓으며 괴물놀이를 시끄럽게 벌이는 맥스를 표현하고 있다. 그런데 이 첫 장면의 한쪽 귀퉁이에는 '맥스'라는 서명이 들어가 있는 괴물 그림이 우표딱지만한 크기로 그려져 있다. 이 괴물들은 맥스가 먼 여행길에서 만나게 되는 그 괴물과 같은 존재이며, 그림 속의 작은 그림을 통해 작가는 현실의 세계와 상상의 세계를 연결할 수 있는 고리를 마련하고 있는 것이다.

어린이들은 특히 우표딱지 크기로 슬쩍 끼워진 이러한 세부를 포착하는 놀라운 눈을 지니고 있으며, 그 세부로 말미암아 한껏 즐거움을 느낀다. 그러나 어른들은 그림책의 그림을 주의 깊게 들여다보지 않는다. 어른들에게 중요한 것은 서사이지 이미지가 아니기 때문이다. 이야기가 어떻게 진행될 것인가에 집중함으로써 이미지 자체가 건네는 유쾌한 미감을 상실하는 것이다. 더욱이 어른들은 글을 통해 충분히 자신만의 독특한 이미지를 구성해버리고 난 다음이기에 굳이 다른 이미지들로 말미암아 혼란을 겪고 싶어하지 않는다. 그러나 그림동화의 진정한 독자인 어린이들은 다르다. 어린이들에게 이야기의 진행 그 자체는 그다지 중요하지 않다. 문제는 장면 장면이 안겨주는 즐거움이다. 무엇보다 어린이들에게 추석을 둘러싼 다양한 세계는 그 자체가 새로운 경험세계이기 때문이다. 뿐만 아니라 그 장면들은 생활 속의 세계를 다시금 그림을 통해 되찾게 되는 발견의 세계이기도 하다. 경이와 발견으로 충만한 그림의 세계 속에서 아이들은 오래도록 머물며 혹은 거듭 되돌아보며 삶을 응시하는 것이다. 그림동화의 참된 독자들이 어린이임은 이로부터도 명확해진다.

4

눈이 내렸다. 함박눈이. 서울에서 춘천으로 오가는 길, 길게 이어지는 강 언덕을 따라 거뭇하게 널려 있던 겨울 흙들이 모두 하얗게 덮여 있다. 저만큼 떨어져 앉은 산줄기에도 눈을 이고 선 헐벗은 나무들이 그 어느 때보다 깊이 안으로 침잠한 채, 깊어가는 겨울의 한 귀퉁이를 지키고 있다. 가까운 곳의 작은 나무들은 그들대로 온통 눈꽃으로 치장한 채, 명료한 경계를 지우며 피어올라 있다. 정밀하다. 적막강산이다. 이런 풍경을 앞에 두면, 나는 그 풍경 안으로 걸어들어가고 싶다. 눈밭에 푹푹 발이 빠져들고 얼굴에 몰아치는 눈가루를 맞받으면, 날선 바람이 빈 가지를 휘감으며 내지르는 아우성소리를 들을 수 있을 듯싶다.

이런 풍경을 앞에 두면 나는 예술작품의 아름다움이란 숲이 우리에게 주는 아름다움과 마찬가지로 한눈에 가득 들어차오는 것임을 느낀다. 눈 쌓인 산자락을 흘깃 바라보는 것만으로도 우리는 여지없이 그림처럼 펼쳐진 풍광을 한눈에 담으며, 그 아름다움에 짐짓 소스라친다. 그림동화의 아름다움도 이와 다를 바 없을 터이다. 한장 한장 책을 넘기면서 그 아름다움에 눈뜨고 마침내 마지막 장을 덮으면, 풍경으로부터 눈을 돌린 다음에도 잔상처럼 아름다움이 맺혀 있듯, 그 그림과 이야기가 자아낸 매혹에 오래도록 머물게 되는 것이다.

그러나 전체를 한눈에 담고, 그 전체가 안겨주는 울림에 깊이 침잠하는 것이 예술작품을 감상하는 방법이라면, 그것을 분석하고 평가하는 데에는 어쩔 수 없이 전체를 부분으로 나누어 숲이 아닌 한그루 나무에 관해 말할 것이 요구된다. 그림동화의 진짜 독자인 어린이들은 그저 소박한 독자인 것으로 충분한 데 반해, 그 어린이들에게 가능한 좋은 작품을 건네주어야 할 의무가 있는 어른들의 경우는 소박한 느낌을 건사하는 것만으로는 부족하다. 되도록 그 느낌을 설명하고자 애써야 한다. 그리 선명하지는 않을지라도 동그라미나 별이 몇개쯤 되는 것인지 그려줄 수 있어야 할 것이다.

그렇다면 그림동화를 분석하고 평가할 때 무엇을 살펴보아야 하는가? 사실 모든 예술작품은 자연 그대로의 것을 옮겨온 것이 아니다. 만들어진 제작물인 것이다. 그리고 만들어진 제작물들은 특정한 목적에 맞추어 만들어진다. 예컨대 의자는 앉는다는 기능에 초점을 맞추어 모든 것이 제작된다. 의자의 다리는 셋이나 다섯이 아니라, 반드시 넷이어야 한다. 그것이 가장 기능적이다. 셋은 균형이 맞지 않아 쓰러질 염려가 있으며, 다섯은 장식일 뿐 경제적이지 못하다. 의자를 제작해온 오랜 역사가 의자의 다리를 넷으로 고정시켜온 것이다. 다리뿐만 아니다. 모든 것이 기능성을 극대화하는 방향으로 선택된다. 물론 기능을 최소한으로 줄이고 외적 아름다움을 중시하는 의자도 있을 수 있다.

그렇다면 예술작품이란 제작물은 무엇을 추구하는가? 그것은 의당 아름다움과 깨달음일 것이다. 그림동화를 평가하는 기준 역시 아름다움과 깨달음에 놓여 있다. 그리고 이 아름다움과 깨달음은 하나로 견고하게 연결되어야 한다. 깨달음만 있고 아름답지 않거나, 그저 아름답기만 할 뿐 깨달음을 건네지 못하는 예술작품은 그릇된 것이다. 더욱 정확히 말하면 둘 가운데 하나만 획득한다는 것은 애초부터 불가능하다. 그것은 이미 예술이 아닌 다른 무엇이기 때문이다. 예술작품의 본질은 아름다운 깨달음이거나, 깨달음이 있는 아름다움처럼 둘을 하나로 합한 그 무엇이다. 결국 아름다움 혹은 깨달음이 작품을 평가하는 기준이 되어야하는 것이다.

그림동화의 아름다움 혹은 깨달음은 전시장에 내걸린 그림으로부터 느끼는 것이나 동화처럼 글에서 느끼는 것과는 명확하게 다르다. 그림동화는 둘의 결합으로 이루어진 아주 새로운 예술양식이기 때문이다. 물론 이 두 결합은 다소 비극적이다. 글과 그림이 동일한 비중으로 완벽한 균형 속에 결합하는 것은 이론적으로 가능할 뿐 현실에서는 불가능하기 때문이다. 그래서 수잔 랑거(Susanne K. Langer)란 예술철학자는 "예술에서 행복한 결혼이란 존재하지 않는다. 다만 성공적인 강간이 있을 뿐이다"라고 말한 적이 있다. 그림동화의 경우 아마도 강간에 성공한 주체는 글이 아니라 그림일 것이다. 글이 그림을 장악하는 반대의 경우, 그림동화는 그림동화의 장르적 특성을 충분히 살려내지 못한 것이 되고 만다.

우리나라 창작 그림동화가 맞닥뜨린 가장 두드러진 한계도 바로 이 지점에서 비롯한다. 그림동화라고는 하나 여전히 잘 씌어진 동화에 그림을 잇댄 것이 태반이기 때문이다. 이 경우 진정한 그림동화 장르에 포함되지 못함은 물론이다. 그러나 더 큰 문제는 그다지 좋지도 않은 동화에 그림을 잇대어 만들어낸 동화다. 이러한 예는 굳이 들먹일 것도 없이 많이 널려 있다. 적어도 그림동화라고 부르기 위해서는 기존에 존재하는 좋은 글일지라도 그림동화에 맞게 수정되어야 한다. 그러한 측면에서 권정생·정승각의 『강아지똥』은 그나마 성공적인 조건을 갖춘 셈이다. 적어도 『강아지똥』의 원작에 맞춰 그림이 짜여져 있지 않고, 글 자체가 그림동화에 맞게 대폭 간략하게 수정되었기 때문이다. 사실 글만으로 이루어진 작품과 달리 그림동화의 글은 인물을 상세하게 묘사하거나 배경을 길게 제시할 필요가 없다. 이 모든 묘사의 역할들을 그림이 충분히 감당하고 있으므로 낭비가 아닐 수 없다. 예술작품은 이러한 낭비, 곧 잉여가 많으면 많을수록, 불필요한 장식을 덧대면 댈수록 그 질이 떨어진다.

또다른 창작 그림동화의 한계는 그림에 비해 글이 형편없이 왜소하다는 것이다. 앞서 제시한 이억배의 『솔이의 추석 이야기』는 그림만으로는 우리 그림동화의 수준을 한단계 높인 것으로 주목할 만한 작품이다. 특히 그의 그림동화는 우리 그림의 전통적인 특성들을 자신의 화폭에 최대한 담고자 한다는 점에서 소중하다. 그는 『손 큰 할머니의 만두 만들기』에서 민화풍의 선과 색채를 통해 우리 선조들의 해학을 유감없이 표현하였다. 『세상에서 제일 힘센 수탉』에서는 잘 정돈된 단청에서 엿볼수 있는 전형적인 색감과 형상에 덧붙여 닭과 병아리의 움직임을 역동적으로 생생하게 묘사하고 양식화함으로써 전통의 창조적 계승이 무엇인지를 잘 보여주고 있다. 이러한 그의 작업들이 그저 개인적인 화풍이 아니라, 의식적인 노력의 결과임은 『솔이의 추석 이야기』에 대한 다음의 진술에서도 확인할 수 있다.

형식적인 실험은 우리나라 옛 그림들을 보면서 늘 감동을 받았던 것 중의 하나인데, 고구려 벽화나 또 조선시대 행렬도 같은 그림들을 보면 어디론가 주욱 가거든요 …… 떼지어 가는 거기서 회화적인 모티프를 삼았죠. 계속 앞으로 가요. 그리고 마지막 장면에서만 되돌아오죠. (「반가운 만남: 함께 그림책을 만들며 사는 두 사람」, 『어린이문학』 2000년 10월호, 95면)

이는 이억배 자신의 그림이 단순히 전통적인 색감과 양식을 우리 그림 동화에 복원하는 것에 그치지 않고, 그 모티프와 서사의 구성까지 함께 아우르고자 한 것임을 알 수 있게 한다.

그러나 그의 이러한 자각적인 노력에도 불구하고, 정작 결과적으로 주어진 작품은 그리 완벽하지 못하다. 글이 그림을 요약적으로 제시하고 있을 뿐, 글만의 고유한 영역이 거의 없기 때문이다. 이호백·이억배의

하루가 다르게 이 병아리는 늠름한 수탉으로 자라났다.

이호백 글 · 이억배 그림 『세상에서
제일 힘센 수탉』, 재미마주

『세상에서 제일 힘센 수탉』도 다르지 않다. 이호백의 글은 이억배의 그림에 현저히 미치지 못한다. 다루고자 하는 탐구주제도 어린이들의 세계에 맞지 않을뿐더러, 시적 긴장이나 리듬감을 살리지 못한 채 소박한 이야기의 수준을 넘어서지 못하고 있다.

결국 우리 창작 그림동화의 수준을 높이기 위해서는 적어도 현단계의 경우 그림이 더욱 정돈되어야 할 것이 아니라, 글이 그림동화에 맞게 제자리를 찾아야 한다. 물론 그 제자리는 그림과 함께 어우러져 멀리 떨어져 있어도 '아, 쟤들이 함께 노는구나'라는 생각을 불러일으킬 수 있는 자리이며, 그림에 비할 때 그리 화사하지도 그리 투박하지도 않은 꼭 그만큼의 몫을 지켜내는 자리여야 할 것이다.

5

그렇다면 그림동화를 적절히 평가하기 위해서는 무엇을 눈여겨보아야 할까? 한 편의 작품을 구성하는 요소들은 아주 풍부하고 다채로운 나머지, 무엇이 중요하다고 단정적으로 말하기는 어렵다. 다만 그림동화를 그림동화답게 만드는 독특함이 그림에 있으므로, 그림을 더욱 유심히 들여다보아야 함은 물론이다. 그러나 그림을 그림답게 읽어내는 것도 그리 쉽지만은 않을 것이다.

그런데 이 문외한의 수준에서도 한가지 분명하게 보이는 것이 있다. 그림동화는 다른 동화책과 달리, 책꽂이에 꽂기가 영 성가시다는 점이다. 다른 책들은 가지런히 꽂히는데, 그림동화들은 들쭉날쭉하며 여간 거치적거리는 것이 아니다. 이리저리 채여 귀퉁이가 망가지기 쉬운데도 왜 그림동화들은 판형이 서로 다를까? 그것은 무엇보다 담아내는 세계가 그림마다 다르기 때문일 것이다.

　예컨대 『솔이의 추석 이야기』는 가로로 길게 늘인 판형을 선택하고 있다. 앞서 화가 자신이 언급한 대로, 고분벽화에서 볼 수 있는 행렬도의 형식을 복원하고자 하였기에 당연한 선택이었을 것이다. 『눈사람 아저씨』로 유명한 레이먼드 브릭스의 『곰』(*The Bear*)은 지금껏 만난 그림동화 가운데 가장 큰 판형인 듯이 보인다. 여자아이와 커다란 곰을 동시에 화폭에 담아내고자 한 기획의 결과일 것이다. 여자아이의 표정도 놓치지 않고 곰의 상대적인 엄청난 크기도 놓치지 않으려면 가능한 가장 큰 화폭이어야만 했을 것이다. 이와 달리 토미 드 파올라(Tomie De Paola)의 『오른발, 왼발』(*Now One Foot, Now the Other*)은 작은 정사각형의

레이먼드 브릭스 『곰』, 비룡소

판형을 선택하고 있다. 이 그림동화의 내용은 할아버지에게서 걸음마를 배우는 아이를 전반부로, 아이에게서 걸음마를 배우는 할아버지를 후반부로 하여 짜여져 있으며, 초등학교 때 해보던 데칼코마니를 연상시킨다. 한쪽 면에 물감을 잔뜩 바른 다음, 접어서 대칭의 모양을 만들어내는 데칼코마니. 이 명료한 균제를 『오른발, 왼발』은 보여주고 있으며, 이 균제를 담아내기에 가장 적합한 판형으로 작가는 정사각형을 선택한 것이리라.

하지만 그림동화에서는 판형이 곧 그림의 크기와 동일시되는 것만도 아니다. 책을 펼치면 하나의 틀(frame) 속에 그림이 담겨 있는 경우와 만화책처럼 몇몇 작은 틀로 나뉘어 이야기를 이어가는 경우가 있다. 그저 한 면에 하나의 그림이 있는 경우에도 틀에 담긴 그림과 외곽선 없이 펼쳐져 있는 그림이 있다.

외곽선을 두고 틀 속에 있는 그림은 아무래도 갇혀 있는 느낌을 준다. 존 버닝햄의 『지각대장 존』은 그림을 때로는 틀 속에 가둬두기도 하고, 때로는 틀이 없이 지면을 가득 채우기도 한다. 그러나 유심히 들여다보면, 존 패트릭 노먼 맥허너시라는 긴 이름을 지닌 주인공의 독립적인 생활영역, 곧 판타지와 현실이 넘나드는 부분은 틀 속에 있고, 선생님과 마주치는 학교라는 공간에서는 외곽의 틀이 없다. 결국 그림동화에서의 틀은 독자와의 관계를 설정하고자 하는 의도적 장치임을 엿볼 수 있다. 틀이 주어져 있는 그림을 앞에 두고 독자는 관객의 위치에서 외부에서 관찰하는 시선으로 그림을 들여다보게 되며, 이 속에서 그림세계와 생활세계는 명확하게 분리된다. 반면 외곽선이 없는 경우는 독자의 생활세계와 그림세계 사이에 경계가 존재하지 않는다. 적극적인 참여와 동일시가 의도한 결과이다.

외곽선으로서의 틀이 있고 없는 차이와 함께 중요한 것은 틀의 크기이다. 같은 그림동화 안에서도 그림의 크기는 시시각각 변화할 수 있으며, 판형 전체와 동일하게 펼쳐질 수도 있다. 이억배의 『세상에서 제일 힘센 수탉』의 경우 틀의 크기는 저마다 다르다. 그러나 『오소리네 집 꽃밭』은 화폭 전체를 그림이 가득 메우고 있다. 이 차이는 서사의 분량과 서사 진행에서 표현하고자 하는 조밀함의 정도에 기인할 것이다. 문제는 틀의 사용 유무와 크기를 선택하는 것도 면밀하게 판단해야 하며, 독자 역시 의식적으로 그림이 담아내는 세계의 크기와 진행의 섬세함에 반응하며 텍스트를 읽어야 한다는 사실이다. 틀의 크기를 가장 효율적으로 사용하고 있는 작품은 브릭스의 『눈사람 아저씨』이다. 특히 이 그림동화의 마지막 장면은 압권이다. 텅텅 빈 여백에도 불구하고, 작은 틀 속에 있는 아이의 뒷모습은 아이의 내면 풍경을 풍부하게 드러내 보이고 있다. 그러나 정작 애니메이션으로 만들어진 「스노우맨」에서 이 장면은 뒷모습이 아니라 녹아든 눈사람과 함께 앞모습을 비춰 보이는 것으로, 심지어 아이가 주저앉는 것으로 끝맺고 있다. 세부를 상세하게 묘사하는 것 자체가 그림동화에서 느낀 여운을 거두어가는 듯이 보여 자못 안타까웠다. 애니메이션 자체가 갖는 행위의 연속성 때문에 빚어진 불필요한 잉여일 것이다.

사실 판형이나 틀은 그림동화의 중요한 속성이기는 하나, 무엇보다 그림을 그림답게 만드는 것은 판형이나 외곽의 틀이라기보다는, 선과 색채일 것이다. 그리고 그림에서의 선과 색채는 무엇보다 질료가 규정한다. 유화, 파스텔, 그림물감 등등 질료에 따라 전혀 다른 선과 색감들이 분비되며, 아주 다른 그림이 되기 때문이다. 그런데 아쉽게도 그림동화에는 그림과 달리 무엇으로 그렸는지가 나타나 있지 않다. 그림에는 어김없이 '캔버스에 유화' '한지에 수묵' 등의 표시가 있는 데 반해, 그림동화에는 이 최소한의 정보가 배제되어 있다. 이제부터라도 우리 그림동화는 독자에게 혹은 연구자에게 조금이나마 친절했으면 싶다. 그림동화의 판권란에 질료를 꼭 빠뜨리지 말고 써주었으면 싶다.

선과 색채를 생각하면 가장 먼저 떠오르는 작품이 있다. 외국의 그림동화인데, 피터슨(J. W. Peterson)이 글을 쓰고 레이(D. K. Ray)가 그림을 그린 『내게는 소리를 듣지 못하는 여동생이 있습니다』(*I Have a Sister──My Sister is Deaf*)란 긴 제목의 작품이다. 이 그림동화는 종이에 목탄으로 그린 것이다. 자연히 색채가 없이 흑백으로 처리되어 있다. 부드럽고 섬세한 선, 두텁게 소묘된 형상이 돋보이는 작품이다. 더욱이 이러한 선과 색채는 소리를 듣지 못하는, 청각장애를 가진 아이의 세계와 긴밀하게 조응한다. 어떠한 소리도 들리지 않는 먹먹함은 생각만으

내게는 여동생이 하나 있습니다.
소리를 듣지 못하는…
하지만 너무나 사랑스런
동생이 있습니다.

피터슨 글·레이 그림 『내게는
소리를 듣지 못하는 여동생이 있
습니다』, 히말라야

로도 목이 잠겨온다. 이 먹먹한 단절을 어떤 색으로 그려낼 수 있을까? 소리가 없는 세계를 레이는 빛이 없는 세계, 하여 색채가 묻어나지 않는 세계를 통해 그려 보이고 있는 것이다. 더욱이 이 작품에는 주인공 아이에 대한 알량한 연민이나 동정심이 보이지 않아 좋다. 이야기를 꾸려나가는 언니의 눈에 비친 동생의 생활, 그 요모조모가 그저 담담하게 표현되어 있을 뿐이다. 단 하나 눈에 거슬리는 점은 이 작품의 마지막 "내게는 여동생이 하나 있습니다. / 소리를 듣지 못하는… / 하지만 너무나 사랑스런/ 동생이 있습니다"로 번역되어 있는 대목이다. 그런데 정작 원문은 "I have a sister. / My sister is deaf"로 간결하게 끝을 맺고 있다. 우리말로 번역되며 덧붙여진 두 행이 군더더기이며, 지나친 친절임을 모두 알아차렸을 것이다.

선과 색채를 거론할 때 생각나는 또다른 그림동화는 일본에서 미국으로 귀화해간 그림동화 작가인 야시마 타로(Yashima Taro)의 『까마귀 소년』(Crow Boy)이다. 이 작품은 누구와도 잘 어울리지 않는, 다만 새를 좋아하는 소년의 이야기이다. 소년은 학예회에서 까마귀 소리를 흉내냄으로써 자신만의 세계를 인정받고 새로운 이름을 얻는다. 특히 소년은 이제 막 알에서 깬 새끼까마귀를 비롯하여 성장해가는 까마귀의 각기 다른 소리를 묘사함으로써 깊은 울림을 안겨준다. 소외와 인정이란 두 축을 이야기가 좇아가고 있는 것이다. 그것은 곧 차별에서 차이로 옮겨가는 것과 다르지 않다. 그런데 야시마 타로는 이 세계를 날카로운 선과 불안정한 색채를 통해 표현하고 있다. 언뜻 보기에 그로테스크한 느낌을 안겨주기까지 한다. 사실 어린이 그림동화에서 선의 날카로움은 아주 생소한 것이다. 부드럽고 따스한 세계가 어린이 그림동화의 세계라고 흔히들 생각하고 있기 때문이다. 야시마 타로는 이에 개의치 않고 자신만의 독특한 선과 색감을 사용하고 있다. 그런데도 모나고 일그러진

이 낯선 애는 선생님을 아주 무서워했어. 그래서 아무것도 제대로 배우지 못했지.　　아이들도 무서워했어. 그래서 아무하고도 어울리지 못했지.

야시마 타로 『까마귀 소년』, 비룡소

형상 속에 담긴 노랑과 검정, 푸른색은 주인공 소년의 낯설고 단절된 세계를 표현하기에 더할 나위 없는 선택인 듯이 보인다. 심지어 서사의 종결이 세상과의 화해로 끝났음에도 불구하고, 그의 그림은 여전히 사람들에게 고통을 안겨준다. 마치 우리 안에 아직 떨치지 못한 편견들을 향한 날카로운 경종처럼, 그 그림들은 불편함 속에서 오래도록 우리를 서성거리게 만드는 것이다.

이밖에도 그림동화의 자질을 결정하는 요소들은 헤아릴 수 없이 많다. 빛과 음영도 중요한 요소이다. 예컨대 디즈니풍의 그림에서 가장 두드러진 결핍은 빛이다. 빛이 투과되는 정도의 차이를 선연하게 드러내야 하는데도, 모든 인물과 배경이 환한 빛살 속에 무방비로 노출되어 있는 것이 디즈니 그림의 가장 큰 한계인 것이다. 빛이 없는 그림들은 평면적

느릿하게, 나른하게, 물안개가 피어오른다.

유리 슐레비츠 『새벽』, 시공주니어

인 아름다움, 상업화된 아름다움만을 건네줄 뿐, 내면적인 표정을 담고 있지 않다. 반면 유리 슐레비츠(U. Shulevitz)의 『새벽』(*Dawn*)에 깃든 빛은 얼마나 신비롭고 아름다운가? 밤이 찾아들고 서서히 새벽이 오는 과정을 유리 슐레비츠는 정밀하게 묘사해내고 있는 것이다.

빛, 음영 등과 함께 초점을 어디에 설정하는가도 중요한 자질일 것이다. 카메라의 렌즈 위치에 따라 담기는 세계가 달라지듯, 그림 또한 그림 속 세상을 조망하는 독특한 시야가 있다. 때로는 위에서 아래로, 때로는 정면에서, 아니면 밑에서 위를 보는 그림들이 각기 다른 효과를 지닌다.

이러한 효과를 선명하게 보여주는 책은 세밀화로 우리 그림동화의 수준을 한단계 높인 이태수와 새로운 삶의 자리를 끝없이 모색하는 윤구병의 『심심해서 그랬어』라는 작품이다. 이 작품은 시점의 중요성을 잘 보여주는바, 특히 송아지가 밭 사이로 달려가는 그림은 세밀화 자체가 주는 생생한 현장감과 함께 초점을 정면 바로 위에 두고, 오이밭을 그릴 때는 약간씩 오른편, 왼편으로 각기 옮겨둠으로써 그림에 담고자 하

『심심해서 그랬어』(글·윤구병, 그림·이태수. ⓒ 도토리 1997. 도서출판 보리 펴냄)

는 대상세계의 역동성을 빼어나게 표현하고 있다. 또 버지니아 리 버튼 (V. L. Burton)의 『작은 집』(*The Little House*)에서도 이 시점이 돋보인다. 집 전체를 조망할 수 있도록 다소 원경에서 포착하고 있으며, 위에서 아래로 내려다보는 조감의 형식 속에서 집을 둘러싼 다채로운 변화 양상을 폭넓게 담아낸다.

그림동화의 그림을 보는 방법이 아주 복합적임은 분명하다. 그러나 실제로 모든 그림이 이런 다양한 요소들을 충분히 의식하고 표현하고 있는 것은 아니다. 다만 텍스트가 의도적으로 특정한 요소들을 강조하고, 또 눈에 띄게 전면에 내세우는 경우가 있을 뿐이다. 우리는 이를 전경화 (foregrounding)라고 한다. 줌 렌즈로 피사체를 쭉 끌어당기듯이, 텍스트의 특정한 측면을 잘 보이도록 앞으로 끌어당기는 것을 의미한다. 물론 그림에 따라, 또 작가에 따라 어떤 요소, 어떤 측면을 전경화하고 있는가는 조금씩 다를 것이다. 어떤 경우에는 양식(style)이라고 지칭될 만큼 일반적인 특성들을 공유하고 있는 그림도 있을 수 있다. 다만 일상적인 것, 자연스러운 것을 의도적으로 변형한 부분들은 어김없이 작가의 독특한 의도가 담겨 있다고 보면 된다.

그러나 그림동화를 읽기 위해 반드시 이렇게나 많은 준비물을 챙겨야 하는 것은 물론 아닐 것이다. 그저 참 아름다운 세상 하나를 만나고, 그로부터 마주친 풍경 하나를 내면 깊숙이 간직해두고자 하는 바람만 있다면 그것으로 충분할 것이다. 아마도 이 준비물들은 있으면 든든하고, 없으면 그저 그런 것들이 아닌가 한다. 그래도 나는 그림동화를 좋아하는 이들이 이 준비물로 '어휴, 이럴려구 이렇게 했구나'라고 생각해주었으면 좋겠다.

6

어린이문학을 공부하면서 얻게 된 가장 큰 즐거움은 조금만 관심을 기울이면 어디에서나 좋은 작품을 만날 수 있다는 것이다. 그 작품들 속에는 여전히 아름다운 한 세상이 가득 들어차 있고, 그 아름다움으로 세상을 건사하고자 하는 희망이 오롯이 새겨져 있어 그저 흐뭇할 따름이다. 그림동화 역시 그 아름다움의 한켠을 튼튼하게 지키는 어린이문학의 한 장르임은 물론이다.

나는 지금도 그림동화의 아름다움을 처음으로 일깨워준 레오 리오니를 생각할 때가 있다. 그 깨달음에 고마워하며 나는 얼마 전 그의 그림동화 『프레드릭』을 주제로 시를 끄적인 적이 있다. 이 동화의 주인공인 생쥐 프레드릭은 남들과 달리 빛과 향기, 소리를 모으고 마침내 다른 생쥐들이 긴 겨울을 견디기 힘겨워할 때, 이들에게 빛과 향기, 노래를 들려준다. 프레드릭은 진짜 시인인 것이다. 아무래도 레오 리오니에게 직접 건네지기 어려운, 이 시도 아닌 시를 나는 그림동화를 사랑하는 모든 이에게 슬쩍 내밀어본다.

프레드릭

—레오 리오니에게

프레드릭,
한 마리
작은 생쥐

겨울을 위해
빛과
노래,
향기를
모으던 이

그저 까맣기만 한
눈
작은 눈으로
나를 본다

그 눈 속에
부질없이 큰 내 몸
모두 담길까

빛도

104

노래도
향기도
이미 잊은 허물

참, 그런데
내 눈에 비칠
너의 눈도
너를 보고 있을까.

■ 찾아 읽기

최윤정『그림책』, 비룡소 2001.

마쓰이 다다시, 이상금 엮음『어린이 그림책의 세계』, 한림출판사 1996.

P. Nodelman, *Words about Pictures*, The Univ. of Georgia Press 1988.

이억배 글·그림『솔이의 추석 이야기』, 길벗어린이 1995.

권정생 글·정승각 그림『강아지똥』, 길벗어린이 1996.

권정생 글·정승각 그림『오소리네 집 꽃밭』, 길벗어린이 1997.

채인선 글·이억배 그림『손 큰 할머니의 만두 만들기』, 재미마주 1997.

이호백 글·이억배 그림『세상에서 제일 힘센 수탉』, 재미마주 1997.

레오 리오니, 최순희 옮김『프레드릭』, 시공주니어 1999.

———— 이명희 옮김『새앙쥐와 태엽쥐』, 마루벌 1999.

에즈라 잭 키츠, 김소희 옮김『눈 오는 날』, 비룡소 1995.

———— 김희순 옮김『휘파람을 불어요』, 시공주니어 1999.

존 버닝햄, 박상희 옮김『지각대장 존』, 비룡소 1999.

─────── 박상희 옮김 『야, 우리 기차에서 내려!』, 비룡소 1995.

John Burningham, *Come Away from the Water, Shirley*, Harper Collins 1977.

레이먼드 브릭스 『눈사람 아저씨』 마루벌 1997.

─────────── 박상희 옮김, 『곰』, 비룡소 1995.

모리스 센닥, 강무홍 옮김 『괴물들이 사는 나라』, 시공주니어 1994.

낸시 태퍼리, 박상희 옮김 『아기 오리는 어디로 갔을까요?』, 비룡소 1999.

Pat Hutchins, *Rosie's Walk*, Macmillan 1968.

토미 드 파올라, 정해왕 옮김 『오른발 왼발』, 비룡소 1999.

피터슨 글·레이 그림, 박병철 옮김 『내게는 소리를 듣지 못하는 여동생이 있습니다』, 히말라야 1995.

야시마 타로, 윤구병 옮김 『까마귀 소년』, 비룡소 1996.

살고 싶은 희망의 세계, 판타지

1

어린이문학에 관심을 두면서 허겁지겁 많은 책들을 읽었다. 아니 그 반대인지도 모른다. 작품을 읽어나가며 조금씩 어린이문학에 관심을 두었는지도 모른다. 그 처음의 자리에서 읽은 작품은 아주 고전적인 작품들이었다. 필리파 피어스(P. Pearce)의 『한밤중 톰의 정원에서』(*Tom's Midnight Garden*), 화이트(E. B. White)의 『우정의 거미줄』(*Charlotte's Web*), 아스트리드 린드그렌(A. Lindgren)의 『사자왕 형제의 모험』(*Bröderna Lejonhjartä*), 『산적의 딸 로냐』(*Ronja Rövardotter*) 등등. 이 작품들을 읽으며, 나는 어린이문학에 홀딱 반하고 말았다. 놀라운 줄거리 진행, 역동적이고 생생한 인물 형상, 삶을 보는 눈길의 깊이 등 문학의 감동을 그 어떤 작품에서보다 여실히 누릴 수 있었다.

그 즈음에 가장 큰 울림으로 먹먹하게 다가온 작품은 미하엘 엔데(M. Ende)의 『끝없는 이야기』(*Die Unendliche Geschichte*)였다. 엔데는 이미 지난 세기 80년대 초, 『모모』(Momo)라는 작품으로 우리에게 잘 알려진 이였다. 시간도둑과 어린 여자아이 모모가 한판 승부를 벌이는 이야기. 특히 인상적이었던 것은 모모가 가진 재능이라고는 남의 이야기를 귀기울여 들을 줄 안다는, 재능이랄 것도 없는 재능을 가졌다는 사실이다. 사람들은 아이가 사는 버려진 토굴에 와서 자신의 하소연을 늘어놓고, 이야기를 모두 털어놓고 나면 얼굴이 환하게 밝아져 다시 자신의 자리로 돌아갔다.

스무살 즈음 만났던 그 엔데를 나는 그 배의 나이가 되어서 다시금 만났다. 더한층 깊은 울림 속에서. 『끝없는 이야기』의 주인공은 바스티안이다. 아이들로부터 '뚱보'라고 놀림을 당할 만큼 통통하고, 어머니 없이 아버지와 단둘이 살아가는 불행한 아이다. 이 평범한, 아니 '모든 방면에서 낙오자'인 이 열등한 아이는 유독 책에 대한 정열만은 아주 대단해서 고서점에서 책을 훔쳐 나올 정도이다. 바스티안은 이 훔쳐낸 책, 바로 '끝없는 이야기'를 아무도 오지 않는 학교 뒤편 창고에 숨어들어 읽기 시작한다. 이야기 속에 또 이야기가 펼쳐지는 것이다.

이야기 속의 이야기는 환상세계의 일이다. 어린 여제가 통치하는 이 세계는 아주 커다란 재앙을 겪으며, 급속하게 붕괴되어가고 있다. 이 재앙을 막기 위해 어린 여제는 아트레유라는 어린 소년에게 환상세계를 구원할 임무를 맡긴다. 그런데 아트레유는 사실 진정한 구원자가 아니다. 진정한 구원자는 환상세계 바깥에서 이야기를 읽고 있는 바스티안이며, 아트레유는 다만 그의 동반자일 따름이다. 바스티안은 환상세계의 부름에 대해, 구원자가 자신일 리 없다는 회의 속에서 망설이나 마침내 뛰어든다. 책 속으로, 이야기 속으로.

환상세계 속으로 들어간 바스티안은 구원자의 역할을 훌륭하게 수행한다. 그러나 정작 문제는 이 즈음에서 새롭게 제기된다. 바스티안은 용모도, 지혜도, 힘도 현실세계의 그와는 전적으로 다른 탁월한 존재로 탈바꿈한다. 바스티안은 변모된 자신과 자신 앞에 펼쳐지는 모험 속에 흠뻑 빠져든다. 환상세계 속에서 바스티안은 다시금 불행한 현실세계로 돌아오지 않으려 들며, 과거에 대한 기억조차 지워나가고자 한다. 그리고 끝내 자신의 이름마저 잊어버리고 만다. 그러나 그것은 바스티안에게도, 환상세계에도 불행한 종말이다. 바스티안이 다시 현실세계로 돌아가 이야기를 끝맺어야만 고통스런 환상세계의 절망이 끝나기 때문이다. 이야기는 다음에 어떻게 되었을까? 또 어떤 방식으로 바스티안은 현실로 되돌아올 수 있을까?

나는 이야기의 진행이 궁금한 나머지, 아주 두터운 이 책을 단숨에 읽었다. 비록 현실적인 눈으로 보면 일어날 수 없는 이야기임은 물론이다. 그런데도 이 동화는 깊고 둔중한 울림 속에서 삶의 가치, 고통과 절망, 인간이란 존재의 본질과 개인의 정체성 등에 관해, 책의 두께만큼이나 두터운 질문들을 거듭 던지며, 또 거듭 해결하며 이야기를 끌어가고 있었다. 나는 완전히 압도되고 말았다.

2

이 새로운 이야기의 형식, 현실세계와 상상세계의 교차 편집이야말로 판타지의 전형적인 특징이다. 물론 판타지가 아주 새로운 이야기 양식은 아니다. 옛이야기는 전통적인 판타지이며, 성인문학에서 판타지 역시 유행하는 양식 가운데 하나다.

판타지로 가득 차 있는 옛이야기들은 적어도 어린이문학의 범주 속에서는 현실적인 위력을 갖는다. 어린이들에게 옛이야기는 해묵은 이야기가 아니라 오늘날에도 여전히 의미와 가치를 담고 있는 이야기로 다가오기 때문이다. 판타지 역시 다르지 않다. 성인문학에서 판타지는 그저 삼류의 통속문학으로 간주된다. 환상 자체의 즐거움만 있을 뿐, 이야기 속에 환상과 현실이 마주치는 접점이 거의 없기 때문이다. 더욱이 어른들의 삶이 부딪히고 있는 현실의 긴장이 판타지를 진지한 문학으로 받아들이기 어렵게 만든다.

그러나 어린이문학은 다르다. 어린이들의 삶은 그 자체가 판타지로 충만해 있다. 어린이들에게 상상은 비현실적인 것이 아니라, 어린이의 현실을 구성하는 중요한 축이기까지 하다. 오늘만 해도 아홉살이나 된 아들녀석은 온 가족의 핀잔을 들었다. 주말 밤이라 거실이며, 방들에 다 불이 켜져 있는데, 자기 방에만 불이 꺼져 있다는 것이다. 녀석은 자기 방만 홀아비──요즘 이 녀석은 홀아비가 되지 않기 위해 전전긍긍한다. 녀석은 라면보다 컵라면을 백배 좋아하지만, 홀아비가 되지 않기 위해 함께 라면을 투덜거리며 먹을 정도이다. 같이 고스톱을 쳐도 절대로 광을 팔고 죽으려고 하지 않는다. 빨리 성비가 균형을 이뤄 초등학교에 짝 없는 남자아이들, 홀아비들이 없어졌으면 좋겠다──라며, 거실에서 텔레비전을 보면서도 부득부득 불을 켜두어야 한다는 것이다. 버럭 소리를 질러 윽박지르기는 했지만, 아들 녀석의 생각이 어린이다운 것만은 분명하다. 자기 방도 생각과 느낌이 있어 홀로 팽개쳐지면 어둠과 외로움을 느끼리라는 것이야말로 판타지의 기본적인 출발점이다. 어린이들에게 판타지는 상상이 아닌, 현실 그 자체의 실감으로 존재하는 세계이다.

원래 판타지란 현실세계의 자연적인 법칙들을 변형하거나 무너뜨리고 있는 이야기 양식을 뜻한다. 동물이나 나무가 말을 하고 생각과 느낌을 갖는 것은, 근대적인 이성적 사고, 인간중심적 사고로는 받아들이기 힘든 일이다. 어떻게 사람이 책 속으로 뛰어들어갈 수 있단 말인가. 상상

속에서나 가능한 일이다.

그러나 판타지는 말 그대로 환상이 아니다. 환상이란 애초에 존재하지 않는 꼭두(幻)인데 반해, 문학에서 말하는 판타지는 현실을 보는 다른, 새로운 관점이다. 그 새로움은 현실을 더욱 선명하게 밝혀 보이기 위한 새로움이며, 현실을 더 나은 삶의 자리로 바꾸어나가고자 하는 새로움이다. 그것은 문학을 비롯한 모든 예술이 꿈꾸는 방향이기도 하다. 문학과 예술은 있는 그대로의 삶에서 한걸음 나아가, 있어야 하는 삶의 모습을 꿈꾼다. 그 꿈은 현실을 잊고 현실을 초월하는 낭만적 꿈이 아니라, 현실의 현재를 더욱 분명하게 보도록 만들고, 현실의 미래를 앞질러 엿보고자 하는 간절한 바람인 것이다.

리얼리즘, 곧 현실주의 작품들에만 현실이 깃들어 있는 것은 아니다. 판타지에도 현실은 의연히 존재한다. 『끝없는 이야기』의 바스티안이 이야기 속으로 들어가 마주치는 문제는 우리가 거듭 현실 속에서 부딪히는 문제이다. 바스티안과 마찬가지로 우리는 현실의 고통을 벗어나고자 하며 잊고자 한다. 여행을 떠난다. 여행 속에서는 어리석고 무기력한 내가 바로 주인공이 된다. 그 휘황찬란한 이야기 속 세계, 여행의 세계로부터 다시 현실로 되돌아오고 싶은 사람은 없을 것이다. 그러나 돌아와야만 한다. 그것이 엄연한 현실이며, 바스티안도 이로부터 결코 자유로울 수 없다. 그러나 빈손으로 돌아온다는 것은 너무 애석한 노릇이다. 무엇인가 새로운 깨달음을 안고 현실로 돌아와야 하는 것이다. 이러한 이야기가 판타지라면, 판타지는 현실의 다른 모습이지 비현실적인 환상이 결코 아니다.

마찬가지로 현실주의 작품이라고 해서 현실 그 자체를 그대로 표현하고 있는 것도 아니다. 작품에 형상화된 현실은, 작가가 작품 속에서 구성해낸 현실이지 현실 그 자체는 결코 아니기 때문이다. 결국 현실주의적인 작품은 이야기 속 세계가 현실의 법칙을 지켜나가는 반면, 판타지적인 작품에서 이야기 속 세계가 준수해나가는 것은 작품 속에 설정된 새로운 법칙이라는 점이 다를 뿐이다. 예컨대 동물도 사람과 다를 바 없이 옷을 입고, 이야기를 하고, 사랑하는 감정을 느낀다는 이야기 속의 법칙 말이다. 그래서 알렉산더(L. Alexander)라는 작가이자 이론가는 "현실주의는 현실인 척하는 판타지이며, 판타지는 꿈인 척하는 현실"이라고 밝힌 적이 있다.

판타지가 새롭게 탐구한 현실임을 우리는 린드그렌의 작품을 통해 거듭 확인할 수 있다. 텔레비전으로 방송됐던 「말괄량이 삐삐」의 원작자로, 전세계 어린이들의 사랑을 받은 아스트리드 린드그렌의 『사자왕 형제의 모험』도 전형적인 판타지 동화이다. 이 판타지는 '카알'과 '요나탄' 두 형제를 중심으로 죽음 이후의 세계를 본격적으로 탐구해나간다. 이야기 속에서 동생 카알은 못생기고, 다리를 절며, 깊은 병에 걸려 학교에도 가지 못한 채 시름시름 앓으며 힘겹게 죽음을 기다리고 있다. 동생과 달리 어디 하나 나무랄 데 없는 형 요나탄은, 죽고 나면 삶이 끝나는 것이 아니라 '낭기열라'라는 질병도 불행도 없는 새로운 세계가 펼쳐진다고 이야기를 들려주며 동생에게 희망을 안겨준다. 그러던 차에 갑작스럽게 집에 불이 나고, 형은 몸져누운 동생을 구하고는 죽는다. 홀로 남은 카알은 "형 대신 동생이 죽었더라면" 하는 사람들의 수군거림 속에서 괴로워하나, 마침내 낭기열라에서 형을 만나게 된다. 그 죽음의 세계에서 동생 카알은 진정한 사자왕으로 새로운 세계를 힘차게 열어 보인다.

그렇다면 이 낭기열라라는 세계는 환상이며, 현실 속에는 존재하지 않는 세계인가. 그렇지만은 않을 것이다. 카알에게는 낭기열라야말로 현실의 삶을 지탱하는 유일한 힘이며, 위안이자 희망일 것이다. 고통으로 가득 찬 카알에게 낭기열라마저 없다면, 자신을 구하려다 앞서 죽은 형

요나탄이 기다리는 상상의 세계가 없다면, 현실의 삶이 도대체 어떠한 의미가 있을 것인가. 그것은 마치 선량하고 사랑스러운 옛이야기의 주인공들이 한결같이 억눌린 이들, 고통받는 이들이며, 판타지의 세계만이 이들에게 유일한 희망인 것과 다르지 않다. 가장 결핍된 인물, 현실적 고통의 심부에 도달한 인물만이 새롭게 열리는 판타지세계의 주인공이 될 수 있다. 소망이 충족되는 이 세계는 모든 고통에 잠긴 어린이들에게 희망의 전언을 남겨주고 있는 것이다. 희망이야말로 어린이문학의 본질이며, 그것은 현실의 또다른 빛이기도 한 것이다.

3

어린이문학에서 판타지는 사실 현실주의 작품들보다 한결 창작하기가 어렵다. 우리 문학에서 썩 그럴듯한 판타지 작품이 없는 까닭도 예술적 기량이 축적되지 않았기 때문이다. 예술의 성장은 역사와도 같아서, 하늘에서 뚝 떨어지지 않고 조금씩, 시대가 허락하는 꼭 그만큼만 전진할 수 있는 것이다.

판타지가 더욱 어려운 까닭은 현실의 자연스러운 질서와 판타지 속의 질서가 아주 다르기 때문이다. 판타지 동화가 실감을 얻기 위해서는 새로운 세계의 규칙들을 창조해야 하며, 이 규칙에 맞게 이야기의 모든 요소들을 정교하게 배치하지 않으면 안된다. 어느 하나라도 어긋나게 되면, 작품은 신빙성을 잃게 되고, 문학의 테두리를 벗어나고 만다. 우리 어린이문학의 경우 판타지는 이제 막 꽃망울을 터뜨리는 중이다. 아직은 권정생의 『밥데기 죽데기』, 황선미의 『마당을 나온 암탉』, 김옥의 「학교에 간 개돌이」 등을 거론할 수 있을 따름이다. 그런데 이들 작품 역시 본격적으로 판타지세계를 열어가고 있다기보다, 판타지의 몇몇 요소들을 작품 속에 활용하고 있을 뿐이다.

황선미나 김옥의 작품들은 여전히 동물을 의인화하여 표현함으로써, 삶의 또다른 측면을 한층 집중적으로 드러내는 알레고리의 방식을 활용하고 있을 따름이다. 「학교에 간 개돌이」의 경우, 이야기 속에서 서술자는 강아지 '개돌이'다. 개돌이는 비록 사람들과 함께 의사소통을 하지는 못하지만, 사람과 똑같이 생각하고 판단하는 존재로 등장한다. 넓게 보아 판타지의 일종일 수 있다. 이 넓은 범주의 판타지를 통해 김옥은 '준우'라는 인물의 이원적 면모를 발견하게 된다. 동네에서는 대장이지만, 학교에서는 그렇고 그런 말썽쟁이인 것이다. 그럼에도 개돌이는 여전히 준우가 자신의 대장임을 인정하면서 이야기가 끝난다. 준우라는 인물의 이원적 특성은 개돌이가 아닌 다른 서술자의 눈으로는 결코 포착될 수 없는 것이다. 다른 서술자는 어쩔 수 없이 준우의 특정한 일면만을 볼 수밖에 없기 때문이다.

황선미의 작품은 전형적인 알레고리의 형식 속에서 이야기를 펼쳐내고 있다. 다만 난용종 암탉인 '잎싹'이 생명을 길러내는 일에 헌신하고, 마침내 온몸을 바쳐 대자연의 놀라운 순환 속에 들어간다는 이야기 구도는 의인동화의 교훈적인 내용을 압도하고도 남는 문제성을 띠고 있다. 그러나 서술의 특성상 이솝우화와 같은 형식이며, 작품 속 시공간의 질서가 현실의 세계와 전혀 다르지 않다는 점에서 판타지의 초기 형태라고 평가될 수밖에 없다.

이러한 의인동화에는 현실세계와 판타지세계가 맺어지는 연결 고리가 존재하지 않는다. 그 고리가 없다는 것은 판타지세계로 나아가는 인물이 현실적인 갈등 없이, 창조된 시공간을 자유롭게 움직여가는 것을 의미한다. 그러나 정작 판타지를 판타지로 볼 수 있게 만드는 것은 작품 속에 나란히 존재하는 현실세계이다.

현실세계에서 남들에 비해 뚱뚱하고 모자란 바스티안과 병에 걸려 죽어가는 나약한 카알이 또다른 세계 속으로 들어가지 못한 채 거듭 느끼는 망설임과 두려움은 곧 독자인 어린이들이 책 속에서 느끼는 망설임과 두려움이다. 이를 조금씩 극복해가면서 인물이 온전히 판타지세계로 들어감으로써 작품의 현실적인 실감은 더욱 증폭되는 것이다. 또도로프(T. Todorov)와 같은 문학이론가가 판타지의 척도로 현실적 세계와 판타지적 세계를 나누는 경계선에서 인물이 겪는 '망설임'을 설정하는 것도 이 때문이다. 이 망설임은 독자를 판타지세계로 자연스럽게 끌어들이는 지렛대이기도 하다.

영화 「꼬마돼지 베이브」가 발상을 빌렸음직한 화이트의 『우정의 거미줄』도 의인동화의 형식을 띠고 있다. 이 동화의 '펀'이라는 여자아이는 동물들이 주고받는 말들을 모두 듣는다. 뿐만 아니라 다른 가족들에게 그 이야기들을 옮겨 전하기도 한다. 하지만 그런 펀이 어른들에게는 걱정거리가 아닐 수 없다.

엄마는 아빠에게 나지막한 소리로 말합니다.

"펀이 걱정스러워요. 동물들이 말이라도 하는 것같이 이야기해 대는 것, 들으셨지요?"

아빠는 가볍게 웃어넘깁니다.

"사실 말을 하는지도 모르지 않소? …… 상상력이 뛰어나다 보면 그럴 수도 있을 테니. 아이들이야 이 세상 온갖 것들로부터 갖가지 이야기를 다 듣는다고 생각하거든. …… 우리들 귀가 펀처럼 예민하지 못해서 안 들리는 건지도 모르지 않소?"(E. B. 화이트 『우정의 거미줄』, 창작과비평사 1985)

이 인용에서도 엄마의 걱정은 명확히 현실세계의 눈이며, 아빠의 관점은 다소 가볍기는 하지만 판타지세계로 건너는 징검돌을 놓아주고 있다. 아빠는 마치 인간에게 몇 데시벨(dB) 이하나 이상은 듣지 못하는 제한된 가청능력이 있는 것처럼, 뛰어난 상상력을 지닌 어린이들은 한결 많은 소리를 들을 수 있지 않겠는가 하며, 엄마의 걱정을 덜어주고자 한다. 이는 곧 독자들의 의아함을 덜어주려는 작가의 기획이기도 하다. 미국문학이 낳은 지극히 미국적인 걸작이라고 평가되는 이 작품에서 재미있는 것은 동물들의 말을 알아듣는 편의 능력이 남자친구를 사귀게 되면서 없어져버린다는 것이다. '어린애 같은 짓'에 편은 흥미를 잃고 마는 것이다. 하물며 여자친구뿐만 아니라, 그 여자친구와 함께 살을 부비며 사랑을 하고 잠을 자는 지금의 나로서는 고작 어린이문학의 판타지를 통해서야만 세계를 보는 눈과 귀를 더욱 넓혀갈 수 있을 뿐이다.

동물들이 말을 하는 것은 판타지의 한 모티프일 따름이다. 판타지의 모티프는 의인화뿐만 아니라, 주인공인 인물을 변형하는 경우도 있다. 애초 풍자적인 어른의 문학이었으나 어린이들이 탈취해온 스위프트(J. Swift)의 『걸리버 여행기』(*Gulliver's Travels*)도 판타지 양식에 터전을 두고 있다. 그 여행기에 등장하는 거인이나 소인은 인간을 다소 변형한 인물들이다. 노턴(M. Norton)의 『마루 밑 바로우어즈』(*The Borrowers*)도 이 유형의 대표적인 작품이다. 이 작품은 벽시계 한쪽 귀퉁이에서 살아가는 아주 조그마한 인간들이 주인공이다. 이들 '빌려 쓰는 이들'이란 작은 주인공들은 사람들에게서 모든 것을 빌려와 자신들의 터전을 만든다. 사람들이 버린 물건들을 밤에 몰래 끌어모아 침대를 만들고, 요리를 하고, 아이를 키우는 데 쓴다. 그런데 필요한 생활품을 빌려오던 집의 꼬마아이가 이 주인공들을 발견하게 된다. 꼬마는 이들이 더욱 편안하게 살 수 있도록 이것저것 갖다주는데, 갑자기 살림살이가 턱없이 늘어난 나머지, 벽시계 안 '빌려 쓰는 이들'의 거주지는 마침내 어른들에게 발각되고 만다. 결국 이들은 풍선을 타고 다른 살 곳을 찾아 꼬마아이와 벽시계를 떠나게 된다는 내용이다. 인간의 척도로 모든 세상을 재단하는 일이 그릇된 것임을 이 작품은 잘 보여주고 있다.

시간을 변형하거나 새로운 공간을 창조하는 것도 판타지의 주요한 모티프다. 앞서 거론한 『한밤중 톰의 정원에서』는 시간의식에 민감한 영국인에게 아주 걸맞은 작품이다. 작품에서 주인공 톰은 동생 피터가 홍역에 걸리는 바람에, 즐거운 방학을 함께 보내지 못하고 혼자서 이모네 집에 오게 된다. 그곳에서 톰은 거실에 걸어둔 커다란 벽시계가 열두 번이 아니라 열세 번 울리는 것을 듣는다. 그 시간은 현실 속에서 존재하지 않는 시간이다. 열세번째의 종이 울릴 때, 소년은 거실 쪽문을 열고 나가 아름다운 정원을 마주하게 된다. 톰은 거듭 시간에 맞춰 정원을 거닐고, 그곳에서 또 소녀 해티를 만나 그 소녀가 성장해갈 동안 아름다운 추억을 많이 얻는다. 나중에 이모네 집을 떠날 때, 톰은 해티가 늙고 괴팍한 집주인 할머니임을 알게 된다. 그 시간, 그 쪽문을 통해 톰은 60여 년 전의 정원과 소녀를 만났던 것이다.

『끝없는 이야기』나 『사자왕 형제의 모험』에서는 새롭게 창조된 공간과 마주친다. 이 공간 속에서 새로운 현실이 펼쳐지는 것이다. 우리나라 판타지문학에서 빼놓을 수 없는 이원수의 『숲 속 나라』도 이런 모티프를 활용한 작품이다. 50년대의 암울한 현실에서 이원수는 커다란 나무 밑둥치를 통해 건너가게 되는 '숲 속 나라'를 통해 아이들이 주인이 되고, 모두가 평등하고 진실한 새로운 세계를 펼쳐 보였던 것이다.

그밖에도 판타지는 마술적 대상을 통해 새로운 세계를 열어간다. 우리 옛이야기에 등장하는 도깨비 방망이나 젊어지는 샘물은 대표적인 장치이다. 판타지문학의 가장 풍부한 결실로 평가되는 톨킨(J. R. R. Tolkien)의 『호비트의 모험』(*The Hobbit*)이나 『반지전쟁』(*The Lord of the Rings*)에 등장하는 '반지'도 이 장치를 적극 활용한 것이다. 이러한 장치를 통해 판타지는 이루어질 수 없는 갈망을 구체적으로 현실화할 수 있게 된다.

물론 판타지 작품들은 이들 모티프들 가운데 하나만을 활용하지는 않는다. 톨킨의 『호비트의 모험』은 마술의 반지뿐만 아니라, 사람과는 아주 다른 호비트족들이 등장하고, 이야기의 배경도 현실의 공간이 아닌 북유럽의 전설적인 공간에서 펼쳐진다. 권정생의 『밥데기 죽데기』 역시 다양한 판타지적 장치들을 활용한다는 점에서 우리 어린이문학으로서는 새로운 실험에 해당한다. 톨킨과 권정생의 두 작품은 공통적으로 아주 복합적인 판타지세계를 전개시켜가고 있다. 이들 판타지세계를 통해 현실과 유사한 세계 혹은 현실과는 전혀 다른 세계가 창조되는 것이다. 판타지가 현실의 은유이거나 전복인 까닭도 여기에 있다.

4

얼마 전 동물학자인 제인 구달(J. Goodall)의 전기를 읽었다. 『제인 구달』이란 제목의 이 책에서 구달은 헐벗고 굶주린 사람들을 돕는 일과 동물들을 보살피는 일이 다르지 않음을 주장하였다. 그녀는 "왜 우리는 고통받는 사람들을 도와야 하는가?"라는 질문을 던지고 "그것은 고통받는 이들이 우리와 같은 종류이고 우리와 같은 감정을 가지고 있기 때문이다. …… 그런데 침팬지들도 마찬가지로 그런 감정을 느낄 수 있다. 개, 고양이, 돼지, 그밖에 수많은 동물들도 마찬가지이다. 그렇지 않은

가?"라고 되묻고 있다. 구달은 동물이 우리와 다를 바 없음을 주장하고 있다. 인간과 마찬가지로 이 지구라는 아름다운 별에서 살아가는 생명체이며, 주인이라는 것이다. 이러한 인식의 확대 혹은 재구성은 새로운 삶의 철학이 될 수 있다.

판타지도 다르지 않다. 상상을 통해 구성한 세계는 열등한 세계이거나 없는 세계가 아니라, 동물들의 고통과 마찬가지로 미처 우리가 알지 못하고 있거나, 보지 않으려 했던 세계가 아닐까. 나는 현실이란 객관적으로 존재할 뿐 아니라, 우리들의 인식에 따라, 감성에 따라 끊임없이 구성되어간다고 느낀다. 조금만 깊이 생각해보면 당연시하던 세계는 쉽게 흔들리고 만다.

예컨대 '삶의 끝은 어디인가'라는 물음조차 그다지 선명하지 않음을 알 수 있다. 때로는 뇌가 활동을 멈춘 상태가 끝일 수도 있으며, 심장이 멈춘 상태가 끝일 수도 있다. 아니 어쩌면 무덤 속에 묻히거나, 혹은 구천을 떠돌다 마침내 저승에 혼이 가 닿거나, 그것도 아니라면 가까운 지인들의 마음속에 애틋한 그리움을 더이상 불러일으키지 않을 때일 수도 있다. 삶의 시작도 다르지 않다. 생의 시작은 서양에서처럼 어머니의 자궁을 떠나 세상 밖으로 나왔을 때인지, 우리네처럼 수태가 되었을 때인지 생각하기에 따라 달라진다. 시작이나 끝은 그 자체로 존재하는 것이 아니라, 우리들이 지각하고 느끼는 지점인 것이다.

판타지가 창조한 세계도 다르지 않을 터이다. 판타지는 현실과 명확하게 단절된 세계가 아니라, 현실의 확장이거나 심화로 자리매김될 수 있다. 판타지는 현실의 은유와 전복을 통해 현실을 더욱 잘 보게 만드는 방법이자, 새로운 감성과 인식 아래 현실 그 자체를 새롭게 구성해내는 철학이기도 한 것이다. 게다가 더욱 분명한 것은 어린이문학의 판타지가 창조한 세계가 그 어떤 현실의 세계보다 사람들이, 나아가 모든 살아 있는 존재들이, 아니 심지어 죽은 듯이 보이는 사물들까지 포함한 모든 존재가 살아가기에 썩 그럴듯한 세상이라는 점이다. 그것만큼은 진실이다. 결코 흔들리지 않을.

■ 찾아 읽기

이재복『판타지 동화 세계』, 사계절 2001.

권정생『밥데기 죽데기』, 바오로딸 1999.

필리파 피어스, 햇살과 나무꾼 옮김『한밤중 톰의 정원에서』, 창작과비평사 1993.

E. B. 화이트, 김경 옮김『우정의 거미줄』, 창작과비평사 1985.

아스트리드 린드그렌, 김경희 옮김『사자왕 형제의 모험』, 창작과비평사 1983.

──────────── 이진영 옮김『산적의 딸 로냐』, 시공주니어 1999.

J. R. R. 톨킨, 최윤정 옮김『호비트의 모험 1·2』, 창작과비평사 1988.

미하엘 엔데, 허수경 옮김『끝없는 이야기』, 비룡소 2000.

셋째 마당 어린이문학의 벼리

방정환, 어린이문학의 첫 단추

1

5월은 참 아름다운 계절이다. 이 즈음이면 살아있는 모든 것들이 한껏 늘어지게 기지개를 켜고 마구 꿈틀거리기 시작한다. 나뭇잎들도 눈부신 초록의 광휘 속에 휩싸이고, 꽃들 역시 앞 다투어 마음껏 향기를 흩뿌려 댄다. 그런데 "계절의 여왕 5월 앞에서／내가 무색하고나"라고 노래한 시인의 말처럼, 이 5월의 대자연 앞에서 우리들은 오히려 위축되는 느낌이다. 유독 사람들만 이 신생의 계절에 무력감을 벗어던지지 못한 채, 끙끙대고 있다. 어디 대나무 줄기처럼 쑤욱 자라오르기를 하나, 작은 민들레처럼 샛노란 꽃을 피우기를 하나. 어떤 성장의 흔적조차 보이질 않는 것이다. 그나마 겉으로 보이는 성장은 없을지라도 생각이 깊어지고 사리가 분명해지기라도 하면 좋으련만, 이건 오히려 거꾸로 가고 있다는 느낌만 거듭 든다.

그런데도 5월은 우리로 하여금 내면 깊숙이 침잠할 수 있도록 내버려두지도 않는다. 웬 행사는 그리 많은지. 결혼은 꼭 5월에 해야 잘살 수 있는 것인지. 그리고 감사의 마음도 이렇게 집중적으로 날을 잡아 해야 되는 것인지 알 길이 없다. 그래도 다른 날은 나은 편이다. 스승의 날이야말로 최악이며, 또 그 절정이다. 아이들이 건네주는 선물을 받는 것도 겸연쩍기 그지없다. 받으면 불편하고 또 "선생님은 선물 안 받는다"고 공표를 하고서도 정작 받지 못하면 섭섭하다. 심사가 아주 복잡하다. 스승의 날 노래를 듣고 있으면, 더욱 심란하다. 아이들이 노래를 하는 동안 시선을 어디에 두어야 할지 까마득하다. 가만히 발끝을 내려다보고 있으면 괜스레 눈시울이 뜨거워지기도 한다. 과연 내가 이 아이들에게 건네는 은혜는 하늘 같은지 자꾸만 고개를 떨구게 된다. 그래도 아이들 얼굴 한번 보려고 눈을 가만히 들면, 짐짓 엄숙하게 노래를 부르는 녀석이나 빙긋이 웃음을 머금고 축가를 건네는 녀석이 있다. 왈칵 아이들이 사랑스럽게 느껴진다. 그런데 노래는커녕 장난질로 분주하거나 무덤덤한 얼굴이라도 딱 마주치면 고조된 기분은 여지없이 망가지고 만다. 아, 이렇게 스승의 마음을 복잡하게 만드는 날은 없어졌으면 좋겠다. 그저 집에서 하루 쉬며, 가만히 계절의 아름다움 속에 몸을 담글 수 있다면, 하여 사는 일이 이렇게 아름다운 것임을 느낄 수 있다면 그것만으로 충분히 좋은 선생님이 될 수 있을 텐데.

번거롭지만 그저 넘길 수만은 없는 날들 가운데 어린이날도 한몫한다. 모처럼의 나들이가 싫지만은 않지만, 유독 이 날만 제 아이들이 눈에 들어오는 바쁜 어른들은 너나없이 밖으로 쏟아져 나온다. 어디를 가나 온통 사람들로 몸살을 앓을 지경이다. 이 하루만 어린이날이 아니라, 1년 365일이 모두 어린이날이라면, 이렇게 고단할 일도 없을 텐데. 하루뿐인 어린이날은 어른에게도 정작 어린이에게도 고단하기는 마찬가지일 것이다.

그래도 가난한 우리네 어린이들에게 이 날은 무척 소중한 날이다. 특히나 지금으로부터 80여년 전, 1923년 5월 첫째 날을 소파 방정환 선생이 어린이날로 정한 것은 아주 뜻깊은 일이었다. 식민지시대, 궁핍한 시대에 그나마 하루 동안만이라도 어린이들을 귀하게 생각할 여지를 남겨주었기 때문이다. 그 즈음의 어린이들은 식민지시대의 억압과 어른들의 억압이란 이중의 억압 속에서 힘겹게 살아가고 있었다. 물론 지금의 우리 어린이들도 그리 다르지 않다. 부유하면 부유한 대로, 궁핍하면 또 궁핍한 대로, 받아들이기 힘겨운 일에 부대끼면서 살아가는 것이다. 그럼에도 진흙탕 속에서 연꽃이 피어나듯 우리네 어린이들은 피어오르고 있다. 신생하는 오월의 햇살과 바람, 꽃과 나무 속에 둘러싸인 채.

간혹 여생이라는 말을 들을 때가 있다. 나는 이 말을 끔찍하게도 싫어한다. 여분으로 주어진 생이란 어디에도 없다. 생은 결코 덤으로 주어질 수 없기 때문이다. 생은 그 자체로 푸른 신록에 덮인 오월의 자연만큼이나 빛나는 순간들이기 때문이다. 어린이들도 다르지 않을 터이다. 어린이들은 덜 자란 어른, 어른이 되기 위한 전단계로서의 어린이가 아니라, 그 자체로 생의 고통과 기쁨을 마음껏 누리는 존재들이다. 어린이들에게는 이 순간처럼 빛나는 생이 어디에도 없는 것이다. 어린시절의 소중함을 방정환 선생은 다음과 같이 기술하고 있다.

이 아름다운 낙원, 숭엄한 왕국! 거기를 세상 인류는 누구나 지나온다. 그리고 어느 누구든지 이 인생은 모두 자기가 출생한 고향이 있는 것과 같이, 또 고향의 경치와 모든 일이 영원히 잊혀지지 않는 것, 꼭같이 인생은 누구나 한 차례씩, 그 아동의 시대 그 시대를 지나오고 또 그때의 모든 일을 영구히 잊지 못한다. (방정환『어린이를 위한 마음』전집 별권, 삼도사 1967, 17면)

2

방정환은 1899년에 태어났다. 서울 당주동에서 싸전을 하던 집안의 맏아들로 태어나 어려움 없이 자랐다. 일곱살 때에는 학교를 다니고 싶은 나머지 단발을 하고 돌아와 종아리에 피가 맺히도록 회초리를 맞기도 하던 엉뚱한 아이였다. 열살 무렵에 작은할아버지의 사업 실패로 게딱지 같은 초가집으로 옮겨, 쌀을 얻으러 다닐 만큼 몰락했다. 그 가운데에도 '소년입지회'와 같은 현실문제에 관한 토론모임을 조직했고, 선린상업학교로 진학하여 토지조사국의 서기로 일하게 되면서는 '청년구락부'란 조직에서 활동하였다. 열아홉살 되던 해에 당시 천도교 교주였던 손병희 선생의 눈에 들어 셋째 사위가 되었으며, 이때부터 가난에서 놓여났다. 1919년 3·1운동이 일어난 뒤 동경으로 유학을 가 아동심리학과 어린이문학을 전공하였으며, 귀국하고서는 본격적으로 어린이문화운동에 뛰어들었다. 그리고 1923년에는 어린이문화운동의 구심을 형성하고자 '색동회'를 조직하였으며, 5월 첫 일요일에 어린이날 행사를 처음으로 열었다. 그리고 『어린이』란 잡지를 통해 외국동화의 소개와 번역, 옛이야기의 재화, 동화와 동시 창작에 몰두하였고, 어린이 문화운동에 온 정열을 바치며 살다, 33세의 젊은 나이에 병으로 숨지고 말았다.

이 짧은 생애 동안 그가 이룬 많은 일들 가운데, 우리에게 잘 알려진 것은 어린이문화운동가로서의 방정환이다. 방정환하면 어린이날을 제정하고 어린이란 말을 처음으로 만든 이라는 정도일 뿐, 그가 우리 어린이문학의 기원임을 아는 사람은 많지 않다. 더욱이 최근 들어 그에 관한 논의가 부쩍 활발해지고 있는 것도 그가 「만년샤쓰」 「동생을 찾아서」

「칠칠단의 비밀」 등의 작품을 통해, 또 수많은 비평적인 글을 통해 초창기 어린이문학의 형성에 큰 공헌을 하였기 때문이다. 오늘날의 우리들은 그 기원의 성격을 밝혀 보임으로써 무엇이 극복되어야 하며, 또 무엇을 계승해야 하는지가 분명해지리라 기대하고 있기 때문이다.

그러나 1920~30년대에 활동했던 인물과 그의 작품을 정당하게 평가하는 일이 그리 쉽지만은 않다. 특히나 어린이문학이 이제 막 걸음마를 시작한 때였기에 지금의 눈으로 보면 모든 것이 어설프고 서투르기 그지없을 것이다. 그렇다고 오늘날의 문제의식을 접어두고, 있었던 그대로의 활동이나 성취만을 꼼꼼하게 밝혀 보이는 것도 그리 큰 의미가 있을 성싶지 않다. 과거를 그대로 복원하거나 현재의 관점으로 편집하는 것은 역사를 보는 올바른 관점일 수 없는 것이다. 결국 과거와 현재 사이의 날카로운 긴장 속에서, 현재의 의미도 놓치지 않고 과거의 사실도 왜곡함이 없이 밝혀 보이는 것이야말로 문학사의 첫 자리에서 반드시 요구되는 올바른 관점이다. 이 의미와 사실을 동시에 껴안고 전진하는 관점을 우리는 역사적 원근법이라 부른다. 너무 멀리 떨어져 있어 나무를 놓쳐서도, 너무 가깝게 근접한 나머지 숲을 보지 못해서도 안될 적절한 거리를 갖는 관점, 곧 역사적 원근법이야말로 새삼 필요한 시각인 것이다.

그의 간략한 연보를 통해 볼 때, 무엇보다 앞서 해명되어야 하는 것은 그가 왜 어린이문화운동을 자신의 주요한 일로 삼게 되었는가 하는 점이다. 청년구락부 활동을 통해 이미 반일의지를 내면 깊숙이 각인하였을 한 청년이, 동경유학에서 돌아와 『개벽』을 비롯한 천도교의 모든 매체를 관리하는 중요한 위치에 있던 그가, 왜 누구도 거들떠보지 않던 어린이들에게서 삶의 중심을 찾아나갔을까. 그 근본적인 이유는 3·1운동의 실패로 인한 좌절 때문이었을 것이다. 전민족적인 의거로 확산되었으나 결국 3·1운동은 실패로 끝났다. 그리고 그 실패를 거울 삼아 민족운동 전반은 급속하게 재편되기 시작하였다. 일부는 비폭력이 아닌 무장투쟁으로 나아가기도 했으며, 운동을 지속할 집단이 부재함을 발견하고 새로운 주체의 필요성을 느낀 이들은 사회주의운동으로 나아갔다. 도산 안창호 같은 이는 준비론을 역설하였으며, 그 연장선 위에서 국내의 민족주의자들은 계몽주의운동에 주력하게 된다. 그러나 방정환에게는 그 어떤 방안도 만족스럽지 못했을 것이다. 그는 어른들로부터 근본적인 변화를 기대한다는 것이 어렵다는 것을 실감하였고, 현재보다 미래에 희망을 걸게 된다. 미래의 주인공인 어린이들이야말로 현실적인 좌절을 극복하는 존재로 그에게 부각되었던 것이다.

3·1운동의 실패를 어린이를 주역으로 하는 새로운 사회의 건설로 연결시키고자 한 그의 생각은 다음의 인용에서 잘 드러나고 있다.

우리는 우리 지식껏 이렇게 꾸미고 이렇게 살고 있지만 새로운 세상에 새로 출생하는 새 사람들은 저희끼리의 사색하는 바가 있고 저희끼리의 새로운 지식으로 어떠한 새 사회를 만들고, 새 살림을 할는지 모르는 것입니다. 그것을 무시하고 덮어놓고 헌 사람들이 헌 생각으로 만들어놓은 헌 사회 일반을 억지로 둘러씌우려는 것은 도저히 잘 하는 일이라 할 수 없는 것입니다. (「소년의 지도에 관하여」, 같은 책 205면)

'새로운'과 '헌'으로 대비되는 이분법적 인식을 통해 방정환은 어린이들이 주체가 되어 건설해야 하는 사회가 기존의 관념과는 명확하게 달라야 한다고 인식하고 있다. 새로운 사회, 새로운 질서는 새로운 세대에 의해 수립되는 것이지, 기존의 모든 것들과 연속되는 가운데 덧대어지는 것이 아님을 분명하게 선언하고 있는 것이다. 그리고 이 선언에는 계몽이나 교육과 같은 기존의 가치를 전승하기 위한 수단으로 어린이문화운동을 수행하는 것이 아니라, 어린이들을 그 자체로 "자유롭고 재미로운 중에 저희끼리 기운껏 활활 뛰면서 훨씬훨씬 자라가게" 해야 한다는 진전된 인식을 보여주고 있기도 하다.

그러나 식민지시대라는 특정한 역사적 상황을 고려할 때, 이러한 기획이 현실의 사회적 실천과 어느정도 유리되어 있다는 비판으로부터 자유로울 수는 없다. 그는 현실적이라기보다 다분히 이상주의적인 관점에서 문제에 접근하고 있다고 볼 수 있다. 그는 식민지시대를 극복하는 계기로서 어린이를 보는 한편, 여전히 다른 한편으로는 어린이를 낭만적이고 이상주의적으로 굴절시켜 봄으로써 끊임없이 동요하기에 이른다. 이러한 양상은 그의 작품에서도 잘 드러나고 있다.

3

방정환의 작품 중 문학적인 품격을 갖춘 대표적인 작품으로는 「만년샤쓰」를 들 수 있다. 그밖에도 「칠칠단의 비밀」이나 「소년 사천왕」「동생을 찾아서」 등의 탐정소설 형식을 빌고 있는 작품들이 있으나, 「만년샤쓰」가 당대의 여건 속에서는 본격적인 창작동화로 손색이 없는 가장 뛰어난 작품이다.

이 작품은 창남이란 '시원스럽고 유쾌한' 성격을 가진 인물을 그려 보이고 있다. 낙천적인 창남은 우스운 말도 잘 지어내며, 연설이나 토론에도 뒤처지지 않는 학생이다. 어느날 창남이 교복저고리 안에 맨몸으로 체조수업을 받게 된다. 그 이후로 창남은 '만년샤쓰'라는 별명을 얻게 된다. 그 다음날에도 창남은 양복바지 대신 다 떨어진 겹바지와 짚신을 신고 온다. 선생님의 질문에 창남은 마을에 불이 나서 추위에 떠는 사람들에게 모두 벗어주었다고 말한다. 그리고 옷가지를 이웃에게 주고, 떨고 있는 어머니에게 샤쓰를 벗어주고 왔다는 것이다.

작품의 마지막 장면은 방정환 문학의 특성을 잘 보여준다.

"저는 거짓말쟁이가 됐습니다."

하고, 창남이는 고개를 숙였다.

"그러나 네가 거짓말을 하더라도 어머니께서 너의 벌거벗은 가슴과 버선없이 맨발로 짚신을 신은 것을 보시고 아실 것이 아니냐?"

"아아 선생님…."

하는, 창남이의 소리는 우는 소리같이 떨렸다. 그리고, 그의 수그린 얼굴에서 눈물방울이 뚝뚝 그의 짚신 코에 떨어졌다.

"저의 어머니는 제가 여덟 살 되던 해에 눈이 멀으셔서, 보지를 못하고 사신답니다."

체조 선생의 얼굴에도 굵다란 눈물이 흘렀다. 와글와글하던 그 많은 학생들도 자는 것같이 고요하고, 훌쩍훌쩍거리면서, 우는 소리만 여기 저기서 조용히 들렸다.   (방정환 『동생을 찾아서』 소파어린이문학전집 3, 삼도사 1965)

이 인용에서도 알 수 있듯, 방정환 문학의 가장 두드러진 특징은 감상적인 경향이다. 물론 이 감상적인 지향은 소박한 의미의 낭만주의와 연결되어 있다. 그렇지만 그의 낭만주의는 현실 저편의 이상세계를 추구하며 현실을 변혁하고자 하는 역동적인 의미의 낭만주의와는 다소 거리가 있다. 마치 1920년대 초기의 백조파에서 볼 수 있듯 방정환의 낭만주의는 눈물의 낭만주의와 흡사하다. 백조파의 퇴폐적 낭만주의와 방정환의 감상성이 모두 초창기 근대문학의 특성이자 3·1운동의 좌절과 관련되어 있음은 물론이다.

이 작품에서 그는 감정을 더한층 고조해가는 방식을 택하고 있다. 맨몸의 만년샤쓰에서 추위에 떠는 이웃, 눈먼 어머니 등으로 진전되는 가운데 비극적인 정황을 강화함으로써 자신의 낭만적인 특성을 잘 보여주고 있는 것이다. 물론 이것은 그가 근본적으로 동화구연가로서 탁월한 재능을 보여주었다는 것과 관련을 맺고 있다. 방정환은 전국 각지를 돌며, 남녀노소 할 것 없이 많은 청중들을 울리고 웃기며 옛이야기를 들려주고 또 어린이문화운동의 중요성을 역설하였다고 한다. 마치 청중을 앞에 두고 하는 연설에서 그러하듯이, 이야기 구연가는 상황에 따라 감정의 파도에 걷잡을 수 없이 휩싸이게 된다.

감상주의와 함께 방정환 문학의 또다른 특성은 계몽적이라는 점이다. 식민지시대라는 역사적 상황이 그로 하여금 민족적 각성을 끊임없이 작품 속에 표현하도록 강요했을 것이다. 이 작품에서도 창남이란 인물은 거의 이념적인 인물에 가까울 정도로 묘사되고 있다. 아무리 어려운 상황에서도 가난한 이를 도우며, 꿋꿋하게 자신의 현실을 이겨나가는 인물로 설정되어 있는 것이다. 더욱이 창남이란 이름 역시 우리나라 최초의 비행사 안창남으로부터 따왔다는 점에서, 성장하는 아이들에게 모범적인 인물 형상을 심어주고자 하는 의도적인 노력을 엿볼 수 있다.

여기에 덧붙일 수 있는 것은 현실성이다. 주인공 창남을 둘러싼 현실은 특별히 궁핍한 한 개인의 삶이 아니다. 그것은 식민지시대 전민족이 처한 구체적인 현실이다. 현실의 전형을 포착한 것이다. 이러한 현실성은 방정환의 다른 작품에서도 풍부하게 드러난다. 「칠칠단의 비밀」 같은 모험이야기에서도 중국과 식민지 조선의 현실이 폭넓게 제시되고 있다. '칠칠단'은 현실에서 민족을 수탈하고 억압하는 식민지 지배세력을 상징하는 것으로 보아도 무리가 없다. 그는 민족의 현실에 대한 문학적 대응으로 작품을 창작한 것이지, 단순히 어린이들에게 읽을거리를 제공하고자 한 것이 아니었다.

방정환의 문학은 이처럼 부정적인 계기로서의 낭만성과 긍정적인 계기로서의 현실성을 나란히 포함하면서 우리 어린이문학의 첫장을 열고 있다. 여기에 덧붙여 긍정적이거나 부정적인 것으로 명확하게 규정할 수 없는 계몽적 특성을 함께 지님으로써 어린이문학이 쟁점으로 안고 있는 세 가지 계기를 모두 포괄하고 있는 것이다. 사실 낭만적인 계기, 곧 이상을 향한 동경은 그 자체가 어린이문학의 미적 특성이다. 계몽성 또한 다르지 않다. 어린이문학은 어른들의 문학과 달리 풍부한 계몽적 자질을 그 자체 내에 포함하고 있다. 더욱이 계몽성과 낭만성은 동전의 양면과 마찬가지로 드러나는 모습만 달리할 뿐 그 본질에 있어서는 다를 바가 없다. 이들 모두 현실에 대한 부정과 이상에 대한 지향이란 점에서 낙관적인 희망과 견고하게 결합되어 있기 때문이다.

그러나 낭만성은 방정환에게서 엿볼 수 있듯, 희망을 향한 소박하고 간절한 바람과는 무관하게 자칫 감상주의나 어설픈 동심천사주의로 전락할 수도 있다. 계몽성 또한 경직될 경우 교육적인 설교로 전락해버릴 수도 있는 것이다. 따라서 계몽성이나 낭만성은 그 자체가 긍정적이거나 부정적이라기보다 작품 속에서 실현되는 방식에 따라 달리 평가되어야 한다. 그렇다고 해도 방정환의 문학에서 계몽성은 식민지 현실과 조응하는 가운데 적절한 균형을 취하고 있는 데 반해, 낭만성은 이상을 향한 동경이 아닌 어설픈 감상주의로 치닫고 만 것은 부인할 수 없다.

어린이문학에서 방정환이 새삼 문제적인 작가로 부각되는 이유도 여기에 있다. 방정환은 우리 어린이문학의 기원일 뿐만 아니라 향후의 발전 방향을 가늠케 하는 시금석으로 존재하기 때문이다. 무엇보다 이후의 어린이문학은 방정환을 통해 획득한 이 세 가지 계기를 조화롭게 발전시켜나가야 했으며, 오늘날의 어린이문학 역시 그 과제를 고스란히 떠맡고 있는 것이다.

그런데 지난날 어린이문학의 역사적 전개는 이 계기들을 충분히 지양해내지 못하였다. 왜곡된 근대가 제대로 된 발전을 가로막았을 뿐만 아니라, 작가들의 편향된 의식과 그릇된 이해가 그 왜곡을 오히려 가중시켜온 것이다. 방정환 이후의 어린이문학은 이 계기들 가운데 특정한 부분에만 집착하여 왜곡되어왔다. 마치 식민지시대의 문학운동이 탈현실적인 예술지상파와 비문학적인 카프문학으로 양분되었듯이, 어린이문학 역시 그릇된 낭만주의적 경향과 단순화된 현실주의적 경향으로 날카롭게 대립된 채, 서로 다른 왜곡을 통해 피폐해졌다. 적어도 어린이문학의 경우 두 계기, 곧 현실성과 낭만성이 나란히 공존할 때에만 희망을 전수하는 문학이란 어린이문학 본연의 기능을 감당할 수 있는 것이다. 그리고 계몽성 또한 이 두 계기가 나란히 하나의 작품 속에 녹아들 때 저절로 온당한 자신의 위치를 갖게 되는 것이다.

이러한 상황은 해방 이후에도 달라지지 않았다. 왜곡된 근대 체험은 국권을 회복하고 난 다음에도 완강하게 역사 속에 깊이 각인되어, 제대로 된 근대로의 도약을 가로막았다. 남북의 분단과 그 분단의 틈바구니에서 독버섯처럼 돋아난 권위적인 정치체제는 건강한 소통을 가로막았으며, 어린이문학 역시 특정한 편향들을 완고하게 확대·재생산하면서 지금에 이른 것이다. 때로는 동심천사주의에 잠겨 어설픈 낭만성에 집착하거나 미처 미적으로 완숙되지 못한 현실성으로 주제만 헐벗은 채 노출하였으며, 계몽성 또한 아주 경박한 교훈성으로 오도하고 말았다. 물론 그 가운데에도 좋은 작가와 좋은 작품이 있어왔음을 전적으로 부인하는 것은 아니지만, 전반적으로 왜곡된 폐쇄회로에 갇혀 있었던 것이 사실이다.

우리 어린이문학은 근래에 들어서야 비로소 방정환의 문학 이후 단절된 현실성과 낭만성의 계기들을 이어나가고자 부심하고 있는 실정이다. 근대 어린이문학의 첫 단추로 방정환은 손색이 없음에도 불구하고, 이후의 작가, 작품 들이 남겨진 과제를 명료하게 인식하지 못한 것이다. 그 과제는 물론 낭만성, 현실성, 계몽성이란 어린이문학의 내적 특성들을 예술적 형상화에 힘입어 결합해내는 일이다.

4

어린이문학의 주요한 독자는 당연히 어린이들이다. 그러나 어린이문학에 내재된 본질적인 문제점으로 꼽을 수 있는 것 역시 독자가 어린이라는 점이다. 어린이들은 좋은 문학작품에 민감하게 반응하며, 한눈에 알아보는 능력이 있다. 그러나 어린이들은 읽고 난 다음에야 작품의 미덕을 알아차릴 수 있을 뿐이다. 더욱이 어린이들은 어린이문학의 독자임에도 불구하고 구매력이 없다. 부모가 책을 사주어야만 읽을 수 있는 것이다. 어린이들은 모든 일이 그러하듯 어른들의 가르침이 아니라, 어른들의 따뜻한 보살핌을 필요로 하는 존재들인 것이다. 문학작품을 감상할 때에도 이것은 예외가 아니다. 폭넓은 의미의 비평이 어린이문학에 더욱 시급하게 요구되는 것도 이 때문이다.

어린이문학 작품 선호도를 나이에 따라 구분하면 크게 네 영역(AC, Ac, aC, ac)으로 나누어 볼 수 있다. 대문자는 좋아하는 작품이며, 소문자는 싫어하는 작품, A는 전문적인 어른(Adult), C는 독자인 어린이(Child)이다. 어른이나 어린이 모두 좋아하는 작품인 AC는 두말할 필요

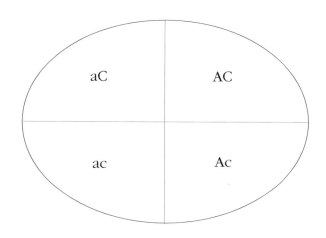

가 없다. 많이 읽기를 권하고 또 재미있게 읽으면 되는 것이다. 어른이나 어린이 모두 싫어하는 작품 역시 문제될 것은 없다. 문제는 어른들이나 어린이들이 각기 좋아하는 작품이다. 특히 어린이들이 좋아하는 작품은 모두 좋은 작품이라고 보기 어렵다. 어린이가 제일 좋아하는 것은 엽기적인 귀신이야기나 만화책일 수도 있다. aC를 읽는 어린 독자들에게 Ac를 읽을 기회를 풍부하게 제공하는 것이 반드시 필요하다.

특히 이 Ac에 속하는 작품들 가운데 빼놓을 수 없는 것이 문학사에 남는 작품들이다. 비록 시대적인 배경이 다르고 정서 또한 판이하게 다르겠지만, 역사에 남는 작품들은 나름의 한계에도 불구하고 우리들의 소중한 문화적 유산이다. 이 유산을 함께 공유해나갈 때, 어린이문학 작품은 세대간의 단절을 이어주고, 공동의 문화적 자산을 전승해나가는 몫을 수행할 것이다. 방정환의 문학 역시 이러한 맥락에서 문학사적으로 가치있는 산물일 뿐만 아니라, 우리 아이들에게도 꼭 건네주어야 할 자산이다. 어려움 속에서도 쉽게 지치지 않고 밝고 꿋꿋하게 견뎌나가며 가난한 이웃을 위하는 창남이야말로 우리 아이들에게 전해져야 할 인물이다.

아름다운 계절과 함께 나날이 새롭게 태어나는 어린이를 소중하게 여기는 어린이날이 있어 더욱 아름다운 이 5월에 우리 어린이들을 아름다운 자연의 품안에서 하루쯤 놀 수 있도록 풀어둘 일이다. 놀이공원에서 사람들에게 시달리느니, 아름다운 초록으로 넘실대는 산과 강을 보여줄 일이다. 그리고 이에 덧붙여 방정환의 문학작품들을 한 편쯤 넌지시 권해볼 일인 것이다.

■ 찾아 읽기

원종찬 『어린이문학과 비평정신』, 창작과비평사 2001.
염희경 「소파 방정환과 사회주의」, 『아침햇살』 2000년 봄호.
방정환 『만년샤쓰』, 길벗어린이 1999.
방정환 『칠칠단의 비밀』, 사계절 1999.

식민지시대 현실주의 동화의 정점

—현덕론

1

얼마 전 2학년이 된 아들녀석이랑 백화점엘 갔다. 그리 잦은 일은 아니지만, 아무래도 혼자 시장을 보기가 면구스러워 종종 녀석을 데려가곤 한다. 중학생이 되어버린 딸은 아무리 떡볶이를 사준다고 해도 요지부동이다. 그래도 아들녀석은 아득히 먼 어린이날 미니카를 사준다고만해도 선뜻 따라나선다. 그날도 아마 그런 유의 약속으로 꾀어내 함께 갔을 것이다.

휴일이어서인지 사람이 아주 많았다. 사건은 식품매장으로 가는 엘리베이터 안에서 일어났다. 지하 1층에서, 나는 "두엄아, 내려라"라고 한마디 던지고는 앞서 내렸다. 그런데 돌아보자 어디에도 녀석이 없었다. 등줄기를 싸한 전율이 훑고 지나갔다. 아들녀석이 미처 사람들 틈에서 내리지 못한 채 문이 닫히고 만 것이었다. 엘리베이터 표시등은 이미 지하 2층에서 멈추었고, 나는 비상계단을 영화처럼 달려 내려갔다. 그러나

도착했을 때는 또 아래로 내려가고 있었고, 그 아래층으로는 엘리베이터와 비상계단이 연결되어 있지도 않았다. 안내원도 없고 비상계단이 나란히 있지도 않은 이 나쁜 백화점은 상계동 미도파 백화점이다. 나는 '아, 이렇게 해서 아이를 잃어버리는구나' 라는 생각이 들었다. 허둥지둥 주차장을 가로질러 반대편 비상계단으로 달려 내려갔고, 지하 3층에서는 아들녀석이 타고 있는 엘리베이터가 어디에 있는지 방향조차 찾을 수 없었다.

나는 다시 뛰어올라 지하 1층으로 되돌아왔으나 여전히 녀석은 보이질 않았다. 나는 거의 제정신이 아니었다. 게다가 들은 풍월이 있어, 녀석이 홀로 세상에 버려져 그 끔찍한 '분리공포'를 느끼고 있으리라는 생각이 들자 더욱 힘이 들었다. 안내를 찾아 방송이라도 해야겠다고 계단을 오르는데, 아내 생각이 났다. 이 나쁜 소식을 어떻게 전해야 하나. 어떤 변명도 통하지 않을 텐데, 난감했다. 또 아이를 잃어버린 고통을 평생 지고 살아야 하는 일도 끔찍했다. 영화 주인공이 따로 없었다.

그런데 휴대전화가 울렸다. '마누라면 어떡하지?' 생각하며 받았는데, 낯선 아주머니였다. "아이 잃어버렸죠?" 구세주가 따로 없었다. 다시 녀석을 만났을 때, 아비의 그 긴박한 마음속 오르내림에는 관심이 없다는 듯 슈크림빵을 맛있게 얻어먹고 있었다. '이래서 아이를 찾은 부모들이 대뜸 화부터 내는구나' 하는 생각이 들었다. 한차례의 일방적인 감동의 상봉이 있은 다음에 물었다.

"무섭지 않았니? 그래 어떻게 했니?"

"응, 사람들이 아빠 잃어버린 데서 내리라고 해서, 지하 5층까지 갔다가 다시 올라왔지 뭐. 그러고는 마음씨 좋게 생긴 뚱뚱한 아줌마한테 가서, 길을 잃었다고 했어. 아빠한테 전화 걸어달라고 부탁했지."

아이는 어느새 이렇게 성큼 자라 있었던 것이다. 조금 나무라기라도 하면 금세 징징거리고 우는 아이가, 아직도 불을 켜두어야만 잠이 드는 아이가 이 녀석의 모두가 아니었던 것이다. 녀석은 짐작과는 다르게, 아이는 어른들의 생각과는 무관하게 거듭 성장해가고 있는 것이다. 어쩌면 '아이가 이럴 것이다'라는 규정은 다만 어른들의 관념일 뿐이며, '어린이의 발견'이라고 말하는 것도 발견하고 싶어하는 어른들의 관점이지, 아이들 자체의 살아 꿈틀거리는 실체와는 거리가 있지 않을까 하는 생각이 들었다.

어린이문학의 대상이자 주체인 어린이야말로 어린이문학을 어린이문학답게 만드는 실체이다. 그러나 정작 우리는 이 어린이에 관해 소상하게 모든 면면을 알고 있지 못하다. 그저 이렇게저렇게 규정하는 어른들의 주관적인 관점만 횡행하고 있을 따름이다. 그럼에도 이 주관적인 관점이 모두 그릇된 것만은 아니다. 어차피 대상이자 주체인 어린이들이 스스로를 명료하게 밝혀 드러내지 않는 한, 주관적인 오류는 피할 수 없기 때문이다. 문제는 우리 어린이문학이 어린이를 어떻게 구성하는가에 달려 있다. 가능하면 어린이들의 삶의 결, 마음의 결을 놓치지 않는 가운데 지금 여기에서 요구되는 소망스러운 어린이의 상을 구성하는 것이 어린이문학을 둘러싼 이들이 해야 하는 일일 것이다. 작품의 창작을 통해, 작품의 분석과 평가를 통해, 주위에 널리 권유함으로써 현실의 어린이를 새롭게 구성해나가야 하는 것이다. 문제는 어떤 어린이의 형상을 바람직한 어린이로 내세울 것인가에 달려 있다.

식민지시대 현덕이란 작가가 아주 뛰어난 어린이문학 작가라는 것도 그가 한 시대와 맞서 새겨나가고자 했던 어린이의 형상 때문이다. 물론 그가 구성하고자 한 어린이는 현실의 어린이와 동떨어져 있지도 않았으며, 어줍잖은 계몽적 목소리에 귀를 기울이는 어린이도 아니었다. 값싼 눈물과 탄식으로 어깨를 잔뜩 웅크리고 있는 주눅든 어린이도 아니었고, 그렇다고 혼탁한 세상 속에서 스러질 듯한 아침이슬처럼 맑은 어린이도 물론 아니었다. 현덕이 작품 속에서 구성해낸 어린이는 이 모든 부정적인 면모를 말끔히 극복한 어린이였으며, 그 시대를 사는 참으로 진정한 어린이의 형상을 앞질러 내면화하고 있는 어린이였던 것이다. 현덕이 우리 어린이문학의 역사에 우뚝 솟은 봉우리 가운데 하나임도 이로부터 말미암은 것이다.

2

현덕은 1909년 서울에서 태어났다. 1932년 동아일보 신춘문예에 동화 「고무신」이 가작으로 당선되었고, 1938년 「남생이」로 조선일보 신춘문예에 당선되면서 본격적으로 작품 활동을 시작하였다. 작품집으로는 소년소설집 『집을 나간 소년』(1946) 동화집 『포도와 구슬』(1946) 『토끼 삼형제』(1947) 소설집 『남생이』(1947) 등이 있다.

현덕이 주로 활동한 시대는 1930년대 후반에서 40년대에 이르기까지이다. 동화집으로 묶어낸 것은 해방 직후의 일이며, 새로 쓴 것이라기보다 기존의 작품들을 묶은 것이다. 이 시기는 식민지시대 말기로 최소한의 문화활동조차 차단된 시기였으며, 1940년대의 암흑기 직전의 문화적 불모의 시기였다. 더러 대표적인 작가들은 친일의 길로 발 벗고 나서게 되며, 기세 좋은 작가들조차 붓을 꺾고 칩거하는 것으로 예술적 소임을 감당하던 시절이다. 그러한 상황 속에서 창작되었음에도 그의 작품은 이전의 어떤 동화와 비교할 수 없는 품격과 높이를 획득하고 있다. 동화 작품이나 소년소설로 분류되고 있는 작품들이 한결같이 일정한 수준을 견지하고 있다. 그렇지만 이들 작품들 가운데, 적어도 필자의 눈에는

「나비를 잡는 아버지」가 가장 뛰어난 작품으로 보인다. 발표지와 연대가 분명하지 않으나, 이 작품만으로도 현덕이 어린이문학의 역사에 남긴 성취는 충분하다고 해도 과언이 아니다. 특히 이 작품을 방정환의 「만년 샤쓰」와 나란히 놓고 보았을 때, 곧 계몽성과 낭만성, 현실성이란 세 가지 계기의 진전을 살폈을 때, 그 성취는 더욱 확연하게 보인다.

「나비를 잡는 아버지」는 소년소설로 분류되어 있다. 어린이문학의 장르론은 여전히 미궁 속에 놓여 있다. 소년소설이란 명칭 역시 그 기원은 일본문학에서 논의되던 개념을 직수입한 것으로 보인다. 초기 단계일수록 개념을 부려쓰는 것에 아주 조심스러워야 하며, 적절한 개념을 찾아내려는 노력을 게을리하지 말아야 할 것이다. 그런데 동화와 짝을 이루는 소년소설이란 명칭은 아무래도 마뜩치가 않다. 소년이 갖는 넓은 의미를 모르는 바 아니나, 여전히 문학의 주체를 남성성으로 보는 관점을 굳이 고수할 필요는 없을 것이다. 소년소설이 아니라 어린이문학의 이야기 장르를 동화와 소설로 구분하는 것 역시 적절하지 못하다. 이미 어린이문학의 동화가 성인문학의 소설에 대응되는 장르의 명칭인데, 어린이문학 안에 또 소설이 있다는 것은 범주의 오류가 아닐 수 없다. 아직 명료한 내포가 확정되지 않은 지금으로서는 당분간 현실주의 동화 속에 소년소설을 포함해 논의하는 것이 적절하다고 본다. 무엇보다 장르적인 명칭은 장르 자체에 내재된 양식적 특질로 규정되어야 하지, 독자의 연령에 따라 이리저리 나눌 수는 없기 때문이다.

물론 현실주의 동화라고 해도 문제의 소지는 남는다. 현덕의 현실주의 동화에 등장하는 주인공들은 엄밀히 따지자면 어린이들이 아니다. 물론 그 엄밀히 따지는 척도는 바로 우리 어린이문학의 그릇된 관행이다. 지금 여기에서의 어린이문학은 적어도 초등학교 5, 6학년까지의 아이들이 주인공으로 등장하는 이야기라는 의미로 그 대상을 한정하고 있다. 그러나 이야기 속의 인물이 몇학년인가 하는 것은 결코 어린이문학인가 아닌가 하는 기준이 될 수 없다. 문제는 등장인물이 아닌 독자의 지평 속에 놓여 있기 때문이다. 인물이 중학생 또래의 나이이든, 심지어 어른 이든 관계없이 독자인 어린이들이 이해할 수 있고, 공감할 수 있는 경험 세계를 탐구하고 있는가가 문제될 뿐이다. 적어도 그러한 기준이라면 현덕의 소년소설들은 현실주의 동화임이 명확하다.

「나비를 잡는 아버지」에 등장하는 중심인물은 바우다. 소학교 때는 공부를 곧잘 하고 그림을 잘 그렸으나, 가난한 소작인의 아들인지라 상급학교로 진학하지 못한다. 소꼴을 먹이는 틈틈이 그림을 그리는 것이 유일한 위안이다. 바우의 대척에 놓이는 인물은 경환이다. 마름의 아들로, 소학교 시절에는 늘 바우에게 눌려지냈으나, 상급학교로 진학한 지금은 의기양양하다. 이 두 인물의 갈등으로부터 이야기는 시작된다. 방학이 되어 나비채집을 하러 다니는 경환이 못마땅한 바우는 자신이 잡은 나비를 달라고 하는 경환에게 주지 않고 날려보낸다. 그러자 심술이 난 경환이 바우네 참외밭을 휘젓고 다니며 망가뜨리고, 참지 못한 바우와 주먹다짐을 하게 된다.

물론 이야기는 이 갈등만으로 이루어져 있지 않다. 현덕이 바우와 경환의 갈등을 슬그머니 소작인과 마름의 갈등, 곧 계급적인 갈등으로 옮겨두고 있다. 경환을 두들겨패준 것 때문에 바우의 어머니와 아버지가 마름집에 불려가 꾸중을 듣는다. 부모는 한결같이 일의 전후를 따져묻지도 않고 바우더러 "어서 나비 잡아 가지고 가서 빌어라, 빌어"라고 요구한다. 그러나 바우는 다음날도 그예 경환에게 빌러 가지 않는다. 집에 있기가 고달픈 바우는 뒷산으로 올라가고, 그곳에서 나비를 잡는 아버지를 발견한다. 이야기의 마지막 장면은 다음과 같다.

바우는 산을 내려와 맞은편 언덕 위로 올라섰다. 그리고 가까운 거리에서 모밀밭을 내려다보았을 때 그는 놀라 벌린 입을 다물지 못했다. 경환이 집 머슴으로 본 사람은 남 아닌 바로 자기 아버지였다. 아버지는 농립을 벗어들고 나비를 쫓아 엎드렸다 일어섰다 하며 그 똑똑지 못한 걸음으로 밭두덩을 지척지척 돌고 있다.

바우는 머리를 얻어맞은 듯 멍하니 아래를 바라보고 섰다. 그러다가 갑자기 언덕 모래 비탈을 지르르 미끄러져 내려가며 그렇게 빠른 속력으로 지금까지 잠겨 있던 어둔 마음에서 벗어나, 그 아버지가 무척 불쌍하고 정답고 그리고 그 아버지를 위하여서는 어떠한 어려운 일이든지 못 할 것이 없을 것 같고, 바우는 울음이 되어 터져 나오려는 마음을 가슴 가득히 참으며 언덕 아래 모밀밭을 향해 소리쳤다.

"아버지 —"

"아버지 —"

"아버지 —"(현덕『집을 나간 소년』, 산하 1993, 60∼62면)

3

간략한 줄거리에서도 알 수 있듯, 현덕의 동화에서 돋보이는 것은 작품의 현실성이다. 방정환 문학의 현실성이 가난한 주인공과 이웃이란 포괄적인 형태로 제시되는 추상적 현실성인 데 반해, 현덕의 작품에 나타나는 현실성은 한결 구체적인 관계 속에서 설정되고 있다. 작품 속에 설정된 마름과 소작인의 관계는 식민지시대의 가장 뚜렷한 모순관계라고 볼 수 있다. 당대 사회 속에서는 이것이 노동과 자본의 모순보다 한결 생동하는 사회적 관계이며, 현실을 반영하는 전형적인 관계로서도 손색이 없음은 물론이다. 이는 1920년대 후반과 30년대를 거치며 뚜렷한 사회의식으로 무장해온 카프 계통의 작가들이 획득한 미적 자질들을 풍부하게 수용하였을 뿐만 아니라, 발전적으로 극복하였음을 의미한다. 마름과 소작인의 관계를 축으로 설정함으로써 현덕은 섣부른 주관적인 관념을 넘어설 수 있었던 것이다.

만약 바우와 같은 또래의 아이들에게 계급의식을 폭로하는 선전대의 역할을 떠맡기는 것은 명백히 극좌적인 조급성이라고 할 수 있다. 현실성이 계몽성에 압도된 채, 왜곡된 형태로 전락하고 만 것이 1930년대 초반 프롤레타리아 어린이문학의 근본적인 한계인 것이다. 그러나 현덕은 이 근본적인 계급모순을 작품의 전면에 내세우지 않고, 다른 갈등의 배면으로 멀찌감치 배치하고 있다. 작품 속에 구체적으로 나타나는 갈등은 오히려 바우와 경환의 갈등이며, 바우와 아버지의 갈등인 것이다. 특히 이 가운데 중심이 되는 갈등은 제목에서도 명시된 대로 바우와 아버지의 갈등이다. 이러한 갈등의 변모 양상은 자못 흥미롭다.

적어도 바우와 경환의 갈등이 해소되기 위해서는 낭만적인 화해로 끝날 수밖에 없다. 현실을 의도적으로 왜곡하고 기만하지 않는 한, 근본적인 계급적 갈등을 이야기의 발전과정 속에서는 해소할 수 없기 때문이다. 그런데 현실성을 일그러뜨리지 않으면서도 작품의 미적 완결성을 취하는 절묘한 방식으로 현덕은 갈등의 중심축을 이동해냄으로써 달성하고 있다. 아버지와 아들의 갈등은 동일한 현실 속에서의 상이한 변주곡이 될지언정, 결코 적대적인 모순의 관계는 아니다. 그것은 문제의 핵심을 비켜가지 않으면서도 이야기의 결말을 긍정적인 계기로 이끌어갈 수 있는 여지를 안겨주게 된다.

현실주의 동화에서 현실성이란 배경이나 갈등의 현실성으로 끝나지 않는다. 현실주의란 소재의 선택이나 구성의 문제 이전에 현실을 보는 관점의 문제이며, 현실의 발전과정 속에서 사태의 추이를 장악함을 의미한다. 따라서 현실주의적 관점은 동화의 처음부터 끝에 이르는 전과정에 수미일관 관철되어야 하는 것이다. 섣부른 화해로 현실의 진면목을 은폐하지 않으면서도 삶의 진정성에 육박해가는 것이야말로 현실주의 동화가 획득해야 할 미덕이자 정점인 것이다.

현덕은 이 현실성을 이야기의 전개과정 속에서 자연스럽게 해결하고 있다. 아버지와 아들의 화해 역시 갑작스럽게 이루어지는 것이 아니라, 다음의 언술 속에서 이미 예비되고 있다.

"내가 뭐랬어. 참외밭 근처서 멀리 떠나지 말고 지키랬지. 그놈의 그림책, 이리 내놔라. 그것만 잡고 앉았으면 정신 없다가 참외밭을 결딴내는 것두 몰랐지, 인마."

하고 그 그림책을 찾는 것처럼 두리번거리고 뒤꼍으로 가며 아버지는 혼잣말로, 서울 가서 공부한 것이 나비 잡는다고 남의 집 참외밭 결딴내는 거냐고 중얼중얼 울타리에서 호박잎을 따고 있다. 아마 부러진 참외 넝쿨을 그것으로 이어 보려는 것이리라. (같은 책 54면)

아버지는 겉으로 언급되는 바로는 바우를 꾸짖고 있으나, 내심으로는 분명 잘못이 바우에게 있는 것이 아님을 알고 있다. 아버지의 혼잣말은 아버지가 사태의 원인을 명확하게 알고 있음에도 불구하고 현실적으로 땅마지기를 떼일지 모른다는 두려움 때문에 바우를 윽박지르고 있음을 알게 해준다. 더욱이 아버지는 '그림책을 찾는 것처럼'이란 표현 속에서 확인되듯 바우의 그림공부도 안타까운 연민 속에서 승인하고 있는 것이다.

그러나 바우에게 아버지의 애정은 쉽게 받아들여지지 않는다. 아버지의 노여움만이 크게 느껴질 뿐이다. 하지만 그것 역시 동화의 발상으로 손색이 없으며, 갈등의 증폭이란 점에서도 정교한 장치가 아닐 수 없다.

바우는 어머니가 밥상을 날라오기 전에 자기가 먼저 슬며시 집 밖으로 나갔다. 밥을 열 끼를 굶는 한이 있더라도 그 경환이 앞에 나비를 잡아 가지고 가서 머리를 숙이기는 싫었다. 아들의 그만한 체면쯤 보아 줄 줄 모르고 자기네 요구만 고집하는 아버지가 그리고 어머니까지 바우는 무척 야속했다. 노여웠다. (같은 책 59면)

바우는 여전히 아버지의 속내를 이해하지 못한 채, 노여워하고 있는 것이다. 더욱이 인용에서 언급되는 '그만한 체면'이야말로 이 작품의 주제를 형성하는 한 축이다. '체면'으로 제시되는 스스로에 대한 '자기존중감'이야말로 당대의 현실 속에서 현실주의 동화가 획득할 수 있는 지점 가운데 하나인 것이다. 물론 그 자존은 이야기의 결말에서 아버지가 아들의 자존을 지켜주고 싶어한다는 확인 속에서 사랑이란 더 큰 의미로 증폭되어감으로써 발전적으로 해소된다. 아니 정확하게 말하면 가족 간의 사랑이라기보다 연대감 속에서 더욱 구체화된다고 말해야 할 것이다. 바우가 느끼는 아버지에 대한 감정은 단순히 부모에 대한 사랑을 넘어, 한 사회의 모순과 그 모순이 개인에게 전가시키는 불합리한 심리적 억압을 어떻게 넘어설 것인가를 문제 삼고 있기 때문이다.

이와같은 주제를 다루고 있는, 동시대의 작품으로 돋보이는 또다른 작품은 이영철의 「붉은 양옥집」(『쌍동밤』, 숲속나라 2000)이다. 주인공 아이는 멀리 단풍나무 숲으로 둘러싸인 곳에 세워진 양옥집을 부러워한다. 마침내 동경하는 마음을 이기지 못하고 그곳에 들러 아이들과 함께 어울려 놀다가 저녁 노을이 지는 즈음에 제 살던 초가집, 푸른 상록수로

뒤덮여 있는 집을 보게 된다. 함께 놀던 아이들도 "참 아름다운 곳에 사는구나"라며 부러워하고 아이 역시 제 살던 집을 다시금 생각하게 되었다는 내용이다. 자신이 지닌 것의 아름다움을 다른 시각에서 봄으로써 새롭게 발견하게 된다는 것으로 역시 자기존중감을 주제로 삼고 있다. 그러나 이영철의 작품은 그 즈음의 어린이문학 작품에 비할 때 아주 단아한 작품으로 평가될 수는 있으나, 현실성이란 점에서는 현덕의 작품에 미치지 못한다. 현실의 날카로운 갈등이 불러일으키는 차별이 소박한 수준의 차이로 무화되어버리고 있기 때문이다.

「나비를 잡는 아버지」의 미적 특질들이 현실성에만 붙박여 있는 것은 아니다. 그 현실성을 뒷받침하고 있는 예술적 장치들 또한 만만치 않은 것이 사실이다. 특히 이전의 어린이문학과 명확하게 구별되는 것은 섬세한 심리묘사가 돋보인다는 점이다. 아버지에 대한 바우의 원망과 나비를 잡고 있는 아버지를 발견한 순간의 심리 추이가 아주 선명하게 표현되고 있다. 이는 무엇보다 현덕이 소설 창작을 통해 끊임없이 숙련해온 기량의 결과라고 볼 수 있다. 축적된 예술적 재능의 결과로 먼저 눈여겨볼 만한 것은 이 작품이 바우라는 3인칭 인물을 주인공으로 설정하고 있지만, 이 인물의 의미기능은 명확하게 1인칭에 가깝다는 사실이다. 엄밀히 말하면 3인칭의 서술자임에도 초점을 바우에게 고정해둠으로써 1인칭의 효과를 여실히 획득하고 있다는 점이다. 이야기 밖에서 이야기를 들려주는 서술자는 사건의 외부에 있다기보다 바우의 눈을 통해서만 이야기 속의 사건을 보고 듣는다. 이러한 장치를 통해 현덕은 이야기의 중심을 사건에 둠과 동시에 인물의 내면에도 동등한 비중을 두게 된다. 초점화자야말로 내면성을 강화해나갈 수 있게 된 핵심적인 장치이다. 물론 이 내면성이 그간의 현실주의 동화에서 찾아보기 어려운 것임은 명확하다.

작품의 또다른 형식적인 특징은 대화와 설명의 적절한 안배이다. 대화는 인물의 갈등을 빚어내는 주요한 장치로 활용되고 있으며, 설명 또한 간결하게 구사되어 군더더기 없이 사태의 추이를 연결하는 역할을 하고 있다. "황혼의 종로로 방향을 돌려서／뻐스는 떠난다. 경쾌스럽게"라는 유행가 가사로 시작되는 것 역시 실험적인 모색으로 신선한 도입이 아닐 수 없다.

　무엇보다 「나비를 잡는 아버지」가 획득하고 있는 가장 큰 미덕은, 현실성과 계몽성, 그리고 낭만성을 조금도 손상시키지 않고, 적절히 작품 속에 용해해내고 있다는 점이다. 현실성의 계기는 소재의 선택과 갈등의 형상화, 갈등의 해소 등을 통해 이미 살펴본 그대로이며, 계몽성의 계기 역시 자기존중감, 나아가 연대의식으로 확장된다는 점에서 나무랄 데 없다. 낭만성의 계기도 다르지 않다. 갈등의 구조를 아버지와 아들로 옮겨둠으로써 희망의 전언을 전하기에 부족함이 없는 것이다.

　이들 세 측면의 결합은 방정환의 문학에서 단초를 열어 보였던 것을 풍부하게 또 완벽하게 개화한 것으로 높이 평가되어야 할 것이다. 더욱이 이 노작이 식민지 말기의 폭압적 상황 속에서 이루어진 것이라고 할 때, 이후 어린이문학의 역사적 과정을 정치적 상황 탓으로만 정당화할 수 없으리라는 것을 시사한다. 이러한 사실은 현덕이 보여주었던 어린이에 대한, 어린이문학에 대한 애정과 열정에 충분히 미치지 못하고 있는 현시대 작가들의 분발을 더욱 요구한다. 어린이문학의 역사가 한시 바삐 정리되어야 하는 필요성도 여기에 있다. 누군가의 노랫말처럼 '강을 거슬러오르는 연어'의 몸짓과도 같이, 열악한 상황을 돌파해나가는 작가들이 언제나 있어왔음을 확인하고, 그로부터 현재의 창작 실천을 밀어나가기 위함인 것이다.

4

이 한 편의 동화에는 식민지시대 현덕이 자신의 동화를 통해 우리 아이들이 어떠하기를 원했는지가 잘 드러나 있다. 물론 바우 같은 아이일 것이다. 이 동화뿐만 아니라 현덕의 모든 동화들은 모두 각기 다른 바우를 인물로 내세우고 있다. 힘겨운 가난과 맞서고 있으며, 그럼에도 좌절하지 않고 꿋꿋하게 현실을 이겨내고자 하는 인물들이다. 다만 아쉬운 것은 등장인물들이 한결같이 평범하지 않고, 나름의 틀 안에서 비범하다는 점이다. 이들은 모두 공부를 아주 잘하거나 그림을 잘 그린다는 식의 두드러진 아이들이다. 이는 현덕이 지닌 소시민적 특성이 투영된 것일 터이다. 현덕의 다른 작품들이 「나비를 잡는 아버지」와 같은 성취를 보이지 못하고 있는 것도 여기에 기인한다. 다분히 낭만적인 관점을 떨쳐버리지 못한 채 동요하고 있는 것이다. 이 낭만적 관점은 인물 형상이 갖는 현실성을 떨어뜨리며, 나아가 독자에게 일정한 거리를 두게 만든다. 그러나 적어도 이러한 평가는 지금 여기에서의 평가일 따름이다. 역사는 갑자기 솟구쳐오르는 해일이 아니기 때문이다. 끊임없는 덧쌓임 속에서 조금씩조금씩 전진할 수 있을 뿐임을 새삼 깨닫게 해준다.

얼마 전 이리저리 인터넷에서 자료를 뒤적이다 한 비평에서 마가렛 와이즈 브라운(Margaret Wise Brown)이 쓰고 레미 찰립(Remy Charlip)이 그린 『죽은 새』(*The Dead Bird*)라는 제목의 그림책에 관한 분석을 읽은 적이 있다. 그 책에서 어린이를 어떻게 묘사하고 있는가를 발견하고는 아주 놀라웠다. 아이들이 연날리기를 하며 놀던 중에 죽은 새 한마리를 발견하면서 이야기는 시작되는데, 맨 처음 발견한 여자아이가 새를 손에 들어본다. 몸뚱이는 차갑게 식어 있고 뻣뻣하게 굳어 있다. 이를 보려고 아이들은 둥글게 모여 서 있고, 그 장면에서 아이들의 감정을 와이즈 브라운은 이렇게 묘사하고 있었다.

"아이들은 아주 안타까웠다. 새가 이미 죽었으며 다시는 날지 못하리라는 것을 알았기 때문이다. 그러나 아이들은 기쁘기도 했다. 어른들처럼 이제부터 장례를 치러줄 수 있게 되었기 때문이다."

나는 어린이문학이 발견해야 할 어린이의 마음이란 '이런 것이겠구나' 하고 깨달았다. 어른의 관점으로는 아이들이 기뻐했다는 사실은 용납하기 어려운 것이며, 끔찍한 것이기도 할 것이다. 그러나 현실의 아이들은 어른과는 다른 존재이다. 반드시 어른들처럼 느껴야 하는 것도 아니다. 슬픔과 기쁨이 나란히 함께 공존하는 그 지점, 어린이들만이 지닌 마음의 결을 명료하게 드러낼 수 있을 때, 우리 어린이문학도 진정한 '어린이의 발견'에 성큼 다가서게 될 것이다. 우리 어린이문학은 그 작은 차이를 지금 막 넘어서려고 하는 중이다. 아주 힘겹게.

■ 찾아 읽기

가라타니 고진, 박유하 옮김『일본근대문학의 기원』, 민음사 1997.

원종찬 「동화와 판타지(1)」, 『어린이문학』 2001년 7월호.

_____ 「현덕동화연구」, 『아침햇살』 1996년 여름호.

현덕 글·김환영 그림 『나비를 잡는 아버지』, 길벗어린이 2001.

현덕 『집을 나간 소년』, 산하 1993.

_____ 『너하고 안 놀아』, 창작과비평사 1995.

겨울 들판에서 부르는 희망의 노래

—이원수론

1

이원수는 시인이다. 거의 모든 어린이문학 장르를 두루 거치며 왕성한 창작활동을 전개하였지만, 어디까지나 그는 시인이었다. 다른 장르에서의 성취가 미미했기 때문이 결코 아니다. 전집으로 묶여 있는 수많은 작품들 가운데 『아동 문학 입문』이 갖춘 이론적 탐구의 수준은 지금에 견주어보아도 손색이 없으며, 「꼬마 옥이」를 비롯한 현실을 탐구하는 동화나 『숲 속 나라』와 같은 판타지동화에서도 그는 큰 발자취를 남기고 있다. 오랜 수고를 거쳐 정리해낸 옛이야기 역시 그의 필치에 힘입어 새롭게 단장을 한 작품들이 적지 않다. 그럼에도 이원수를 시인으로 명명하는 것에 어떤 망설임조차 없는 것은 적어도 그의 문학 활동 전반을 꿰뚫는 정신이 시적 상상력에 뿌리를 두고 있기 때문이다.

시적 상상력은 산문적 정신과 다르다. 하이데거(M. Heidegger)가 말한 대로 산문적 정신이 외부세계를 있는 그대로 드러내는 방식이라면,

시적 세계는 '대지의 은폐'라고 지칭되듯이 외부세계를 자신의 내면 풍경 안으로 끌어당긴다. 객관적인 세계를 상상력에 힘입어 주관의 세계로 끌어당겨, 새로운 눈·새로운 관점으로 세상을 들여다보는 것이 시가 갖는 고유한 특성인 것이다. 이원수의 창작활동은 전반적으로 존재하는 현실세계의 탐구에 치중하기보다 현실에서는 존재하지 않는 것들에 대한 갈망에 바탕을 두고 있다. 심지어 가장 현실적인 동화들조차 소망이 충족된 공간이라기보다 결핍을 주로 그려냄으로써 유토피아적인 바람을 담고 있다. '지금 여기'에서 존재하는 것으로부터 때로는 '지금'이라는 시간의 틀, '여기'라는 공간적인 제한을 넘어서서 의당 삶에 있어야 할 것, 소망이 충족된 상태를 희구하는 것이야말로 시적 상상력의 본질이기 때문이다.

물론 이원수가 시인으로 살며 창작활동을 지속한 것은 그가 살았던 시대에 기인하는 바도 크다. 그가 태어난 1911년은 일본 제국주의의 강점으로 식민지시대가 막 시작된 즈음이었으며, 세상을 떠난 1981년 역시 여전히 비민주적이며 반민중적인 독재정권이 사람들의 삶을 왜곡하던 시절이었다. 이러한 억압적인 상황은 유독 그의 생애의 처음과 끝에 국한된 것이 아니었다. 그가 살았던 근현대사 전체가 모든 살아있는 정신들에게는 엄혹한 고통이었을 것이다. 고작해야 '풍자냐 자살이냐'라는 아주 극단적인 문학적 대응만이 가능한 시대였다. 그러나 어린이문학의 어디에도 풍자나 자살이 비집고 들어올 틈은 없다. 그것은 출구가 막혀버린 시대가 강요하는, 절망의 서로 다른 두 얼굴이기 때문이다. 그런데 어린이문학은 그 어떤 상황에서라도 희망과 맞닿아 있지 않으면 안된다. 희망의 문학, 그것이야말로 포기할 수 없는 어린이문학의 존재 이유인 것이다. 따라서 삶 전체를 어린이문학과 함께 시종한 이원수에게 허락된 유일한 출구는 시적 상상력을 통해, 시적 은유에 힘입어 상황을 우회적으로 돌파하는 것이었을 것이다.

그가 어디까지나 시인인 까닭도 여기에 있다. 어린이문학의 고유한 특성, 문학활동의 현실적인 제약, 그가 쉽게 이루기 힘든 바람을 작품 안에 형상화한 그의 지향이 그로 하여금 시인으로 이 황량한 겨울 들판에 서서 봄의 노래를 부르게 만든 것이다. 기실 그는 열여섯 어린 나이에 「고향의 봄」으로 등단한 이래, 시 쓰기를 멈추지 않았다. 시인이기를 멈추지 않았던 것이다. 더욱이 그는 초기나 후기 할 것 없이 시종일관 빼어난 작품들을 발표함으로써 어두운 시대 어린이문학의 역사를 풍성하게 채웠으며, 그의 작품은 어린이문학의 미래를 환하게 밝혀줄 결코 꺼지지 않는 등불로 남을 것이다.

2

이원수는 1926년 열여섯의 나이에 「고향의 봄」을 잡지 『어린이』에 게재함으로써 활동을 시작하였다. 고향은 경남 양산이지만, 주로 활동은 마산을 무대로 펼쳤다. 12살 때에 '소년회'를 조직하여 일본 식민지지배에 정면으로 항거하였으며, 1935년에는 '독서회' 사건으로 투옥되기도 하였다. 광복이 되기 전에는 주로 동시를 썼으며, 해방 이후에는 동화로 영역을 넓혀 활동하였다. 그의 대표적인 동화는 『숲 속 나라』『잔디숲 속의 이쁜이』 등이 있으나, 이념이 지나치게 앞선 나머지 작품 자체의 미적 완결성을 평가하기에는 아직도 조심스러운 점이 없지 않다. 다만 이들 중편, 장편의 동화가 아닌, 짧은 동화의 경우 그는 자신의 시적 특성에 걸맞게 잘 짜인 작품들을 여럿 발표하였다.

그러나 이들 동화가 한결같이 문학사적으로 아주 의미있는 작품임에도

이원수 『너를 부른다』, 창작과비평사

불구하고, 이원수 득의의 영역은 시임이 분명하다. 그가 처음 시로써 몸을 세웠으며, 숨을 거두기 직전까지 침상에서 시를 썼기 때문만은 아니다. 무엇보다 이원수의 시는 시가 한 시대의 상처에 민감하게 공명하고, 대상에 대한 순간적인 마주침 속에서 울려나오는 전율을 건넬 수 있는, 아주 그럴듯한 장르임을 거듭 확인해주기 때문이다. 이원수의 시는 시가 어떻게 시대를 건사하고, 겨레의 기억으로 동시대를 함께 사는 이를 어루만지는지를 선명하게 보여주는 한 시금석으로 모자람이 없다.

이원수의 시작(詩作) 활동은 1926년 시작되어 1980년에까지 이어지고 있다. 그 가운데 시집의 형태로는 『종달새』(1947) 『빨간 열매』(1964) 『너를 부른다』(1979) 등이 있다. 그밖에도 「겨울 물오리」 「아버지」 「대낮의 소리」 등 주옥같은 작품들을 병상에서 남겼다. 그나마 어린이문학 작가로는 보기 드물게 그의 작품들이 30권의 전집(웅진출판사)으로 묶여 잘 정돈되어 있어 여간 다행이 아니다.

모든 처음이 그러하듯, 이원수의 초기 작품들 역시 힘겨운 모색임과 동시에 창작활동 전반을 예감케 하는 씨앗으로 존재한다. 그가 무엇을 즐겨 시적 대상으로 포착하며, 그 대상을 자신의 내면으로 끌어당겨 어떠한 정서를 불어넣고자 하고, 마침내 작품의 미적 완결을 획득하기 위해 어떤 형상화의 방법을 활용하고 있는지를 앞질러 제시해 보이고 있다. 다음의 시는 초기 시 가운데 가장 두드러진 성취에 해당하며, 이원수 시의 지향을 엿보게 한다.

헌 모자

학교 마루 구석에
헌 모자 하나.
날마다 혼자 남는
헌 모자 하나.

학교 애들 다 가고
해질녘이면
가고 없는 주인이
그리웁겠지.

월사금이 늦어서
꾸중을 듣고
이 모자 쓰지도 않고
나간 그 동무,

지금은 어디 가서
무얼 하는지

보름이 지나도록

아니 옵니다.

—『너를 부른다』, 창작과비평사 1979, 198면.

　이 시의 중심제재는 '헌 모자'이다. 이 모자는 월사금을 내지 못해 마침내 학교를 떠나고 만 동무의 모자이다. 이 모자를 통해 시인은 학교를 떠난 동무에 대한 그리움과 안타까움을 표현하고 있다. 보잘것없이 학교 마루구석에 팽개쳐진 모자, 그 모자에 시적 화자의 마음을 투영해보고, 혼자 버려지게 된 원인을 탐구하며, 이어 모자의 주인인 동무를 그려보는 것이다. 형식적으로 보면 이 시는 기승전결의 구성을 택하고 있다. 도입과 발전, 전환과 종결로 이루어진 이 구성방식은 전통적인 시상의 전개방식이다. 이 구성은 구체적으로는 7·5조의 기본 음수율과 4음보의 전통적인 내면의 읊조림이란 율격으로 제시되고 있다. 이로 미루어 볼 때, 4음보의 율격이 일반적으로 그러하듯 역동적이라기보다 정적인 느낌을 불러일으킨다. 이는 동무에 대한 그리움이라는 애상적인 정서와 맞물려 있다.

　특히 이들 율격에서 드러나는 이원수 시의 특성은 기계적인 형식을 맞추기 위해 작위적으로 시어를 선택하고 있지 않다는 점이다. 두번째 연의 '해질녘이면'과 '그리웁겠지'는 하나의 음보로 빠르게 처리되고 있으며, 세번째 연의 '이 모자 쓰지도 않고'는 7·5조의 민요조를 변형함으로써 급격한 정서적 공감을 유발한다. 이러한 형식에 대한 상대적인 자유로움은 그가 시를 언어의 문제 이전에 의미의 강화와 증폭이란 관점에서 들여다보기 때문에 가능하다. 그것은 곧 시를 현실에 대한 특정한 개입으로 생각하고 있음을 뜻한다. 시인은 이러한 관점에 바탕을 두고 민족적 현실에서 시의 소재를 선택하였으며, 이는 고통과 비애, 안타까움과 그리움이란 보편적인 식민지시대의 민족정서를 표현하고자 한 것을 통해서도 확인할 수 있다.

「헌 모자」에서 전형적으로 드러나듯이, 이원수의 시는 먼저 고난에 찬 민족현실이 어린이들의 삶에 어떻게 각인되고 있는가를 발견함으로써 비롯된다. 그의 시에 등장하는 어린이들은 한결같이 경제적인 궁핍과 대면하고 있다. 그러나 경제적 궁핍은 고된 노동으로 그치지 않고 가족을 뿔뿔이 흩어지게 만든다. 이원수 시에 등장하는 가족들은 한결같이 가난 때문에 해체되어 있다. 누나는 공장에 가거나(「정월 대보름」) '광산에서 돌 깨는' 일(「찔레꽃」)을 하기 위해 가족과 떨어져 있거나 늦은 밤이 되어서야 돌아온다. 아버지는 '하얀 산 멀리 너머 돈벌이'를 가셨고(「설날」), 어머니 또한 공장에서 밤이 돼도 오지 않는다(「눈 오는 밤에」). 뿐만 아니다. 그나마 읍내로, 도회지로, 그도 아니면 광산으로 흩어져 사는 것은 같은 하늘 아래이기에 나은 편이다. 더욱 참담한 것은 모든 가족들이 뿔뿔이 흩어져 일을 해도 입에 풀칠조차 하기 힘들어 북간도로 일본으로 '우리 조선'을 두고 떠나는 일이다.

> 뛰— 고동 소리 배 떠납니다
> 우리 조선 여기 두고 떠나갑니다
>
> '잘 가거라' 손짓하는 사람 없건만
> 그래도 뱃머리만 바라다보며
>
> 이제 가면 언제 다시 돌아올는지
> 눈물만 씻고 씻고 또 씻으면서

절영도 섬을 돌아 떠나갈 때엔

어머님도 낯 가리고 설워 웁니다.

　　　―「일본 가는 소년」, 『고향의 봄』 이원수 아동문학전집 1, 웅진 1984, 16면.

　이 시에서도 엿보이듯 이원수의 시에서는 조국을 등지고 떠나는 것이
뚜렷하게 민중적 형상으로 포착되고 있다. 관념적 비애 이전에 삶의 결
까지 파고든 고통이 표현되어 있는 것이다. 이처럼 이원수의 시 안에서
조국을 등지는 이들에 관한 민중적 시야가 확보되는 것은 시에서의 서
술자가 어린아이이기 때문에 가능해진 것으로 보인다. 어린이의 눈으로
삶과 삶을 둘러싼 현실을 보아야 한다는 어린이문학의 당연한 원칙이
적용되어, 어린아이를 가족의 한 구성원으로 설정하게 되며, 그 결과 가
족 전체의 출분을 형상화할 수 있게 된 것이다. 청년들이 일본으로 가는
것은 유학생으로 가는 것인 반면, 유민이 되어 가족 모두가 조국을 등지
는 상황은 민중적 삶이 초래한 상황이며, 그 가족의 일원인 어린이의 시
야는 민중적 관점을 결코 벗어날 수 없었던 것이다.

　이원수 초기 시에 나타나는 민중적 지향은 단순히 제재의 문제로 그치
지 않는다. 제재를 형상화하는 상상력에서도 이원수는 수미일관 민중적
관점을 놓치지 않는다. 그가 주로 그려내고자 하는 것은 민중적 삶 그
자체가 아니라, 그 삶에 직면한 어린이들 생활의 고단함이며, 마음의 아
픔이다.「헌 모자」는 그 전형적인 한 예일 따름이다. 따라서 시인은 자신
의 세계를 이들 어린이에게 투영시켜봄으로써, 어린 마음이 겪는 상처
를 어루만지고자 한다. 가능한 한 시 속의 아이들 목소리에 시인의 목소
리를, 심리적 투사를 통해 일치시킴으로써 동질감을 획득하는 한편, 독
자들에게는 어린이들의 경험을 육성 그대로 듣고 있다는 느낌을 환기하
는 것이다.

심리적 투사와 함께 이원수 시에서 두드러지게 드러나는 유형은 회상 형식으로 과거의 경험을 그대로 제시하는 것이다. 최초의 작품인 「고향의 봄」에서 이미 이러한 지향들이 확인되며, 「고향 바다」에서 동일하게 변주된다.

봄이 오면 바다는
찰랑찰랑 차알랑.
모래밭엔 게들이
살금살금 나오고
우리 동무 뱃전에
나란히 앉아
물결에 한들한들
노래불렀지.

내 고향 바다
내 고향 바다

자려고 눈감아도
화안히 뵈네.
은고기 비늘처럼
반짝반짝 반짝이는
내 고향 바다.

—『너를 부른다』194면.

이들 두 작품의 공통적인 정서는 이원수의 초기 시가 그러하듯 그리움이다. 그러나 다른 시들이 가족이나 동무들에 대한 안타까운 그리움인데 반해, 이들 작품에서 드러나는 그리움은 결국 충족되지 않을 상태를 향한 동경에 가깝다. 이미 왜곡된 근대를 경험하며, 다시는 돌이킬 수 없는 과거로, 역사의 저편으로 멀어져간 이상을 노래하고 있는 것이다. 그리고 이러한 작품세계는 훼손되지 않는 삶의 진정성을 드러내고 있다는 점에서 그의 시의 궁극적인 원형에 가까우며, 후기 시에 속하는 「대낮의 소리」나 「아버지」에서 다시금 곡진하게 펼쳐진다.

요컨대 식민지시대 이원수의 시는 두 유형의 상상력에 주로 기댄 채 형상화의 방식을 선택한 것으로 보인다. 시인의 심리를 투영하여 시적 화자의 직접적인 목소리를 제시하는 방식과 과거의 경험 공간을 그대로 재구성하는 방식이 그것이다. 심리적 투사를 통해 시인은 현실의 결핍과 부재하는 이를 향한 그리움을 표현함으로써 왜곡되고 뒤틀린 현실을 비판적으로 형상화하였으며, 과거의 이상적 세계상의 재발견을 통해 궁극적으로 소망하는 진정성의 세계를 표현하였다.

3

광복 이후 이원수의 시는 시대의 변화와 함께 원래의 결곡한 목소리를 회복한다. 그 처음의 자리에 「개나리꽃」이 놓여 있다.

개나리꽃 들여다보면 눈이 부시네.
노란빛이 햇볕처럼 눈이 부시네.

잔등이 후끈후끈, 땀이 밴다.

아가 아가 내려라, 꽃 따줄게.

아빠가 가실 적엔 눈이 왔는데
보국대, 보국대, 언제 마치나.

오늘은 오시는가 기다리면서
정거장 울타리의 꽃만 꺾었다.

—같은 책 184면

이 시는 눈부신 발견으로부터 시작된다. 노오란 개나리꽃을 가만히 들여다보노라면 마치 부신 햇빛을 보는 것처럼 그 노란빛이 눈에 부시다는 것으로 시는 비롯된다. 이어 잔등에 땀이 차는 것으로 봄날의 따뜻함을 전하며, 이는 다시금 눈오는 겨울과 대비되어, 보국대란 식민지 현실의 한 상처가 드러나며, 다시금 꽃으로 전이되어 기다림을 표현하는 것으로 끝맺고 있다. 이 시는 이전 시에서 줄곧 한켠을 지키던 과도한 감정표현이 사라지고, 섬세한 묘사로 충만해 있다. 더욱이 기승전결로 잘 짜여진 형식 속에 전래의 율격을 회복함으로써 유연한 리듬감을 되찾고 있다.

이 즈음에 이원수의 시는 시 속의 화자와 시인의 육성이 분리되지 않고 하나로 통합되어 존재한다. 그는 더이상 시적 화자를 매개로 하지도, 자신의 심리를 투사하여 인물을 상상적으로 들여다보지도 않고, 직접 자신의 목소리를 '우리'의 목소리로 확장하여 담담히 드러낸다. "양담배 양사탕/상자에 담아 들고/학교엔 안 나오고/한길로만 도느냐./우리도 목메며/너를 부른다"(「너를 부른다」, 같은 책 87면)에서 보이듯, 시적 화자는 짐짓 새로운 인물로 형상화되어 있지 않고, 시인 자신으로 환치할 수 있다. 이러한 경향은 해방공간의 가장 빼어난 시 가운데 한 편인 「부르는 소리」에서도 여실히 드러난다.

해가 지면 성둑에
부르는 소리.
놀러 나간 아이들
부르는 소리.

해가 지면 들판에
부르는 소리.
들에 나간 송아지
부르는 소리.

박꽃 핀 돌담 밑에
아기를 업고
고향 생각, 집 생각
어머니 생각 ──

부르는 소리마다
그립습니다.
귀에 재앵 들리는
어머니 소리.

──같은 책 110~111면.

이 시는 「개나리꽃」과 마찬가지로 아이를 업어 재우는 상황으로 설정되어 있다. 그러나 '어머니를 향한 그리움'이라는 주제를 전달하는 목소리는 특별히 어린 여자아이의 목소리로 한정되지 않는다. 서술적인 종결어미와 함께 완전한 형태의 통사구조가 이를 뒷받침해준다. 그리고 이 시 또한 이원수의 정제된 시편들이 언제나 그러하듯이, 기승전결의 구조와 정형화된 율격을 보이고 있다. 그러나 무엇보다 이 시의 두드러진 자질은 이미지의 통일성에 놓여 있다. '어머니 생각'을 중심에 두고, '부르는 소리'라는 감각적인 이미지를 원환처럼 둥글게 둘러치고 있다는 점이다. 그리고 이들 이미지를 서로 연결하는 힘은 연상의 적실성에 달려 있다. 중심적인 대상과 긴밀하게 결부된 연상이 고리가 되고 있는 것이다. 이러한 연상을 통한 이미지의 통일적인 구성은 후기의 「대낮의 소리」에서 완성된 형태로 제시되며, 이원수 시의 또다른 축으로 기능하기에 이른다.

해방공간으로 지칭되는 이 시기의 변모, 정교한 묘사와 시인과 시적 화자의 일치라는 변모와 나란히 특기할 만한 점은 이원수 시의 득의의 영역에 해당하는 이상적인 세계에 대한 동경을 표현하고 있는 시편들에 있다.

마알가니 흐르는 시냇물에
발 벗고 찰방찰방 들어가 놀자.

조약돌 흰 모래 발을 간질이고
잔등엔 햇볕이 따스도 하다.

송사리 쫓는 마알간 물에
꽃이파리 하나 둘 떠내려온다.

어디서 복사꽃 피었나 보다.

—「봄 시내」, 같은 책 153면.

이 시에는 「고향의 봄」 「고향 바다」에서 획득한 성취들이 다시금 변주
되어 나타나고 있다. 현실과 대척에 놓인 놀이공간에서, 근심 하나 없는
아이들의 활기찬 움직임과 흥겨운 느낌을 적절히 표현하고 있으며, 마
지막 행에서 단순한 반복을 피하고 변형을 가함으로써 의외의 종결을
통한 여운을 획득하고 있다. 상상을 통한 가공 없이 현실을 그저 굵은
붓으로 그려내듯 묘사하는 가운데, 단순하고 소박한 세계, 아주 오래도
록 우리네 아이들을 둘러싸고 있던 밝고 꾸밈없는 아름다운 세계를 싱
그럽게 분출하고 있다. 그러나 안타깝게도 이러한 시세계는 이원수에게
서는 극히 보기 드문 경우에 불과하다. 한 시인을 행복한 시간 속에 머
물게 하는 것이 아주 어려운 일임을 새삼 확인한다. 시인은 그 시대의
무게로부터 결코 완전히 자유롭지 못하기 때문이다. 현실이 무겁게 짓
누르고 있는데도, 그것을 외면하는 시인은 더러 좋은 시를 만들 수는 있
을지언정 결코 빛나는 시인은 아닌 것이다.

4

이원수의 호는 동원(冬原)이다. 겨울 들판. 그는 생애 전체를 황량한
겨울 들판에서 보냈다. 맵고 찬 바람 온몸으로 맞받으며. 그가 살아야만
했던 한 시대 전체가 바람막이조차 없는 황량한 들판과 같았다. 그러나
그는 에돌아가거나, 비켜서지 않았다. 묵묵히 시대의 불행을 온몸으로
껴안고자 했으며, 개인적인 상처조차 시대의 풍경 안에 깊이 끌어안아

164

다스리고자 하였다. 더욱이 그는 결코 홀로 서 있지 않았다. 그의 등뒤에는 잎을 떨군 작은 나무들과 물새들은 물론이거니와 돌아오지 않는 누이를 기다리는 사내아이와 금방이라도 힘겨워 떨어뜨릴 듯 아이를 들쳐업은 여자아이가 서 있었다. 그 모든 작고 여린 것들이 그의 등에 매달려 서로 볼을 비비며 온기를 나누고 있었던 것이다.

이 모든 나눔의 일들을 그는 문학을 통해, 문학 안에서 끌어안고자 하였다. 물론 그의 문학은 자신만의 내밀한 욕망을 토로하거나, 언어 자체에 깊이 침잠하는 문학이 아니었다. 그에게 문학은 삶을 비추는 거울이었으며, 삶과 뜨겁게 마주하는 현실이었다. 그는 마치 질박한 농사꾼이 씨를 뿌리고 곡식과 푸성귀를 거두어들이듯 시를 심고 길러내고 거두어들였으며, 뚝심있는 노동자가 연모를 힘껏 내리쳐 긴요하게 쓰일 물건을 만들어내듯이 시를 거듭거듭 담금질하였다. 그 결과 그의 시에는 잘 여물고 잘 벼린 것들에서만 발견되는 풍성하고 단단한 아름다움이 있다. 그 아름다움은 오래도록 어린이문학의 역사를 밝히는 빛으로 남아, 그 빛살 안에서 머무르는 모든 어린이들을 그의 시만큼이나 풍성하고 단단한 이들로 키워낼 것이다.

.

■ 찾아 읽기

김상욱 「끝나지 않은 희망의 노래」, 『동화읽는어른』 2001년 1월호.
이원수 『고향의 봄』 이원수 아동문학전집1, 웅진 1984.
―――『너를 부른다』, 창작과비평사 1979.

낮은 곳에서의 흐느낌
—권정생론

1

얼마 전 출판사에서 책을 한 권 보내왔다. 새로 나온 『몽실 언니』였다. 원래 공짜를 좋아하긴 하지만, 그래서 머리도 약간씩 벗겨져가고 있는 중이지만, 나는 정말 좋았다. 책 크기도 맞춤했고, 오래 지니기에 좋도록 장정도 단단했다. 섬세한 칼끝으로 새긴 이철수의 채색판화도 산뜻하게 다가왔다. 크기가 줄어드니까 선명함과 밀도가 그만큼 돋보였던 것이다. 그러나 무엇보다 좋았던 것은 책 날개에 있던 권정생 선생의 사진이었다. 그저 얼굴만 있는 저자의 사진이 아니라 그 인물이 살아가는 모습 한자락을 딱 붙잡고 있는 사진 말이다.

사진 속, 문고리 달린 여닫이 방문 앞 댓돌 아래에는 스테인리스 개밥 그릇이 외따로 놓여 있고, 탁자 위에는 부엌살림이 올려져 있다. 바가지며 반찬통이 위태롭게 동개져 있는 것으로 혼자 견디는 살림의 쓸쓸함을 엿보게도 해준다. 뒤편으로는 라면이라도 막 끓여 드셨는지 뚜껑이 달아

(사진: 류우종. ⓒ 우리교육)

나고 없는 냄비가 김치통 위에 놓여 있다. 선생은 그 모든 것들이 올라가 있는 평상 모서리에 걸터앉아 있다. 다리를 엉거주춤 벌리고 한쪽 손은 어디다 둘지 몰라 어정쩡하니 들어올리고, 또다른 손으로는 강아지를 쓰다듬고 있다. 선생의 검정고무신 밖으로 삐죽이 드러난 발은 시린 맨발이다. 입을 꾹 다물고, 순한 얼굴로 망연하게 앞을 내다보며 앉아 있다. 우리 시대의 가장 뛰어난 동화작가라기보다 그저 심심한 시골 노인의 모습이다. 다만 선입견 탓인지 얼굴이 맑고 단아하게 느껴질 뿐.

그런데 조촐한 한 노인을 담고 있는 그 흑백사진 앞에서 나는 자꾸만 숙연해졌다. 요즘과 같은 자본의 시대, 소비의 시대, 상품의 시대에 맞서는 가장 단단한 삶이 바로 이런 삶이 아닐까 하는 생각이 들었기 때문이다. 자본의 위력이 기승을 부릴수록, 자본의 첨병인 상품과 마주치는 기회를 최소한으로 줄여나가는 삶이야말로 인간다운 품격을 지켜나가는 삶일 것이다. 얼마 전 읽은 임길택의 시에서처럼 '— 없는 대로／—불편한 대로'(「부엌」, 『똥 누고 가는 새』, 실천문학사 1998) 살아가며, 선생은 묵묵히 한 시대를 감당하고 있는 것이다. 흑백사진 속에 담긴 소박한 선생의 삶에 비할 때 부잡한 욕망에 끝없이 뒤척이고, 조금만 부족해도 그에 참지 못하고 채우고서야 직성이 풀리는 나의 생은 얼마나 가소로운 것인지. 새삼 이름없이 가난하게 사는 모든 삶이 그리워진다.

이미 모두에게 알려졌으나 여전히 그에 아랑곳하지 않고 가난하게 살고 있는 선생의 삶은, 사진 밑 작은 글자로 쓰인 짧은 소개의 글에도 고스란히 배어 있다.

1937년 일본 토오꾜오에서 태어나 해방 직후 우리나라로 돌아왔다. 1969년 기독교 아동문학상에 「강아지똥」이, 1973년 조선일보 신춘문예에 동화 「무명저고리와 엄마」가 당선되었고, 1975년 제1회 한국아동문학상을 받았다. 1967년 경북 안동 일직면 조탑동에 정착해 마을 교회의 종지기 생활을 하였고, 80년대 초부터는 교회 뒤 빌뱅이언덕 밑에 작은 흙집을 지어 살고 있다.

1937년생이니 선생은 올해로 예순다섯. 처녀작을 발표한 것은 나이 서른셋이며, 그 즈음부터 안동의 시골마을에서 교회 종지기로 지내며, 작은 흙집을 지어 살고 있다는 설명이다. 선생은 첫 작품인 「강아지똥」에서부터 최근에 나온 『비나리 달이네 집』에 이르기까지 쉼없이 뛰어난 작품을 창작함으로써 예술적인 측면에서도 그 삶의 결곡함에 뒤지지 않음을 보여준다. 그는 참으로 소중한 우리 시대의 작가가 아닐 수 없다.

2

익히 알고 있듯이 선생이 작가로 몸을 세운 작품은 「강아지똥」이다. 이 작품은 조그만 강아지가 누고 간 똥인 '강아지똥'을 주인공으로 삼아, 작고 보잘것없는 존재가 마침내 거름이 되어 빛나는 민들레꽃을 피워나간다는 줄거리를 담고 있다. 주제 자체는 그다지 새로울 바가 없다. '나는 누구인가' '어떻게 살 것인가' 등등 삶의 정체성을 찾아가는 과정을 중심으로 이야기가 펼쳐지고 있다는 점에서 그렇다. 벽을 떠받치고 있는 모퉁잇돌의 소중함을 어찌 모르는 이가 있겠는가? 그러나 이 작품을 읽노라면 모르는 사이에 눈시울이 뜨끈해지는 감동을 받는다. 요즘도 나는 수업중에 함께 읽다가도 마지막 장면에서는 굳이 학생들을 시켜 읽게 한다. 그리고 서둘러 뒤로 돌아가서 붉어진 눈가를 매만진다.

그렇다면 이 작품의 감동은 어디서 오는 것일까?

돌이네 흰둥이가 누고 간 똥입니다. 흰둥이는 아직 어린 강아지였기 때문에 강아지똥이 되겠습니다. 골목길 담 밑 구석자리였습니다. 바로 앞으로 소달구지 바퀴 자국이 나 있습니다.

추운 겨울, 서리가 하얗게 내린 아침이어서 모락모락 오르던 김이 금방 식어 버렸습니다. 강아지똥은 오들오들 추워집니다. (『강아지똥』, 세종문화사 1974)

작품의 첫부분이다. 전반적인 배경을 몇몇 문장만으로 간략하게, 또 빠르게 처리하고 있다. 짧은 배경 소개에 이어 곧장 인물이 나오기까지 거침없이 전개되고 있는 것이다. 불필요한 구석 어디 하나 없이 잘 정선

된 어휘들이 이어져 어린이문학의 표현형식이 어떠해야 할지 유감없이 보여주고 있다. 그리고 "강아지똥이 되겠습니다"라는 부분에서는 쿡 하고 웃음이 나올 만큼 해학적이다. 이 짧은 인용으로도 권정생 작품의 문체적 특성을 음미하기에는 충분하다.

첫부분뿐만 아니라 작품 전체에 걸쳐 생동하는 표현은 붙잡을 수 없을 만큼 많다. 풍부하게 드러나는 시늉말은 인물의 모습을 생생하게 의인화하여 표현하고 있으며, 문장과 문장을 이어가는 것도 동어반복 없이 채워가고 있다. 대화를 이어가는 기능적 표현의 다채로움만 추려보아도 알 수 있다. 선생의 작품에서는 대화에 이어지는 '말했습니다'라는 표현을 찾기가 어렵다. 또 등장하는 인물들이 다양한만큼 대화 중심으로 엮어감으로써 사건진행 서술이 갖는 딱딱함을 극복하고 있는 것도 특징이다. 덧붙여 이들 다양한 문체적 특성에도 불구하고 글 자체는 소박하고 단순한 표현으로 작가의 생각을 최대한 억제하고 있다는 점도 미덕이다.

새삼 말할 것도 없지만 동화는 표현이 단순해야 한다는 것이 기본적인 요건이다. 가능한 한 문장의 길이는 짧아야 하며, 구체적이고 선명한 어휘를 구사해야 하고, 묘사보다는 서술이 중심이 되어야 한다. 물론 이러한 요건들이 반드시 작품 속에서 지켜져야 할 필요는 없다. 무릇 문학작품이란 이미 존재하는 정해진 틀에 맞추려고 드는 순간, 예술로서의 품격에 금이 가기 때문이다. 그러나 이러한 규정들이 독자들을 작품 속으로 끌어당기는 매혹적인 디딤돌이라는 것만은 분명하다.

그렇지만 다시금 생각해볼 때, 동화의 표현형식이 단순하다는 것은 생각만큼 단순하지 않다. 이 단순성은 어린아이들이 쓴 글처럼 그저 단순한 것을 뜻하지 않기 때문이다. 좋은 작품에서 표현되는 단순성은 삶의 복합성을 에둘러온 단순성이다. 삶의 복잡다단한 연관을 꼭꼭 다져 정런해서 얻은 것이기에 삶의 본질적인 표정을 놓치지 않는 단순성인 것이다. 복잡한 현상을 이리저리 깎아내서 만들어낸 단순한 형상이 아니라, 그 현상의 이면에 놓인 소박한 본질을 새로운 질료로 형상화한 것이다. 어린이문학의 단순성 역시 복잡한 것을 단순화한 것이 아니라, 그 자체로 단순하면서도 삶의 복합성을 끌어안고 있는 단순성임을 알 것이다. 그렇다고 할 때, 「강아지똥」은 우리 어린이문학이 획득해야 할 단순성의 진정한 의미에 가장 근접한 표현을 구사하고 있는 것이다.

전체적인 구성에서도 작품은 탄탄하다. 강아지똥은 태어나면서부터 "똥, 똥, 똥…… 에그, 더러워!"란 말을 들으며, 자신이 어떠한 존재인가를 알게 된다. 그리고 흙덩이를 만나 다시금 "똥 중에서 제일 더러운 개똥"임을 확인하며, "하느님은 쓸데없는 물건은 하나도 만들지 않으셨어. 너도 꼭 무엇엔가 귀하게 쓰일 거야"라는 말을 마음 깊이 새겨두게 된다. 이를 통해 강아지똥은 새로운 존재로 거듭날 개연성을 획득하게 된다. 그러나 흙덩이가 가버린 다음에도 강아지똥에게는 달라진 것이 없다. 새봄이 왔으나 여전히 병아리와 암탉으로부터 멸시를 받는다. 그러나 "점심으로 나를 먹어"달라고 요청함으로써 희생의 모티프를 새로이 얻게 된다. 그리고 절정에서는 "영원히 꺼지지 않는 아름다운 불빛"을 통해 동경의 대상을 구체화하고, 마지막에는 민들레를 통해 별빛이 갖는 이미지를 중첩시켜 결말에 이르고 있다. 구성과정 역시 의미를 점층적으로 확장·심화해가면서, 서로 긴밀하게 연결·상승해내고 있는 것이다.

그러나 표현의 특성이나 구성의 단단함이 권정생 문학의 본질일 수는 없다. 권정생 문학의 본질은 당연히 형식이 아닌 내용에서 찾아야 한다.

강아지똥은 온몸이 비에 맞아 자디잘게 부서졌습니다. 땅 속으로 모두 스며들어가 민들레의 뿌리로 모여들었습니다. 줄기를 타고 올라와 꽃봉오리를 맺었습니다.

　봄이 한창인 어느 날, 민들레는 한 송이 아름다운 꽃을 피웠습니다. 샛노랗게 햇빛을 받고 별처럼 반짝이었습니다. 향긋한 내음이 바람을 타고 퍼져 나갔습니다.

　방긋방긋 웃는 꽃송이엔 귀여운 강아지똥의 눈물겨운 사랑이 가득 어려 있었습니다.　(「강아지똥」, 『먹구렁이 기차』, 우리교육 1999, 70면)

이 인용은 「강아지똥」의 마지막 부분이며, 주제가 집약적으로 드러난다. '눈물겨운 사랑'으로 포착된 주제는 기실 스스로의 희생을 통해 새롭게 부활하는 영혼의 아름다움이다. 이 부활은 '아무 데도 쓸 수 없는 찌꺼기'로부터 비롯된다. 현실 속에서 가장 낮은 곳에 있는 존재들, 가장 핍박받는 존재들이 어김없이 그의 작품의 주인공인 것도 이러한 믿음에 뿌리를 내리고 있다. 가난한 존재들만이 생명의 참된 결을 제 몸속에 새겨두고 있기 때문이다. ·

　거지가 글을 썼습니다. 전쟁 마당이 되어 버린 세상에서 얻어먹기란 그렇게 쉽지 않았습니다. 어찌나 배고프고 목말라 지쳐 버린 끝에 참다못해 터뜨린 울음소리가 글이 되었으니 글다운 글이 못 됩니다. (…) 부자의 문 밖에서 얻어먹던 거지 나사로가 죽어 아브라함의 품에 안긴 것은 분명히 자기는 가장 불쌍한 거지라 보았기 때문입니다. 그러나 잘 먹고, 잘 입고 살던 부자는, 오만스럽게도 자신이 거지임을 깨달을 줄 몰랐기 때문에 영원한 불구덩이 속에서 괴로운 신세가 되어 버렸습니다.　(『강아지똥』, 세종문화사 1974, 2면)

권정생은 스스로를 가장 낮은 곳으로 유폐시킬 뿐만 아니라, 자신의 작품에 등장하는 인물들의 삶도 가장 낮은 곳에서 선택한다. 다만 그저 낮은 곳에 기거하는 존재가 아니라, 스스로 가장 낮은 존재임을 오롯이 깨닫고 있는 인물들을 선택한다. 그리고 이 인물들의 '울음소리'를 자신의 작품 속에 담아나가고 있는 것이다. 작품 속에서 이 인물들은 '참다 못해' 울음을 터뜨리지만, 정작 울음소리는 터져나오는 울음소리가 아니라 안으로 깊이 움츠러드는 울음이다. 권정생 작품 특유의 울음이 가장 선명하게 형상화된 작품은 『사과나무밭 달님』에 실린 편편들이다. 앉은뱅이 탑이 아주머니, 마흔이 가까웠는데도 장가를 못 간 필준이와 그의 실성한 어머니 안강댁, 마침내 팔려가는 소, 일본에서 품팔이로 쓰레기를 치우는 공 아저씨, 작은 키에 코가 탱자처럼 생긴 똬리골댁, 남의 집 머슴으로 살다 소근네를 만나 혼인하여 아들딸을 낳지만 결국 문둥병에 걸려 집을 나가고 마는 해룡이 들이 권정생이 형상화하고자 한 눈물 많은 이름들이다.

　「해룡이」에서 집을 떠난 해룡은 10년이 지난 눈 내리는 겨울밤, 거지 행색을 하고 집으로 돌아온다. 그러나 가족을 만나지도 못한 채 신발만 어루만지다가 눈 속에 발자국조차 남기지 않고는 돌아간다. 이 장면은 권정생 특유의 섬세한 묘사 속에 사람들의 마음속 뜨거움을 고즈넉하게 불러내고 있다.

　뒤란에는 나뭇가리가 해룡이 집을 떠날 때 있었던 그 모습 그대로 두 무더기가 쌓여 있습니다. 변한 것은 방문 앞의 신발들의 크기였습니다. 그것이 10년이란 긴 세월이 흐른 것을 분명히 말해주고 있었습니다.
　'소근네, 고마워. 정말 고마워.'

거지는 방문 앞으로 다시 숨죽이며 다가갔습니다. 소근네의 신발을 쓰다듬어 보고 옥이의 신발을 만져 보았습니다. 그러고 난 다음, 품속에서 무언가 꺼내어 방문 앞에 놓아 두었습니다. 잠시 서 있던 거지는 다시 사랑방 문 앞으로 갔습니다. 문고리를 쓰다듬었습니다. 힘껏 그러쥐었다가는 힘없이 놓았습니다. 그대로 엎드려 만석이와 천석이의 고무신에 손을 집어 넣었다가는 일어섰습니다. 조용조용 걸어서 사립문께로 나갔습니다. 사립문을 나간 거지는 다시 뒤돌아보았습니다. 그러고는 골목길로 사라졌습니다. (「해룡이」, 『사과나무밭 달님』, 창작과비평사 1978, 158~60면)

해룡이 가족에 대한 사랑을 확인하는 것은 고작해야 신발을 통해서이다. 아내 소근네의 신발을 쓰다듬고, 옥이의 신발을 만져보고, 두 아들의 신발에 손을 집어넣어보는 것이 그가 할 수 있는 모든 행동이다. 그러나 그것만으로도 행동의 내부에 묻어나는 마음의 고통과 생각의 격랑이 남김없이 스며들어오는 느낌을 받는다. 권정생은 이 인물들의 작은 움직임 속에 큰 고통을 고스란히 담아내고 있는 것이다. 물론 인물의 고통은 때로는 공 아저씨처럼 역사적인 고통과 맞물려 있기도 하지만 해룡의 경우처럼 천형이라고 일컫는 질병으로부터 비롯된 존재론적인 고통이기도 하다. 원종찬은 권정생의 작품을 조탑마을 이전과 이후로 나누고 '개인사적 체험'과 '민중사적 체험'으로 경계를 그려 보이고 있지만(「속죄양 권정생(2)」, 『어린이문학』 2000년 12월호, 23면), 정작 작품의 실제는 선명한 구획을 방해하고 있다. 현실을 배면에 두고 있는 민중적 삶의 설움과 고통은 아직은 명료한 원인을 찾지 못한 채, 울음을 안으로 삼키며 저물어가고 있는 것이다. 그리고 이들 인물들의 울음을 받아줄 존재역시, 사람이 아닌 초월적 존재였기에 울음은 울부짖음이 아니라 흐느낌으로만 안으로 소용돌이치고 있는 것이다.

3

　권정생의 작품들이 민중적 삶의 도처에 흩어진 울음을 토해내는 것이라고 해서, 그의 문학이 비극적인 것은 아니다. 그는 민중적 삶 그 자체에서 이미 비극을 극복할 동력을 찾아내고 있다. 「해룡이」의 경우 가족들을 위해 기꺼이 집을 떠나고, 십년에 걸쳐 애써 모은 돈을 문 앞에 놓아두고, 또 아쉬움 속에서 돌아서는 행위는 인간의 진정성을 고스란히 증명해 보이고 있다. 마음속의 생각과 느낌이 깊이깊이 엉글 대로 엉글어 온몸으로 가족에 대한 사랑을 입증하고 있는 것이다.

　권정생 작품에 담긴 현실이 지극히 비극적임에도 불구하고, 하여 자칫 소재에 짓눌려 미적 아름다움이 훼손될 여지가 많은데도 불구하고, 여전히 감동과 아름다움을 지닌 것은 전언을 명확하게 언표하지 않는다는 점에 있다. 교훈을 언어로 제시하기보다 인간의 삶, 인물의 성격을 통해 표출하고 있다는 점에서 현실성의 급박함과 거칠음을 극복하고 있기 때문이다. 뿐만 아니라 희망의 전언을 결말에서 서둘러 제시하기보다 인물이 어떠한 가치를 선택하고, 어떻게 행동하는지를 보여줌으로써, 또 그 가치선택과 행동의 이면에 어떠한 마음들이 떠올랐다 가라앉는지를 보여줌으로써 희망을 전하기 때문이다.

　어린이문학이 어른들의 문학과 다른 이유는 세 가지 계기들, 즉 교훈성과 낭만성, 현실성이 어린이문학의 내적 특성으로 존재한다는 점 때문이다. 어른들의 문학은 다만 미적이기만 하면 된다. 치열한 미학적 성취만이 작품의 완결성을 판단하는 유일한 척도이다. 그러나 어린이문학은 다르다. 어린이문학은 독자가 어린이라는 그 이유 때문에 어쩔 수 없이 교훈적이어야 하며, 또 낭만적이어야 한다. 그러나 자칫 교훈성이나 낭만성이 지나칠 경우 교훈주의나 동심주의로 참담하게 전락하고 만다. 이들 교훈성과 낭만성이 천박해지지 않도록 조정하고, 그 적합성을 살려나가려면 현실성과 적절하게 관계를 맺어야 한다. 교훈이 지나친 나머지 현실성이 없다거나, 지나치게 낭만적인 나머지 현실성이 없다는 비판은 바로 이러한 관련성이 부실함을 지적하는 말이다.

이들 세 가지 계기가 적절하게 관계 맺기 위해서는 계몽성과 낭만성이 지금과 같은 방식으로 사용되어서는 안된다. 계몽성은 교과서적인 가르침이라는 좁은 의미를 넘어 한층 폭넓은 의미역을 가져야 하며, 낭만성은 그 반대로 무엇이나 긍정적인 측면을 드러내야 하는 것이 아니라 엄격하게 제한된 의미역으로 사용되어야 한다. 이들 미적 범주들이 적절히 조율될 때, 좋은 어린이문학 작품이 솟아나는 것이다. 좋은 동화란 현실성, 계몽성, 낭만성이 삼각뿔의 밑변을 형성하는 꼭지점으로 존재하며, 그 꼭지점이 나란히 밀어올리는 뿔의 높이가 작품의 예술적 높이라고 말할 수 있다. 아니, 더욱 정확하게 말하면 서로를 팽팽하게 당겨 삼각뿔의 높이를 최대한 낮출 때 좋은 작품이 되는 것이다.

이러한 구도로 보자면 「강아지똥」은 판타지적인 작품이라는 점에서, 더불어 마침내 강아지똥이 민들레꽃을 피운다는 점에서 낭만적이다. 또한 모든 살아있는 것이 저마다의 가치를 가지고 있으며, 그 가치는 눈물겹게 헌신적인 사랑을 통해 회복된다는 점에서 계몽적이다. 또한 강아지똥이 가장 보잘것없는 존재라는 점에서 현실성의 계기 또한 미약하지 않다. 그렇지만 이들 세 계기들이 이루는 삼각뿔의 모양은 현저하게 계몽의 편으로 기울어져 있다. 기독교적인 주제의식이 선명하게 드러난 나머지 다른 여타의 계기들과 적절한 균형을 이루고 있지 못한 편이다.

이에 비할 때, 「해룡이」를 비롯한 『사과나무밭 달님』에 수록된 작품들은 대체로 이 주제의식이 명시적으로 드러나지 않는다는 점에서 더욱 정교한 균형감각을 지닌 것으로 평가할 수 있다. 물론 「강아지똥」과 「해룡이」의 차이가 동화와 소년소설의 차이일 수도 있다. 고학년을 대상으로 한 소년소설의 경우는 주제를 명시적으로 드러내지 않아도 되고, 동화의 경우는 어쩔 수 없이 표면에 제시해야 하기 때문일 수도 있다는 것이다. 그러나 권정생이 최근에 쓴 『또야 너구리가 기운 바지를 입었어요』는 이 분류에 따르자면 분명 동화임에도 불구하고, 계몽성을 극복해 보이고 있다.

이 작품에서 엄마 너구리는 옷을 기워 입으면 꽃이 더욱 아름다워지고, 하늘이 더욱 맑아진다고 말하며, 또야의 옷을 기워 입힌다. 또야는 새옷을 입고 싶었지만, 엄마의 말에 솔깃하여 기운 옷을 입고 유치원 선생님에게 가 자랑을 한다. 한동안 갸우뚱거리던 선생님은 환하게 웃으며 엄마 말이 옳다고 맞장구를 친다. 이 작품 속에서 포착한 현실성은 환경오염이다. 그것은 엄연한 현실이며, 작품이 길어올리고자 하는 주제의식은 생각보다 심오하다. 그러나 이 작품의 미덕은 주제의식의 깊이 자체에 있다기보다, 기운 옷을 입는 것이 환경을 지키는 일임을 어느 누구도 명시적으로 알려주지 않는다는 점에 있다. 교육적 측면을 최대한 은폐함으로써 헐벗은 계몽성을 극복하고 있으며, 그렇다고 계몽적인 끈 그 자체를 놓치고 있지는 않다. 여기에 덧붙여 너구리라는 알레고리적 구도를 통해 환상성을 획득하고 있는 것도 간과할 수 없다. 그런데 우의적인 상황 설정은 현실 속에서는 이미 잊혀진 관습이란 점에서 오히려 현실성을 더욱 강화하는 기능을 하고 있다. 아이들이 있는 그대로 등장해서 기운 옷을 입는 것은 오히려 더욱 비현실적이기 때문이다. 낭만성과 현실성의 계기들이 관계 맺는 지점도 바로 이곳이다. 이들 세 계기는 이 작품 속에서 서로를 가까이 끌어당기지 않고, 먼 곳에서 동등한 힘으로 끌어당김으로써 팽팽한 긴장을 획득하고 있다. 곧 삼각뿔의 꼭지점을 최대한 밑으로 당겨 잡을 수 있게 된 것이다.

그러나 무엇보다 우리 어린이문학에서 삼각뿔의 꼭지점을 가장 최대치로 낮게 내려잡은 작품, 즉 현실성·계몽성·낭만성의 밑면을 가장 균형 있고 폭넓게 펼쳐놓은 작품은 당연히 『몽실 언니』이다. 『몽실 언니』에는 해방 직후, 또 한국전쟁을 거쳐오는 전민족의 역사적 현실이 가감없이 표현되어 있다. 뿐만 아니라 극심한 생의 고통 속에서도 희망을 놓치지 않는 낙관적 전망으로 충만해 있다. 나아가 이 작품은 몽실 언니란 인물을 창조함으로써 무엇이 아름다운 삶인지를 넓은 자장 안에서 펼쳐 보이고 있는 것이다.

더욱이 『몽실 언니』가 이들 계기들이 서로 어우러져 일구어내는 명료한 평가보다 뛰어난 작품인 이유는 어느 한편으로 규정하기 힘든 복합성을 내부 깊숙이 끌어안고 있기 때문이다. 예컨대 권정생은 자신의 동화를 말하는 자리에서, "나의 동화는 슬프다. 그러나 절대 절망적인 것은 없다"(『오물덩이처럼 뒹굴면서』, 종로서적 1986, 155면)라고 밝힌 바 있다. 그런데 과연 『몽실 언니』는 희망적인가라고 물을 때, 대답이 쉽지만은 않다. 몽실 언니는 꿋꿋하게 자신의 삶을 받아들이고, 열어나가며, 주변의 모든 버림받은 이들을 끌어안고 있지만, 비관적인 느낌을 완전히 떨치지 못하게끔 만든다. 그것은 몽실 언니의 삶의 역정이 마음의 넉넉함을 언제나 무겁게 짓누르고 있기 때문이기도 하려니와, 결코 떨쳐낼 수 없는 마지막 장면의 비극적인 음영 때문이기도 하다.

난남은 말없이 고개만 끄덕였다. 그대로 현관문 기둥에 기대어 서서 몽실이 걸어가는 뒷모습을 보고 있었다.

절뚝거리며 걸을 때마다 몽실은 온몸이 기우뚱기우뚱했다. 그렇게 위태로운 걸음으로 몽실은 여태까지 걸어온 것이다. 불쌍한 동생들을 등에 업고 가파르고 메마른 고갯길을 넘고 또 넘어온 몽실이였다.

(……)

난남은 몽실이 절뚝거리며 걸어서 황톳길 산모퉁이를 돌아갈 때까지 서 있었다. 이윽고 몽실이 그 산모퉁이를 돌아가고 가랑잎들이 황톳길에 뒹굴며 남았다.

난남은 현관문 기둥을 붙잡았다. 뜨거운 눈물이 그제서야 볼을 타고 내려왔다.

"언니……몽실 언니……"

난남은 입속말로 기도처럼 불러 보았다. (『몽실 언니』, 창작과비평사 1984, 258면)

동화의 제일 마지막 장면이다. 이 장면은 원종찬의 표현을 빌리자면 유일하게 "비껴 서술한 맨 마지막 장면"이다. 화자의 위치를 비로소 타자의 눈, 난남의 눈으로 설정함으로써 몽실의 내면을 벗어나 객관적으로 몽실을 볼 수 있게 하는 장면이다. 이 장면이 주는 느낌은 작품 전편에 걸쳐 거의 압도적이다. 난남의 마음은 독자의 마음결이기도 하다. 그것은 슬픔일까 기쁨일까?

이러한 중층성, 기쁨과 슬픔, 희망과 절망 어느 한편에 쉽게 몸을 담그지 못하는 복합성이야말로 권정생 문학의 본질이며, 그의 문학이 갖는 예술적 품격의 본질이라고 볼 수 있다. 사실 권정생 문학의 대부분은 이러한 양상을 갖는다. 가장 최근작인 『비나리 달이네 집』에서도 이러한 양상은 나타난다. 이 판타지적 작품에서 권정생은 마지막 장면을 '달이'

란 강아지의 환상을 통해 건강한 네 다리로 들판을 뛰어다니는 것으로 낙관적으로 끝맺고 있다. 그러나 낙관적 전망은 환상 속에서만 가능했을 뿐, 작품의 서사 그 자체는 전적으로 비관적이다. 또다른 인물인 신부님은 "사람들은 아무리 가르치고 타일러도 하나도 착해지지 않"아, 성스러운 교회조차 등지고 거짓없는 농사꾼의 삶을 선택한다. 그에 비할 때 짐승에 불과한 달이는 "마치 어느 절집 스님 같기도 하고, 옛날 옛날 훌륭한 도사님 같기도 하고, 때로는 예수님 같기도" 한 존재인 것이다. 그런 존재인 달이는 사람이 쳐둔 덫에 한쪽 다리를 잃고 만다. 그렇다면 이 작품은 희망을 전하고 있는가, 깊은 절망을 표현하고 있는가? 우리는 어느 누구도 쉽게 단정적으로 말할 수 없다. 이 깊고 고즈넉한 울림이야말로 어린이문학이 어른들의 문학보다 오래도록 감동을 안겨주는 실체인 것이다.

4

이 글을 쓰는 동안 권정생 작품의 대강을 빠르게 일별하였다. 여전히 아름다웠으나 고통스러웠다. 『몽실 언니』를 읽으면서는 몽실이 다리가 부러지는 대목에서 나는 책장을 덮어버렸다. 더이상 읽고 싶지가 않았다. 나는 교묘하게 그 대목을 넘겨 읽었다. 이 다음에 본격적인 글로 이 고통과 아름다움의 실체를 더한층 명확하게 대면하고, 또 밝혀야겠다는 생각이 든다.

이 글을 쓰는 내내 나는 권정생 선생의 사진을 배경음악인 듯 떠올렸다. 그런데 사진보다 선생을 향한 내 마음, 아니 우리 모두의 마음을 잘 담은 글이 있어 대신 전한다. 얼마 전 『문제아』로 어린이문학 작가의 반열에 성큼 올라 권정생 작품의 한 축을 너끈히 이어받고 있는, 젊디젊은 박기범의 글이다. 이 글에는 박기범이, 권정생 선생이, 또 어린이문학의 주변에서 서성이는 우리 모두의 마음이 빼곡하니 들어차 있다.

지난 토요일. 안동 조탑마을 선생님 댁. 얼마나 떨렸나 모른다. 떨며 떨며 선생님께 겨우 건넨 한마디는
"선생님, 얼굴 정말 뽀얘요. 고와요."
선생님은 어이구 하면서 무슨 말을 그렇게 애기같이 하느냐며 웃었다. 아직도 어린애 같다고, 우리 같은 때에 전쟁 겪고 살았으면 그래서 어떻게 살았겠냐며. 선생님 얼굴 환했다.
자꾸만 선생님을 만져보고 싶었다. 선생님 얼굴에 내 얼굴 대어보고 싶고, 선생님을 가만 안아보고 싶었다. 안동 시내로 나가려 일어설 때 두근두근 마음을 다잡았다. 온 마음은 선생님을 한번 꼬옥 껴안아봐야지 하는 생각만 가득. 그렇게 때만 살피며 머뭇거렸지만 끝내 그러지는 못했다.
안동으로 차를 타고 나가는 길. 선생님과 나란히 뒷자리에 앉았다. 부끄럽고, 수줍어 쭈뼛쭈뼛. 그러다가 용기를 내어 말했다. 지금 너무 너무 떨린다고, 어느 예쁜 여자 옆에 앉아 있는 것 같다고, 그래서 어쩌지 못하고 속으로는 손 한번 잡아봐야지 하면서 두근두근 한다고 말이다. 선생님은 웃고, 나는 얼굴이 빨개지고. 선생님은 내 손을 가만 잡아주면서 웃는 말을 하셨다. 요즘은 남자끼리 그러면 안됩니더. 하지만 잠깐 손을 잡아주고는 다시 제자리. 나는 그 차안에서 어떻게 하면 선생님 손을 더 잡아보나 하고 눈치만 살폈다. 속마음 감추고 있으니까 더 떨리기만 했다. (「권정생 선생님 만나고 온 자랑」, 『굴렁쇠』 2001년 6월 20일)

■ 찾아 읽기

원종찬 「속죄양 권정생」 1, 2 『어린이문학』 2000년 11, 12월호.

이계삼 「진리에 가까운 정신」, 『동화읽는어른』 2001년 5월호.

권정생 『강아지똥』, 세종문화사 1974.

_____ 『사과나무밭 달님』, 창작과비평사 1978.

_____ 『몽실 언니』, 창작과비평사 2001.

_____ 『어머니 사시는 그 나라에는』, 지식산업사 1988.

_____ 『깜둥바가지 아줌마』, 우리교육 1998.

_____ 『먹구렁이 기차』, 우리교육 1999.

_____ 『또야 너구리가 기운 바지를 입었어요』, 우리교육 2000.

_____ 『비나리 달이네 집』, 낮은산 2001.

_____ 『오물덩이처럼 뒹굴면서』, 종로서적 1986.

민족문학으로서의 어린이문학
—이오덕론

1

모든 예술은 시대의 표정이다. 잊지 말아야 할 것, 잊어서는 안될 표정을 예술은 담아낸다. 그림은 그 표정을 화폭에, 조각은 대리석이나 흙과 같은 질료에 그려내고 새겨넣는다. 음악은 악곡과 화성으로 그 표정을 옮겨낸다. 문학이란 예술 역시 언어를 통해 시대의 표정을 붙잡는다. 언어라는 촉수를 내뻗어 한 시대의 상처와 희망을 날렵하게 포착하는 것이다. 문학이 겨레의 기억인 까닭도 이 때문이다. 문학작품에는 겨레가 잊지 말아야 할 소중한 순간이 담겨 있다.

문학이 겨레의 기억이라면 문학작품을 쓰는 작가는 겨레의 기억을 전수하는 이들이다. 작가는 무엇을 빛나는 표정으로 건사해야 할 것인지를 결정하고, 선택한 표정에 훅 하니 삶의 내음이 끼치는 피와 살을 함께 부여한다. 이야기와 느낌을 인물의 행위와 정서를 통해 표현하는 것이다. 따라서 이들의 증언은 메마른 등걸 같은 신문기사나 역사서술과 달리 구체적인 삶의 결이 또렷이 각인되어 있다. 작가들이 전수하는 것은 실제 일어난 객관적 사실에 온기를 불어넣는 것만은 아니다. 당연히 있어야 했으나 일어나지 않았거나 못한 일들도 작가들은 겨레에 전수해야 한다. 따라서 작가들은 예언자이기도 하다. 수난받는 선지자의 형상으로, 다가올 시대의 빛나는 표정을 예언하는 존재이기도 한 것이다.

예언자이자 전수자인 작가의 역할에 견줄 때, 평론가는 턱없이 초라한 이들이다. 그는 발품만 열심히 파는 방물장수 같은 존재이다. 스스로는 바늘 하나, 지분 하나 만들 수 없다. 고작해야 너절한 장광설로 순박한 시골 아낙을 부추길 수 있을 뿐. 그에게는 역사가 없다. 마치 구매자의 까다로운 입맛을 맞추기에 급급한 방물장수처럼, 동시대의 요구에 전적으로 복무할 따름이다. 미래를 위해 남겨두어야 할 기억도, 앞질러 건네주어야 할 예언도 그에게는 없다. 지금, 여기라는 동시대의 과제를 뜨겁게 관통하는 것만이 유일하게 허락된 삶의 방식이다. 따라서 평론가의 노릇은 생산적이지도, 역사적이지도 않다.

그래도 평론가들이 비평이란 궂은 일을 기꺼이 감당하고자 하는 까닭은 독자들 때문이다. 자칫 놓치기 쉬운 감추어진 작품의 결을 독자에게 건네는 다감한 안내자의 역할이 있기에 늦도록 뒤척이며 글을 쓸 수 있는 것이다. 더러 비범한 평론가들은 독자에게뿐만 아니라 작가들에게도 풍부한 예감을 건네기도 한다. 그러나 이는 지독히 어려운 일이다. 심혈을 기울여 길어올린 시대의 표정이, 예언이나 증언은커녕 아무것도 아니라는 비판에 화를 내지 않을 작가는 어디에도 없다. 어쩌면 화를 내는 작가는 그래도 나은 편인지도 모른다. 대부분의 작가들은 평론가의 말에 귀조차 기울이지 않기 때문이다. 대부분의 평론가들이 모르고 있는 듯하지만, 평론가들을 쓸쓸하지 않게 만드는 이는 그래도 독자들뿐인 것이다.

그런데 유일하게 평론가를 행복하게 해주는 이들 독자들이 어린이문학 평론가 곁에는 없다. 어린이문학의 주요한 독자인 어린이들과 이들 평론가들 사이에는 넓고 깊은 강이 가로놓여 있다. 비평은 예술이기도 하며, 과학이기도 하다. 이러저러한 평가를 내리기 위해서는 엄밀한 척도를 통해 들여다보지 않으면 안된다. 엉성한 체로 걸러낸다면 작품의 미적 자질들이 갖는 차이는 충분히 정당하게 평가될 수 없다. 어린이문학의 비평 담론은 소중한 독자인 어린이들로부터 스스로를 소외시켜야만 살아남을 수 있는 비극적 운명에 놓여 있는 것이다.

그럼에도 이 불운한 처지를 고스란히 자신의 소명으로 받아들인 이가 바로 이오덕 선생이다. 선생은 1974년 즈음부터 "최근 우리 아동문단의 사정은 나 같은 둔재의 눈을 뜨게 하기에 충분하였으니, 어쩔 수 없는 문학적 요청"으로 비평을 쓰기 시작한 이래, 가장 최근의 권태응 동요에 대한 포괄적인 분석인 『농사꾼 아이들의 노래』(소년한길 2001)에 이르기까지 한결같이 어린이문학의 한복판에서 비평적 글쓰기를 하고 있다. 선생이 있기에 뒤이은 후생들이 그나마 덜 쓸쓸하고 덜 불운할 수 있게 된 것이다.

2

선생이 처음 발표한 본격적인 비평은 「어린이문학과 서민성」이다. 글의 앞부분에 놓인 '머리말'은 이렇게 시작되고 있다.

이 글은 서민성이란 시점에서 어린이문학의 관념적 동심주의와 탐미적 독선 세계를 비판하고, 우리 어린이문학에 나타난 서민성을 살펴

봄으로써 민족문학 수립이란 과제에 이어진 어린이문학의 건설이 서
민성을 구현함으로써 이뤄질 수 있다는 것을 밝히는 것이 목적이다.
(『시정신과 유희정신』, 창작과비평사 1977, 105면)

이 단단한 선언은 이오덕 비평의 전체적인 구도와 지향을 일목요연하
게 펼쳐 보이고 있다. 그는 그즈음의 어린이문학을 관념적 동심주의와
독선적인 탐미주의로 평가하고, 그 대안적 모색으로 서민성의 구현을
주장한다. 그리고 이들 비판과 대안이 궁극적으로는 민족문학의 수립과
직결되어 있다고 말한다.

이러한 구도를 입증하기 위해 그는 관념적 동심주의의 근원이 식민지
시대 이래 지속되어온, 작가들의 현실과 유리된 경박한 감상성에 뿌리
를 두고 있음을 밝히고 있다. 이들 동심주의는 아이들로 하여금 참된 문
학의 세계로 찾아가는 것을 완고하게 방해하며, 아이들의 정신성장을
방해하고 있다는 것이다. 그는 이 관념으로부터 벗어나 "작품 내용이 이
땅의 아이들의 상황을 보여주는 것, 아이들의 절실한 현재와 미래의 문
제를 얘기한 것, 그래서 독자들의 마음을 깊이 흔들어놓는 것"이어야 함
을 역설하고 있다. 현실성을 전면에 내세움으로써 이 땅의 어린이들을
어른의 관념으로 재단하고 있는 폐해를 지적하고 있는 것이다. 그리고
이와같은 현실성에 대한 근본적인 성찰은 자연 어린이를 보는 관점 자
체를 변화시킨다. 그는 아이들을 어른의 관념 속에 붙박인 인형으로 보
는 대신, '성장하는 인간' '사회적 존재로서의 인간'으로 보아야 한다는
당연한 원칙을 새삼 환기하고 있다.

덧붙여 그는 기존의 문단에서 득세하고 있던 관념적인 동심주의와 탐
미주의를 쓸어버리고, 그 빈자리를 새로운 전통으로 메워나간다. 물론
그 새로운 전통은 진정한 동심과 현실주의로 요약된다. 이를 바탕으로

어린이문학의 역사적 주류를 마해송, 이주홍, 이원수, 이현주, 권정생 등에게서 찾음으로써 그의 논의는 한결 풍부해진다. 선생은 이들 작가들이야말로 민족문학으로서의 어린이문학이 어디에 서 있으며, 어디로 가야 할 것인지를 명징하게 입증해준다고 말한다. 결별과 예고, 묵은 허위의식을 불식하고 그 빈 들녘에 새로운 전통의 말뚝을 깊숙이 박는 힘 겨운 일을 선생은 거듭 감행하고 있는 것이다.

그러나 이오덕 선생의 비평적 노고가 가장 빛나는 부분은 '서민성'이란 소박한 언술로 포착한 민중적 지향이다. 더욱이 그의 지향이 70년대 중반에 획득된 것이며, 그 핵심을 "밑에서부터 올라가는 인간스런 마음" "내부에서 터져나오는 주체적 정신"으로 삼은 것은 민중성의 본질적 징후를 거머쥔 것이 아닐 수 없다. 물론 섬세하게 짚은 것은 아니지만, 민중성을 바탕으로 민족문학의 일익을 어린이문학이 감당하고자 한 점은 아무리 높이 평가해도 지나침이 없다. 사실 이즈음의 문학론은 이제 막 백낙청의 시민문학론이나 염무웅의 농민문학론으로 문학론의 비판적 전통을 복원하고 있는 중이었다. 민족문학론을 둘러싼 논의는 막 발아하는 중이었으며, 포괄적인 민중성을 토대로 삼는 민족문학론을 거론하기까지는 여전히 많은 시간을 필요로 하는 즈음이었던 것이다.

그럼에도 시대를 앞질러 선생의 논의가 민중적 지향을 정확하게 포착할 수 있었던 동력은 무엇일까? 그것은 그의 사고가 현실성을 놓칠 수 없는 미덕으로 건사하고 있었기 때문이다. 그러나 모든 현실주의자들이 동일하게 높은 인식에 도달할 수 없었던 것으로 미루어 보면 이는 필요조건일 따름이다. 현실성과 함께 빠뜨릴 수 없는 것은 그의 비평적 작업이 다름 아닌 어린이문학으로부터 출발하고 있었기 때문이다. 여타의 문학과 달리 어린이문학은 계몽적 자질을 적극적으로 자신의 본질로 삼고 있다. 물론 이러한 관점은 자칫 사회를 살펴보는 통찰을 직접 문학적 논의로 불러들이는 오류를 낳을 수도 있을 것이다. 그러나 계몽적 특성과 동떨어진 모든 논의는 적어도 어린이문학의 지평 안에서는 허구적일 수밖에 없다. 선생은 어린이문학의 이러한 본질을 다음 글에서 씩씩하게 밝혀 보이고 있다.

교훈성 그 자체를 완전히 배제하려고 하는 것은 어린이문학의 본질을 모르기 때문이다. 교훈을 꺼리고 무서워하는 사람일수록 재미없고 해로운 작품을 쓰는 것이다. 교훈이 없다는 것은 작가의 의도가 없고 사상이 없다는 것이고, 역사와 사회, 어린이에 대한 믿음과 정열, 사랑이 없는 것을 말해준다. (『어린이를 지키는 문학』, 백산서당 1984, 25면)

"믿음과 정열, 사랑" 등등의 화려한 수사는 지금의 관점으로 보자면, 흔해빠진 광고문안을 연상케 한다. 그러나 이만큼 어린이문학의 교훈성, 곧 계몽적 자질이 갖는 의미를 선언하기도 쉽지 않았을 것이다. 선생은 계몽성과 현실성이야말로 어린이문학의 본질을 구성하는 것이라고 거침없이 피력하고 있으며, 그 두 항을 버린 어린이문학이란 어린이들의 참된 삶에 그저 해악만을 끼칠 따름이라고 말하고 있는 것이다.

이어 선생은 어린이문학이 당면한 과제를 「시정신과 유희정신」「열등의식의 극복」이란 평론을 통해 한층 구체화한다. 특히 「열등의식의 극복」은 선생이 언급한 대로 "가장 핵심되는 부분"이며, "도달한 결론"이기도 하다. 선생은 어린이문학의 특수성을 포기하고 문학 일반에 무비판적으로 투항하고자 하는 태도를 적극 반박하는 가운데, 이들 모든 기도를 '열등의식'의 발로로 규정한다.

어린이문학 작가들이 민족적 열등의식을 물리치지 못한데다가 모든 가치가 돈으로 계산되는 상품시대가 되어 박대를 받는 어린이문학을 스스로 멸시하고 성인문학을 부러워하는 또 하나의 열등의식이 겹쳐져서 아동과 어린이문학을 불신하는 풍조를 만들었기 때문이다. 민족적 열등감을 씻어주지 못하던 동심천사주의는 어린이문학에 대한 신념을 상실한 또 하나의 열등감으로 말미암아 아동에게 더한층 열등의식을 고취하고, 그리하여 드디어 어린이문학 자체마저 부정하는 위기에 이른 것이다. (『시정신과 유희정신』 27면)

70년대 중반 이오덕 선생이 지적한 어린이문학 작가들의 열등의식은 지금까지도 여전히 극복되지 못한 채 이어지고 있다. 어린이문학 작가들이 안고 있는 이러한 이중의 열등의식은 아직도 어린이문학 한켠에서 견고하게 지속되고 있다. 대부분의 어린이문학 작가들은 불행하게도 또한 안타깝게도 시인이나 소설가가 되고자 했으나 종국에는 어린이문학 작가가 될 수밖에 없었던 것이 사실이다. 이들이 열패감을 한시바삐 덜어내지 못하는 한, 우리 어린이문학의 진정한 발전을 논의하기는 어렵다. 세월이 흘러 애초부터 어린이문학 작가가 되고자 필력을 갈고닦은 이들이 많아지기를 기다리는 것만이 해결책일 것이다. 선생이 그다지도 도발적인 방식으로 문제를 제기할 수밖에 없었던 것 역시, 현실에 대한 도저한 절망 때문이었음은 물론이다.

3

이오덕 선생의 비평 작업은 70년대 어린이문학의 방향성을 민족문학으로 정식화한 것에서 그치지 않는다. 선생은 80년대에 들어서도 『겨레와 어린이』를 비롯한 다양한 무크지를 통해 비평적 입장을 거듭 밝혔다. 동시대 작가의 작품에 대한 심층적인 분석뿐만 아니라, 어린이문학에 속하는 하위 양식들에 대한 풍부한 탐구도 게을리하지 않았다. 옛이야기에 대한 정밀한 분석과 판타지론은 오늘날의 논의에 비추어보아도 조금도 부족하지 않은 것이 사실이다. 특히 옛이야기의 전통을 풍부하게 되살리고자 함으로써 전통의 창조적 계승이 구체적으로 어떠한 방향으로 나아가야 하는지를 밝힌 것도 주목할 만한 성과일 것이다. 선생은 옛이야기를 되살리는 것이 문화유산의 복원이란 큰 틀 안에서 진행되어야 하며, 현대적인 관점에서 재단될 경우, 자칫 돌이킬 수 없는 잘못이 될 수 있음을 거듭 경고하고 있다.

이 모든 풍부한 논의의 바탕에는 동심을 보는 이오덕 선생 특유의 관점이 잠복해 있다. 그것은 곧 선생의 어린이문학관이 집약적으로 표현된 것이며, 어린이문학의 나아갈 방향을 앞질러 보여준 것이기도 하다. 선생은 어린이문학의 핵심적 화두인 동심을 허욕이 없는 마음, 정직성, '인간스런' 감정의 풍부함 등을 들어 정리하고 있다. 선생에게 어린이문학은 "한마디로 사심 없는 마음"이며, 진선미를 고루 갖춘 것으로 인식되고 있는 것이다. 어린이문학은 다음과 같이 정의된다.

(어린이문학은) 동심의 세계를 그리는 문학이다. 좀더 구체적으로 말하면 동심의 참모습을 보여주고, 동심이 어떻게 해서 짓밟히고 비뚤어져 가고 있는가를 보여주고, 동심을 끝까지 지켜나가는 어린이와 어른들의 삶을 그려 보이는 것이다. (『어린이를 지키는 문학』 60면)

관념적인 동심천사주의와 진정한 동심을 대립시키는 가운데, 어린이문학이 동심의 본질을 밝히고, 동심을 지켜나가는 참 삶을 비춰 보이는 문학이 되어야 한다는 것이다. 그러나 동심의 본성을 지켜나가야 한다는 선생의 동심본성주의는 적어도 동심을 어린이문학의 핵심으로 파악하고 있다는 점에서 동심천사주의와 명백하게 구분되지 않는다. 동심이란, 그것이 참된 동심이든 거짓으로 얼룩진 관념적 동심이든, 근본적으로 추상적이며 관념적이란 점에서는 조금도 다를 바가 없기 때문이다. 다음의 인용은 선생이 동심을 어떻게 설정하고 있는지를 잘 보여준다.

> 동심은 어른들의 장난감도 아니고, 옛날을 회상할 때 잠기는 늙은 이들의 그리움의 세계도 아니다. 그것은 삶의 터전에서 온갖 부정과 역경과 싸우면서 끝내 지켜나가는 순수한 인간정신이며, 끊임없이 자라나는 선의 마음바탕이며, 온 민족의 어린이와 어른의 마음바다로 확대해갈 수 있는 정심(正心)이며, 문학에서 가장 효과적으로 키워나갈 수 있는 인간의 본성인 것이다. (「아동문학의 문제점」, 『시정신과 유희정신』 151면)

이 인용에서 동심은 "순수한 인간정신" "선의 마음바탕" "정심" "인간의 본성" 등으로 표현되고 있다. 그러나 이 모든 내용들이 공통적으로 지니고 있는 것은 선험적인 인간 존재에 대한 희망과 신뢰일 뿐, 구체적인 역사적 계기 속에서 포착되는 어린이의 참된 면모와는 일정한 거리가 있다. 적어도 동심이란 개념으로는 명료하게 규정하기 어려운 주관성을 피할 수 없으며, 이 주관적 속성은 작가들마다 의도적인 왜곡을 일삼는 빌미를 끝없이 제공해주고 있는 것이다. 저마다 생각하고 있는 동심이 다르며, 저마다 자신의 작품 속에 동심이 가장 분명하게 표현되어 있다는 주장이 가능한 것도 개념 자체가 지닌 모호성 때문인 것이다. 무엇보다 어린이문학은 동심이란 관념적인 규정 대신, 선생이 거듭 주장하였듯이 현실성을 통해 재규정되지 않으면 안될 것이다. 현실성이야말로 작품에서 표현된 아이들의 삶의 실제를 가장 명료하게 평가하고 분석할 수 있는 기준이며, 동심이 지닌 모호성을 극복할 수 있는 가장 분명한 대안인 것이다.

이오덕 선생의 관념적인 지향은 동심이란 개념을 여전히 거머쥐고 있는 데에서만 그치지 않는다. '서민성'으로 포착되고 있는 민족문학적 지향 역시 선명한 이념적 좌표임에도 불구하고 모호하고 추상적이기는 다를 바 없다. 따라서 작품의 실례를 통해 서민성을 입증하고자 하나, 심도 있는 논의를 진척시키지는 못하고 있다. 민중적 지향은 폭넓은 현실성에 떠밀려 구체적인 형상을 조금도 담지 못한 채 슬로건 수준에서 머물고 만 것이다. 물론 이 모든 작업들이 선생 개인이 떠맡아야 할 책무는 아닐 것이다. 그럼에도 여전히 아쉬운 것은 어쩔 수 없다. 심지어 현실의 역동적인 변모를 충분히 포괄하지 못한 채, 동일한 주장을 거듭 펼쳐내고 있는 견고함도 기실 이 관념성에 뿌리를 두고 있는 게 사실이다.

관념성과 함께 이오덕 선생의 비평이 갖는 또다른 문제점들은 현저히 주제론적 비평의 한계를 벗어나지 못하고 있다는 점이다. 실제로 선생은 어린이문학의 본질이 교훈성에 있으며, 그 교훈성이 협소한 의미의 교훈이 아닌 폭넓은 계몽성으로 상승되어야 함을 정당하게 설정하고 있다. 그러나 구체적인 작품 분석에서는 모호한 수사로 일관하거나 시적 본질에 육박하지 못한 채 주변을 맴도는 것으로 그치게 된다. 권태응의 「감자꽃」을 분석한 다음 인용은 그 실제를 잘 보여준다.

모두가 알고 있는 작품이지만, 농촌 어린이의 생활과 모습을 이렇게 실감으로 그려서 그 내용과 형식이 완벽한 작품을 우리는 이제 보기 어렵게 되었다. 어린이의 진실과 시를 되찾기 위해서 우리는 그들의 세계에서 무한한 시의 보고를 발견할 수 있는 지혜를 가져야 하며, 그러기 위해 이러한 우리들의 고전을 다시 음미할 필요가 있다. (「열등의식의 극복」, 같은 책 32면)

권태응의 시가 사치스러운 '언어 유희'의 작품과 얼마나 대조되고 있는지를 보여주기 위한 인용이다. 「감자꽃」이 "실감으로 그려서 그 내용과 형식이 완벽한 작품"이며, 이미 "우리들의 고전"으로 손색이 없다는 평가이다. 그러나 정작 여기에서는 뚜렷한 근거가 발견되지 않는다. 이 인용만으로는 구체적으로 무엇이 실감 있는 표현이며, 내용과 형식의 조화가 어떻게 획득되고 있는지를 찾기 어렵다. 이와같은 모호한 단정은 동화를 분석하는 데에서 더욱 잘 드러난다. 권정생에 대한 평가는 이를 잘 보여준다.

권정생씨는 이 세상에서 가장 불행한 이들을 찾아 그들을 부둥켜안고 함께 울고 괴로워한다. 그리하여 그 불행한 이들이 실은 얼마나 착하고 아름다운 마음을 가지고 있는가를 증명하여 준다. (같은 글 29~30면)

이 인용에서도 권정생 작품에 담긴 주제만 포착하고 있을 뿐, 주제가 여하한 미적 형식을 통해 구체화되고, 또 상호 상승작용을 불러일으키는지는 밝히고 있지 못한다. 이오덕 선생의 비평이 주제론적이라는 점은 자칫 문학과 정치를 단일한 차원으로 귀속시키고, 문학이 갖는 미적 자율성을 현저히 왜곡할 여지를 안고 있다. 비록 관념적인 동심주의나 천박한 열등의식을 극복하는 것이 급선무라고 할지라도 어디까지나 어린이문학은 예술이며 또 문학이어야 한다. 이는 결국 비평의 초점으로 '무엇을 말하는가'뿐만 아니라, '어떻게 말하는가'를 포괄해야 함을 뜻한다. 그릇된 편향을 극복하는 방식은 대척에 놓인 새로운 편향이 아니라, 그 양자를 아우르는 지양의 형태로 진행되어야만 하는 것이다.

이오덕 선생의 비평이 갖는 주제론적 관점은 최근에 이루어진 『농사꾼 아이들의 노래』에서도 여지없이 한계를 드러내 보이고 있다. 비평은 전적으로 권태응의 시가 농사짓는 이들의 삶의 결을 얼마나 풍부하고 실감 있게 형상화하고 있는가를 다각적으로 살펴보고 있을 뿐이다. 정작 권태응의 시가 갖는 형식적 특질들은 '온갖 형태로 나타난 운율'이란 독립적인 장에서 다루고 있으나, 그 부분 역시 시종일관 자수율의 분류에 그치고 만다. "우리의 전통인 3·4조와 이를 기본으로 하여 지어낸 동요가 가장 많다"라는 지적에 그칠 것이 아니라, 왜 권태응이 전통적인 자수율에 기대 자신의 시적 세계를 열어갔는지가 설명되어야 했다.

이와같은 주제론적 편향은 문학과 정치를 지나치게 단선적으로 포착할 우려가 있다. 실제 작품에 대한 분석보다 정론적인 비평이 압도적인 우위를 점하고 있는 것도 이 때문으로 보인다. 물론 문학은 정치와 분리할 수 없다. 문학은 구체적인 사회현실을 떠나서는 한발도 앞으로 내디딜 수 없는 것이 본질이다. 그러나 문학의 고유한 자질을 걸러내지 못한 채 정치적 언술과 일직선으로 연결되는 것은 결코 문학 본연의 모습일 리는 없는 것이다.

그러나 정작 이오덕 선생의 한계를 지적하는 것은 선생에게 던지는 비판이라기보다 오히려 이후에 이어지는 비평가들을 향한 것이다. 한계는 오류와 달라 개인의 책무를 벗어나는 것이기 때문이다. 이오덕 선생은 적어도 그의 시대를 압도했던 관념적인 동심주의와 독선적인 탐미주의에 맞서 싸우는 일에 몰두해야만 했기 때문이다. 더욱이 어린이문학의 역사적 발전은 천재적인 개인에게서 결코 완결될 수 없는 것도 분명하다. 거듭 쌓이는 노력들이 마침내 역사를 전진케 하는 것임은 비켜갈 수 없는 진실인 것이다.

4

민족문학으로서의 어린이문학은 유독 70년대와 80년대에 국한된 문학적 과제는 아닐 것이다. 열악한 어린이문학의 상황은 상대적으로 외국문학의 우월성을 더욱 돋보이게 만들고 있다. 그러나 문학의 본질이 개별적인 것을 통해 보편적인 것을 피력하는 데에 있는 한, 민족문학적 자질들은 최대한 확장되어야 한다. 자칫 문화적 주체성을 홀대하거나 혹은 미적 자율성의 이름으로 보편성을 강요하는 논의(최윤정 『그림책』, 비룡소 2001, 120~21면)는 문제의 심각성을 비켜갈 우려가 아주 많다. 무엇보다 우리 어린이문학은 계몽적 자질을 안으로 끌어안는 미학적 성취가 화급하며, 민족적 특수성을 담아내야 한다. 따라서 이오덕 선생이 줄곧 주창해온 '겨레의 어린이'는 언제나 놓칠 수 없는 진정성의 한자락인 것이다.

선생은 올해 들어 일흔일곱이 되셨다. 어린이문학 평론가로 몸을 세운 지 30년 남짓한 세월이 흐른 것이다. 그러나 선생이 씨앗을 뿌린 어린이문학 평단은 여전히 불모지에 가깝다. 뿐만 아니라 그의 선명한 선언을 넘어서서 비평적 언술을 감행하는 평론가도 얼른 눈에 띄지 않는다. 사실 누군들 그 궂은 일을 기꺼이 감당할 수 있을까 싶다. 그러나 어린이문학을 둘러싼 비평의 필요성은 여타의 영역에 비해 훨씬 더 절박한 편이다. 아이들은 수없이 쏟아지는 작품들에 무방비로 노출되어 있으며,

상업주의의 거센 파도에 거듭 휩쓸리고 있다. 적어도 어린시절의 문학 체험이 삶 전체에 깊은 영향을 끼치는 것이 사실이라면, 작가를 다시 곧 추세우고, 독자를 이끄는 비평은 반드시 있어야 한다. 새삼 작가에게 또 독자에게 걸었던 선생의 기대를 되돌아보게 된다.

어린이문학이 아동을 위한 문학이라면 그것은 당연히 아동의 건전한 성장과 그들의 미래가 밝고 빛나는 세계가 되기를 염원하는 작가의 철학을 기반으로 창조되어야 한다. 따라서 작가는 우리 민족의 역사와 사회적 현실을 양심으로 파악하고 아동의 생활을 정직한 눈으로 보고 거기서 진실을 찾아야 하는 것이다. (「열등의식의 극복」, 『시정신과 유희정신』 24면)

■ 찾아 읽기

이오덕 『시정신과 유희정신』, 창작과비평사 1977.
───── 『어린이를 지키는 문학』, 백산서당 1984.
───── 『농사꾼 아이들의 노래』, 소년한길 2001.

문학 속에 깃든 역사적 실천

—임길택론

1

가을이 깊었습니다. 아침저녁으로 풀벌레소리가 창문 아래에서 두런거립니다. 그 벌레소리에 실려 둥그런 달빛 함께 스며들기라도 하면, 애틋함과 고적함이 마음 한켠에 자리를 잡아갑니다. 가을이 안겨주는 감상이겠지요.

가을은 그동안 애써왔던 노동의 결실들을 거두는 계절이며, 이어지는 오랜 안식과 침잠의 시간을 준비하는 계절이기도 합니다. 그런데 유독 우리네 사람들의 삶, 도회지에서의 삶은 오래도록 이어져온 이 익숙한 순환으로부터 벗어나 있는 듯합니다. 빛 고운 가을이 왔는데도 언제까지나 살아낼 듯 멈추지 않고, 되돌아보지 않으며 분주히 발걸음을 내딛고 있습니다. 하여 결실도, 침잠도 먼 얘기일 뿐입니다.

소설가 황석영이 '예술과 혁명이 가는 길은 무엇인가'라는 질문 끝에 내린 결론이었던 "처음 시작했던 삶으로 되돌리려는 안간힘"(『오래된 정원』, 창작과비평사 2000)이란 모색이 오래도록 귓전을 울립니다. 그나마 다행스러운 것은 처음 시작했던 삶과 거기까지 아주 가까이 다가섰던 이들의 삶을 이따금 마주칠 수 있다는 사실일 겝니다. 선생님을 마주한 것이 그래서 제게는 소중하고 또 각별한 것이기도 합니다.

제가 임길택 선생님을 만난 것은 고작해야 몇해 전입니다. 저는 그 즈음 어린이문학 동네를 막 기웃거리던 참이었고, 그 초입에서 선생님 작품을 딱 만난 것이었지요. 처음 마주친 작품은 『수경이』였던 듯합니다. 아마도 이 책을 유독 좋아하던 딸아이 덕분에 제 손에까지 닿게 되었나 봅니다. 책을 후딱 읽고는 왠지 모를 아득함을 느꼈던 듯합니다. 그 책에는 요즘 아이들의 삶이 아니라 선생님을 비롯한 한 세대 전의 삶이 오롯이 담겨 있었기 때문이기도 하려니와, 책 속에 담긴 이야기들 편편이 한없이 맑고 정결한 나머지 쉽사리 지워지지 않았기 때문이기도 합니다. 지금 글을 쓰기 위해 책을 다시 펼쳐보니, 이 대목에서 귀퉁이가 접혀 있습니다.

아이들은 사마귀가 무섭다고 했다. 발이 날카롭고 머리가 세모난 게 징그럽게 생겼다고도 하였다. 그러나 수경이는 그렇게 생각하지 않았다. 보면 볼수록 늠름한 몸뚱이가 좋았다. 감히 다른 벌레나 곤충들이 흉내내지 못할 빼어난 모습이라고 생각하였다. 그래서 미연이가 징그럽다며 발뺌을 할 때도 수경이는 등 쪽에서 배를 살며시 쥐고 여기저기를 다시 살펴보았다. (「수경이」, 『수경이』, 우리교육 1998, 165면)

잠을 자려는데, 승연이를 빼앗겨 버린 할머니 맘이 어떨까 싶은 게 제 방에서 잘 수가 없었다. 그래서 베개를 들고 할머니 방으로 건너갔다. 할머니도 아직 안 주무셨다. 불을 끈 채 누워 무슨 생각을 하셨을까 싶었다.

수경이는 할머니 손을 꼭 쥐어 드리고 잠을 불렀다. 할머니도 수경이의 손을 놓지 않으셨다. (같은 글 175면)

수경이란 이 이야기의 주인공은 첫번째 인용에서처럼 자신만의 느낌을 소중히할 줄 아는 아이였습니다. 모두들 끔찍이도 싫어하는 사마귀를 늠름하다고 생각하는 아이, 그래서 배를 살며시 쥐고 다시 살펴볼 줄 아는 아이. 모든 살아 있는 생명들 저마다의 모습과 아름다움을 승인하는 눈길의 깊이를 지닌 아이. 저는 이 아이가 얼마나 사랑스러웠는지 모릅니다. 젖을 떼고서부터 줄곧 길러오던 손주를 떠나보낸 첫날밤의 할머니. 그 첫날밤 할머니 마음 한자락을 따라 방을 건너와, 가만 손을 쥐어드리는 아이. 저는 6학년밖에 안된 이 여자아이에게 제 손을 잡히기라도 한 양 마음이 한껏 눅눅해졌습니다. 사실 제 손을 잡은 이는 곧 임길택 선생님이기도 했습니다.

이 작품을 읽고서야 저는 표지 뒤에 담긴 선생님 얼굴이며, 짧은 소개글을 또렷이 읽을 수 있었습니다. 그런데 안타깝게도, 선생님은 소박하고 조촐했던 삶을 접고, 이미 먼길을 떠나신 다음이었지요. 저는 너무 늦게 어린이문학 동네를 찾았고, 선생님은 너무 빨리 이곳을 떠나셨던 것입니다. 그 허전함 때문이었는지, 저는 선생님이 남기신 흔적을 서둘러 찾아나서야 했습니다. 네 권의 이야기책, 세 권의 시집, 한 권의 산문집이 제가 거둘 수 있던 모두였습니다. 그러나 사실 이 모두는 그저 하나였을 뿐이었지요. 겉모습만 달랐을 뿐, 임길택이란 소박하고 조촐한 선생님이 이리저리 몸을 뒤척이고 있었습니다.

선생님을 알게 되고, 선생님이 남긴 글과 두고 간 흔적들을 어루만지며, 저는 우리네 땅에서 가보고 싶은 곳이 새로 하나 생겼습니다. 그곳은 여량입니다. 정선 아우라지를 휘돌아가면 만나게 되는 참 맑은 물살 같은 마을. 그나마 주변의 다른 지역보다 평탄하여 곡식을 남겨둘 수 있는 곳이라고 하지요. '남은 양식'이란 이름의 여량도 그래서 지어졌다고들 합니다. 물론 선생님은 사북에 누워 계시지만, 저는 여량이 더 선생님 가까이 있는 듯합니다. 한시바삐 그곳에 들러 선생님이 우리 어린이 문학에 떨구어놓으신 씨앗 하나를 다시금 단단히 그러쥐고 싶습니다.

2

연보에 나온 선생님은 무안에서 1952년에 태어나, 지금은 없어진 목포교육대학을 나왔습니다. 그러고는 어떠한 연유에서인지 강원도 탄광 마을로 찾아들었더군요. 하기는 섬마을이나 산골마을이나 낮은 자리이기는 마찬가지였을 터이고, 선생님은 더한층 외로운 곳으로 자신을 낮추고 싶던 것이었겠지요. 그곳에서 사북과 정선의 산골마을을 두루 거치며 초등학교 선생님의 자리를 지켜나갔고, 거창으로 학교를 옮기고 나서도 선생님은 특수반을 맡는 등, 조금도 편안한 자리를 엿보지 않았습니다.

이 모든 낮은 곳에서 보고 듣고 느낀 일들이 남김없이 선생님의 글 속에 자리잡고 있습니다. 그 가운데 선생님 글쓰기의 본질을 유감없이 보여주는 것은 시나 동화보다 오히려 산문이었습니다. 선생님은 '한국글쓰기연구회'에서 함께 생각을 나눈 꼭 그대로의 방식으로 아이들을 가르치고, 글쓰기를 실천하였습니다. 그 글쓰기의 방식이란 좋은 일이든 궂은 일이든, 기쁜 일이든 슬픈 일이든, 마음에 남겨진 일을 꾸밈없이 꼼꼼하게 쓰는 것이었습니다.

소박하고 자세한 임길택 선생님의 글쓰기 방식은 선생님의 글 전반에 걸쳐 두루 펼쳐져 있습니다. 그러나 무엇보다 소중한 것은 이들 글 속의 선생님은 초등학교 선생님으로서의 느낌을 한번도 마음에서 잊어버리거나 밀어내지 않고 있다는 사실입니다. 그 낮은 자리를 기쁨으로 감싸 안고 있다는 점입니다. 그 가운데 유독 저를 느껍게 만든 것은 「교사로 누린 행복」(『하늘숨을 쉬는 아이들』, 종로서적 1996)이란 글이었습니다. 선생님은 스무해 남짓 되는 동안 교사로서의 가장 큰 보람으로 막장 끝까지 들어가본 경험을 말하고 있었습니다.

막장에서 이름 모를 광부아저씨들을 만난 걸 나는 여지껏 가장 큰 행운으로 생각하고 있다. 그것은 바로 내가 교사로서 누린 행복이기도 하다. 그 경험 하나만으로도 지금 나는 내가 걷고 있는 이 길을 누구와 바꿀 생각이 없다. (152면)

탄을 캐는 탄광의 굴 속, 그 막장에서 선생님은 도대체 어떤 경험을 했기에 "가장 큰 행운"으로 손꼽을 수 있었을까요? 선생님은 갱도의 입구에서 2300m나 내려왔다는 알림판에서도 한시간 반을 더 걸었습니다. 선생님 표현대로 옮기자면, "습기라곤 없었"고, "맨몸으로도 숨이 헉헉 차올랐던" 길. 그 길 한켠의 석탄 캔 흔적들을 보며 선생님은 "나는 그 자국들을 고스란히 떼어다 우리 교실에 두었으면 싶었다"라고 말하였습니다. 그 벽에 새겨진 흔적들을 마치 벽화인 양 교실로 옮겨놓고 싶어했던 것입니다.

선생님은 또 그곳 막장의 끝에서 두 광부를 만난 일을 다음과 같이 쓰고 있습니다.

나는 얼른 그곳에서 내려오고만 싶었다. 바깥에선 지금 비가 오는 줄도 모르고 탄을 캐다가, 뜻밖의 손님들을 맞고 어쩔 줄을 몰라하는 그분들한테 더 없이 미안하기만 했다.

나는 떠나기 앞서 마지막으로 한 분에게 학교에 다니는 아이가 있는 지를 여쭈었다. 그렇다는 말 대신 고개를 끄덕여주는 그이 얼굴엔 땀이 흘러내리고 있었다. (151면)

이 고통스러운 경험의 마지막 순간, 하필이면 "학교에 다니는 아이가 있는지" 물었을까 하고 생각해봅니다. 선생님의 모든 글들이 그러하듯, 명시적으로 주제를 드러내고 있지는 않습니다. 다만 이 경험 속에서 보고 느낀 것을 "내가 걷고 있는 이 길을 누구와 바꿀 생각이 없다"는 단단한 선언으로 연결하는 것으로, 많은 일들을 미루어 짐작할 뿐입니다. 선생님이 '걷고 있는 길'이 광부와 함께하는 길이며, 광부의 아이들을 가르치는 길이기 때문일 것입니다.

그러나 제 짧은 생각에는 선생님이 직접 가서 본 막장만이 일하는 사람들의 힘겨운 자리는 아니었을 것입니다. 미안한 마음을 느꼈던 곳도 유독 막장만은 아니었을 것입니다. 광부와 그의 가족들이 사는 탄광마을과 그 아이들이 배우는 학교 역시 막장만큼이나 안타까운 자리였을 테고, 어쩌면 선생님은 끊임없이 안쓰러운 마음을 여미며 아이들을 가르쳤다는 것 자체가 '가장 큰 행운'이었을 것입니다. 그 행운이 빚어내는 선생님의 글과 이야기 속에서, 더불어 마음을 적시고 깨달음을 얻는 우리 역시 행복하기는 마찬가지일 겁니다. 선생님의 그 행운에 힘입어 우리는 어느새 잊혀지고 말았을 역사를 어루만질 수 있기 때문입니다.

말이 될는지 모르겠지만, 나는 내가 쓴 이야기들도 하나의 역사라

여겼다. 나는 역사책에 나오는 큰 사건들도 중요하나 이에 못지 않게 그 역사의 뒤안길에서 이름 없는 사람들이 가꾸어 나가는 정서 또한 중요한 역사로 대접받아 마땅하다고 여기고 있다. (154면)

이 글에서처럼 선생님은 역사를 기록하는 사관(史官)의 마음으로 글을 썼습니다. 탄광마을에 살고 있는 아이들의 삶도 의당 역사이며, 그 아이들의 역사를 기록하는 마음으로 선생님은 가능한 한 자세하게 글을 써내려간 것입니다.

산문의 경계를 넘어 선생님이 쓴 시나 이야기를 읽고, 사람들은 더러 '이게 동시이고 동화인가?'라고 의아해하기도 합니다. 물론 의아해하는 것은 당연한 일입니다. 선생님이 쓴 것은 동시나 동화 형식에 맹목적으로 매달린 글이 아니었기 때문입니다. 선생님의 글은 그 어떤 장르이든 삶의 꾸밈없는 기록이었으며, 한 시대를 살아간 가난한 이들과 그 아이들의 역사였기 때문입니다. 더욱이 그 역사가 구체적인 개개인의 역사에 머물지 않고, 일하는 아이들 모두를 적셔주고 또 일으켜세웠던 정서의 역사라고 한다면, 그것 역시 당연히 문학인 것입니다. 마치 억압하고 지배하던 사람들의 역사만을 믿던 이들이 이 땅에 발 딛고 일하는 사람들의 역사를 외면하였으나, 참된 역사는 바로 이들이 눈물과 땀으로 일구어온 역사이듯이, 문학 역시 다를 바가 없을 것입니다. 문학은, 나아가 예술은 이미 존재하는 형식에 스스로를 꿰어맞추는 것이 아니라 새롭게 획득한 시야를 통해 새로운 내용과 새로운 형식을 거듭 발견하는 과정인 것입니다. 어찌 새 술을 낡은 부대에 담을 수 있겠습니까?

그 새로운 관점, 새로운 대상, 새로운 표현에 힘입어 다음 시에서처럼, 작고 여린 것들이 찬찬히 기록될 수 있었던 것입니다. 흰나비와 밀잠자리, 그 둘을 감싸안고 있는 가을 배추밭, 밤새 이들이 함께 나눈 얘기들,

햇살이 말려주는 젖은 날개들, 그 곁을 떠나는 숨죽인 발소리, 이 모두가 되살아날 수 있었던 것입니다.

가을 배추밭

흰나비는 날개를 접은 채로
밀잠자리는 날개를 편 채로
배추 포기 사이에 두고
잠들어 있었다.

늦잠을 자도 좋을 만치
밤새 무슨 얘기들 나누었을까.
등 뒤 하늘에 부는 바람 소리
그냥 말없이 듣기만 했을까.

찬 이슬에 젖은 날개들을
햇살이 가만가만 말리는 사이
나는 발소리 죽여
살며시 그 곁을 떠났다.

—『할아버지 요강』, 보리 1995.

3

요 며칠 늦도록 뒤척이며 임길택 선생님의 글을 읽었습니다. 그런데 책을 덮고 자리에 누우면 어김없이 생각나는 것이 있었습니다. 그것은 연탄이었습니다. 아니 그것은 꼭 연탄만은 아니었습니다. 덜컹대며 기찻길을 지나가던 탄차가 떠오르기도 하고, 역 안쪽 공터마다 푸른 천으로 덮여 여기저기 작은 동산처럼 쌓여 있던 탄더미이기도 하였습니다. 그도 아니면 트럭 위에서 창고로 연탄을 부려놓던, 얼굴이며 손이 까맣게 덧씌워져 있던 청년들, 그 청년들의 손에서 손으로 날렵하게 옮겨지던 연탄들이기도 했습니다. 저는 어떻게 두세 장의 연탄이 한몸인 듯이 한꺼번에 날아다닐 수 있는지 경이롭기까지 했습니다. 그러나 그보다 더욱 생생하게 떠오르는 기억은 가게에서 집으로 연탄을 옮기던 일이었습니다. 한 장에 일원 남짓하던 그 배달비용을 아끼고자, 연탄지게를 져야만 했던 기억 말입니다. 비좁은 계단으로 된 비탈진 골목을 힘겹게 올랐으나, 끝내 후들거리는 다리 탓에 균형을 잃고 말아 그예 부엌바닥에 패대기치고 말았던 그 연탄 열 장이 자꾸만 생각나는 것이었습니다. 심지어는 연탄가스에 취해 방바닥을 기던 막내아들을 안고 동치미 국물을 흘려넣어주시던 어머니의 눈물도 어두운 밤길에 내걸린 등불처럼 또렷이 떠오르는 것이었습니다.

그런데 힘겨운 세월들이었으나 언제나 따스함을 전해주던 연탄을 이제는 좀처럼 찾아볼 수 없게 되었습니다. 뒤안길로 사라져가는 연탄만큼이나 쇠락해가던 강원도 산골, 탄광마을의 아픔을 선생님은 바로 그곳에서 안타까운 눈길로 고스란히 지켜보았을 것입니다. 하여 선생님이 애써 남기고자 했던 이야기가 일어서는 역사가 아닌 스러져가는 역사인 것만은 어쩔 수 없을 것입니다. 그러나 모든 스러지는 것들은 흔적을 남긴다고 합니다. 선생님이 남기고자 한 것 역시 그저 스러지는 것이 아닌, 스러지는 것들 안에 깃든, 오래도록 빛으로 남을 바로 그 흔적이었습니다.

그 흔적들은 첫번째 창작집인 『산골 마을 아이들』에서부터 선명하게 포착되고 있습니다. "그 동안 보고 들었던 것을 밑바탕 삼아" 쓴 이 책 속의 이야기들을 선생님은 굳이 '동화'가 아닌 '이야기'로 불리기를 원하였습니다.

보통은 『산골 마을 아이들』을 '동화책'이라 부르지만, 나는 그냥 '이야기책'이라 여긴다. '동화'라 하면 어딘지 꾸민 듯한 냄새가 나기 때문이다. 그리고 동화란 시대가 바뀌어도 쓸 수 있지만, '이야기'는 그때가 아니면 쓰기 어렵다는 생각을 하고 있는 탓이다. (『하늘숨을 쉬는 아이들』 154면)

선생님은 '글짓기'를 '글쓰기'로 바꾸어 썼듯, '동화'를 '이야기'로 바꾸어내고자 하였습니다. 꾸민 듯한 동화와 있는 그대로의 이야기, 언제나 쓸 수 있는 동화와 "그때가 아니면 쓰기 어"려운 이야기로 구분하는 선생님의 생각이 이 인용에서는 드러나고 있습니다. 그것은 곧 이야기꾼이야말로 역사의 겸허한 기록자임을 다시금 강조한 것이지요.

그 겸허하고 소박한 기록자에게 포착된 인물들은 유재석 아저씨 같은 분이었습니다. "꿀을 뜬다는 것은 벌들의 식량을 훔쳐내는 일인데, 그 꿀에 설탕을 섞는 것은 벌들의 지극한 정성에 대한 업신여김"(「정말 바보일까요?」, 『산골 마을 아이들』 20면)이라 생각하는, 더하거나 뺄 것도 없는 참된 농사꾼인 게지요. 두메산골에서 손전등을 가지고 학교를 오가야만 했던 보선이(「들꽃 아이」)도 어김없이 선생님에게는 붓꽃, 원추리, 참나리, 함박꽃, 각시취 같은 들꽃과 다를 바 없었습니다. "놀지 않을 때에만 어떤 슬픔도 이겨낼 수 있음"을 일찍이 알고 있는 모퉁이집 할머니(「모퉁이집 할머니」)도, 버스 안내양이 되어 어기차게 동생들 뒷바라지를 하며

"거짓없이 내 손으로 떳떳이 일하며" 살고 있는 명자(「명자와 버스비」)도, 허리가 끊어질 듯 하지만 한 포기라도 모를 더 심어보려고 애쓰는 4학년 정아(「정아의 농번기」)도 모두들 선생님에게는 남겨야 할 역사였던 셈입니다.

글쓰기를 역사와 잇대고자 했던 선생님의 관점은 아주 특별한 것이었습니다. 모두들 동화작가가 되고 싶어했지, 역사를 기록하는 이야기꾼이 되고 싶어하지는 않았기 때문입니다. 이같은 독특한 관점에 힘입어, 선생님은 당대의 작가들 누구도 갖지 못한, 빼어난 미덕을 지닐 수 있게 되었습니다. 그것은 곧 설익은 계몽으로부터 온전히 놓여날 수 있었다는 것입니다. 몇몇 예외가 있기는 하나, 대체로 선생님의 글은 보고 들은 것을 기록하는 것에 충실하고 있을 뿐, 그 체험의 의미와 가치에 대한 명시적인 언급을 삼가고 있습니다.

우리들의 아버지가 "시린 물에 발을 담근 채" 쉴사이없이 일을 하고 있는 장면을 보고 이어지는 다음의 문답도 다르지 않습니다.

"추워요?"
"예."
"왜요?"
"비가 오니까 그렇죠."
"아버지들은 뭐 하시는데요?"
"못자리요."
……

공부를 가르쳐야 하는 시간인데도 나는 찬비를 맞으며 일하시는 어른들을 보니 나를 낳아 주신 아버님이 떠올랐습니다. (「아버지, 우리 아버지」, 『산골 마을 아이들』 25면)

임길택 선생님은 다만 당신의 아버지에 대한 기억을 오래도록 들려줄 뿐, 이래저래 생각해야 하지 않느냐고 사족을 덧붙이지 않습니다. 이야기를 듣고 난 아이들은 언제나 "잠시 어리둥절해 하"다가 다시금 "시끄러운 소리"로 떠들어댈 뿐(「선생님이 출장간 날」, 『느릅골 아이들』, 산하 1994, 26면)입니다. 어쩌면 임길택 선생님의 글을 통해 아이들보다 어른들이 더욱 깊은 울림을 나누어 갖는 것도 이 때문일 것입니다. 아이들은 명료하지 않은 일들을 충분히 헤아리기 어렵기 때문입니다. 그렇다고 어린 독자들이 그저 어리석은 청맹과니들은 결코 아닙니다. 어른들과 똑같은 울림을 나누어 가지나, 그것을 고스란히 드러내지 못할 뿐입니다. 원래 아이들은 웬만한 일이 아니고서는 감정을 호들갑스럽게 표현하는 법이 없습니다. 특히 진지한 일인 경우 더욱 그러합니다. 아주 좋아도 그저 "그런 대로 괜찮았어"라거나 "좋았어"라고 말할 따름인, 아주 인색한 이들인 게지요. 감정을 드러내는 방법이 아직 서툴기 때문입니다.

체험 그 자체에 어기차게 매달리는 임길택 선생님의 글쓰기는 계몽성을 걷어낼 뿐만 아니라, 우리 어린이문학이 계승해야 할 또다른 미덕을 길어내고 있습니다. 그것은 곧 인물들이 겪는 생각과 느낌의 깊이를 곡진하게 밀고 나갈 수 있게 해준다는 점입니다. 선생님의 이야기에 등장하는 모든 인물들은 저마다 깊은 마음의 결들로 출렁이고 있습니다. 특히 아이들이 스스로 서술자가 되어 이야기를 꾸려나가는 작품들은 한결같이 생각과 느낌을 조금이라도 더 정교하게 펼쳐나가고자 노력하고 있습니다.

물론 현실의 아이들이 그와 같은 폭과 깊이를 갖기는 어려울 것입니다. 그러나 저는 어린이문학이 반드시 존재하는 그대로의 아이들을 기계적으로 반영할 필요는 없다고 생각합니다. 아니, 오히려 '기계적인 반영'이란 말 자체가 그릇된 반영론이며, 올바른 반영론이란 존재하는 그 대로를 복제하는 것이 아니라, 존재하는 현실과의 긴장 속에서 존재해야 할 면모를 앞질러 형상화하고 구조화하는 것이어야 합니다.

그런 점에서 임길택 선생님의 글쓰기는 이야기꾼의 역할을 어린이들에게 넘겨주는 순간부터, 어린이 스스로가 서술자가 되어 이야기를 들려주는 순간부터 단순한 이야기꾼의 글쓰기를 이미 넘어서고 있습니다. 섬세하게 '사유하는 어린이', 민감하게 '공명하는 어린이'야말로 이미 예술적인 가공을 거쳐 새롭게 창조된 인물형상이기 때문입니다.『느릅 골 아이들』을 징검다리 삼아 선생님은『탄광마을에 뜨는 달』과『수경이』에 이르러 역사성과 예술성을 어느 하나만 선택해야 할 대립항으로 생각하지 않고, 문학 속에 깃든 역사적 실천이 무엇인지를 배워나갔다고 생각합니다.

모름지기 좋은 문학작품이란 개별적인 것 속에 보편적인 것을 담아낸 것입니다. 그렇기에 '언제나 쓸 수 있는' 보편적인 것도 아니며, 그렇다고 '그때가 아니면 쓰기 어려운' 개별적인 것만도 아닙니다. 보편성을 끌어안고 있는 개별성, 개별성을 놓치지 않고 있는 보편성이야말로 문학다운 문학이 언제나 간직하고 있는 문학다움인 것입니다. 아리스토텔레스(Aristotle)가 문학이 역사보다 진리에 더욱 가깝다고 말한 것도 이 때문입니다.

그러나 정작 선생님은 이 '사유하는 어린이' '공명하는 어린이'를 충분히 형상화하지는 못하였습니다. 선생님 작품의 많은 부분에서는 그 전단계에 해당하는 꼼꼼하게 '관찰하는 어린이'로 머물러 있기 때문입니다. 다음은 그 예를 잘 보여주고 있습니다.

엄지손톱만큼한 노린재 두 마리가 짝짓기를 하고 있었다. 집 가까이에선 아직 보지 못한 놈들이었다. 무엇보다도 붓 끝으로 찍어 놓은 듯 조그만 눈이 빨간 게 여간 귀엽지가 않았다. 등은 풀빛이었고, 꼬리 쪽은 마른 나뭇잎빛이었다. (『탄광마을에 뜨는 달』 174면)

선생님의 작품 어디에서나 찾아낼 수 있는 이런 부분은 공통적으로 '관찰하는 어린이'를 형상화하고 있습니다. 모든 묘사의 이면에 묘사하는 정신이 깃들어 있음은 물론입니다. 그러나 주제와의 연결고리를 놓쳐버린 채, 묘사 자체의 방향성을 모호하게 만드는 부분이 더러 발견되기도 합니다. 이와달리 「뻐꾸기 소리」(『수경이』)는 묘사와 주제의 연결이 뛰어난 작품입니다. 이 작품의 주인공은 여섯 딸 중 맏이인 은경이입니다. 또 아이를 낳으려고 하는 어머니를 뒤로 하고 동생을 달래고자 뒷동산에 오른 은경이는 묘 앞에서 일곱 그루 소나무를 보게 됩니다. 그 소나무를 오래 관찰한 끝에 은경이는 마침내 '그래, 남자 동생이 아니어도 좋아. 어머니, 할머니는 서운해하실지라도 여자 동생이 태어나면 우린 티없는 일곱이 되는 거야'(65면)라는 생각에 도달하게 됩니다.

이처럼 꾸밈없이 꼼꼼하게 쓰는 일이 문학의 힘을 빌려 예술적 감동으로 증폭되어가던 즈음, 홀연 선생님은 우리 곁을 떠나게 된 것입니다. 선생님을 더이상 뵙지 못한다는 것이 살아생전 가까웠던 이들에게는 분명 가슴 저미는 아픔일 것입니다. 그래도 가까웠던 이들은 선생님과 함께 나눈 기억이라도 있기에 그나마 다행이 아닐 수 없습니다. 어쩌면 우리네 어린이문학은 더욱 오래도록 선생님을 잃은 아픔을 새록새록 되새기게 될 것입니다.

4

불현듯 '외로운 이는 소리에 민감하나니'라는 시가 생각납니다. 글을 쓰는 내내 임길택 선생님을 그리워했기 때문일 것입니다. 분명 이 시에 나오는 외로운 이는 사랑에 빠진 이일 것입니다. 그리움을 느끼는 이에게만 외로움은 깃들기 때문입니다. 그리고 누군가를 그리워하는 일은 언제나 기다림을 동반하게 됩니다. 그 기다림은 사실 오감을 열어두는 일이기도 하지요. 그렇다면 기다리는 이에게 민감하게 와닿는 것이 소리만은 아닐 것입니다.

그런데 이 글을 쓰며 저는 온갖 소리들에 귀기울이곤 했습니다. 컴퓨터 자판을 두들기는 소리, 시계소리, 형광등인 듯 냉장고인 듯 쉼없이 돌아가는 소리, 앞서 잠든 아이들의 숨소리, 풀벌레소리, 먼데 개 짖는 소리. 들리는 모든 소리가 들리지 않을 즈음엔, 나지막했던 선생님 말소리가 이명처럼 들려오는 듯도 했습니다. 유독 쓰고 있는 글 때문만은 아니었습니다. 요즘 들어 부쩍 선생님 생각을 많이 하고 지내기 때문일 것입니다. 선생님 첫번째 시비를 세우는 날이 다가왔기 때문입니다.

돌아오는 일요일인 10월 21일. 선생님과 선생님의 글을 아끼는 많은 이들이 함께 선생님 잠들어 계신 사북에 다녀올 작정입니다. 오래 전 그러했듯, 선생님은 여전히 마음 한켠에 있던 탄광마을 아이들에게 두런두런 이야기를 들려주고 계시겠지요. 너무 많은 사람들이 찾아 고즈넉한 거처가 번거로워지지 않을까 염려되기도 합니다. 저는 요즘 그 시비에 새겨져 있을 시를 버릇처럼 떠올려보곤 한답니다.

아버지 걸으시는 길을

빗물에 패인 자국 따라
까만 물 흐르는 길을
하느님도 걸어오실까요

골목길 돌고 돌아 산과 맞닿는 곳
앉은뱅이 두 칸 방 우리 집까지
하느님도 걸어오실까요

한밤중,
라면 두 개 싸들고
막장까지 가야 하는 아버지 길에

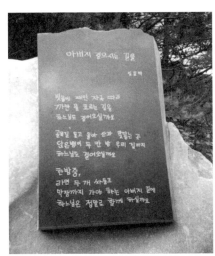

임길택 시비

하느님은 정말로 함께 하실까요

　　　　　　　　　　　　　　　—『탄광마을 아이들』, 실천문학사 1990.

■ 찾아 읽기

임길택 『탄광마을에 뜨는 달』, 다솜 1997.

——— 『느릅골 아이들』, 산하 1994.

——— 『수경이』, 우리교육 1998.

——— 『우리 동네 아이들』, 창작과비평사 1990.(개정판 : 『산골 마을 아이들』, 창작
과비평사 1998)

——— 『탄광마을 아이들』, 실천문학사 1990.

——— 『똥 누고 가는 새』, 실천문학사 1998.

——— 『할아버지 요강』, 보리 1995.

——— 『하늘숨을 쉬는 아이들』, 종로서적 1996.

넷째 마당 어린이문학, 선 자리와 갈 길

현실성의 낭만적 윤색
—채인선론

1

존 로 타운젠드(John Rowe Townsend)가 쓴 『어린이책의 역사1·2』(*Written for Children*)를 읽었다. 며칠이나 걸렸는지 모른다. 처음 책을 펼쳐든 다음부터 적어도 한 달은 지난 듯하다. 게으름이 뻗쳐 하늘을 찌를 지경이다. 신경림 선생의 시였던가. "한 사람의 울음이/온 마을에 울음을 불러오고"라고 했던. 이 지독하게 게으른 울음으로는 마을은커녕 내 뜨락에 있는 풀벌레의 울음소리조차 거꾸로 틀어막고 말 것이다.

책을 읽고서 인상적이었던 점은 그 수도 없이 거론되던 작품들의 목록들, 그 목록들이 안겨주던 무게였다. 색인을 뒤적거려보니 입에 오르내린 작품과 작가만으로도 32쪽을 채우고 있었다. 타운젠드는 때론 살강스럽게, 때론 빈정거리며 그 수많은 작가와 작품을 여기저기로 자리매김하고 있었다. 낮은 곳에 팽개쳐진 작품을 좀더 높은 곳으로 끌어올리기도 하고, 저만큼 손도 닿지 않는 높은 곳에 올려져 있던 작품을 한층 낮은 곳으로 끌어내리기도 하며. 그래도 여전히 기억에 남는 것은 그가 어떻게 했는가보다, 무엇을 손에 쥐고 있었는가 하는 점이었다. 그 많은 책과 작가의 이름들. 더욱이 하나같이 빛나던 작품들이지 않았던가. 은근히 부아가 치밀기도 하고, 은근히 질투가 나서 견디기 어려웠다. 우리나라 작가들은 뭘하고 있었는지 화가 솟구치기도 했다.

그나마 위안이 되었던 것은 그가 다룬 작가와 작품은 영어를 사용하는 전지역에 펼쳐져 있다는 점이다. 영국과 미국은 물론이거니와 캐나다와 호주, 심지어는 뉴질랜드에 이르기까지. 이들 땅덩어리를 합치면, 우리의 오십배, 아니 한 백배나 될까. 그러니 우리의 색인은 32쪽의 백분의 일인 0.32쪽이면 당연한 것이 아닐까. 그런데 적어도 우리 어린이문학의 역사에 남을 작품들은 서너쪽은 족히 될 터이니, 그나마 얼마나 다행스러운가.

그러나 한소끔쯤 더 생각하고는, 이 모든 기묘한 콤플렉스가 작가들의 무능함 때문이 아니라 어쩌면 비평가, 문학연구자, 문학사가 들의 어린이문학에 대한 게으름과 무관심 때문이 아닐까 하는 데에 생각이 미치자 나는 화들짝 얼굴이 붉어졌다. 중요한 것은 얄팍한 숫자놀음으로 부러워하거나 위안을 받는 것이 아니라, 제대로 된 비평과 역사를 쓰는 것이어야 했다. 잊혀진 작품들을 발굴하고, 수없이 거론되는 작품들을 정당하게 평가하고, 작품과 작품이 맺고 있는 상호연관을 규명하고, 하여 어린이문학이 걸어온 길과 앞으로 헤치고 나가야 할 길을 선명하게 제시하는 일이어야 할 것이다. 그것이 우리네 어린이문학의 역사에, 또 어린이에게 되돌려주어야 할, 어린이문학으로 밥을 먹고사는 우리네의 의무일 터이다.

2

복잡한 마음의 행로를 추스르기 위해, 앞으로 내딛는 한 발짝 삼아 먼저 손에 든 책은 그림이 풍부한 한 권의 동화였다. 채인선이 쓰고, 정순희가 그린 『내 짝꿍 최영대』라는. 근래에 읽은 작품 가운데 아주 선명하게 마음속에 새겨진 작품이었으며, 함께 읽은 많은 이들도 모두 감동적이라고 했다. 채인선은 이 작품만으로도 90년대 우리 어린이문학의 든든한 버팀목임을 다시금 확인시켜주었다. 글과 나란히 어깨를 내밀고 있는 그림은 또 어떠한가. 밝고 따뜻한 정감이 잘 살아나는 색채는 물론이거니와 부드럽게 이어지는 선과 번져나는 듯한 수묵담채의 질감, 인물들을 감싸안고 있는 풍부한 여백, 이들 모두가 어우러진 조화는 주제를 상징적으로 제시할 뿐만 아니라, 글에서 담아내지 못한 세부의 구체성을 풍부하게 전달함으로써 우리 어린이문학의 진전을 한눈에 보여주고 있다. 그러나 좋은 작품이라는 느낌에 그칠 것이 아니라, 그 이면을 파고들어 왜 좋은지, 무엇이 그리 좋은지를 명료하게 밝히고, 나아가 책잡힐 만한 구석은 없는지 한번쯤 뒤집어 털어보는 것도 쓸데없지만은 않을 듯하다.

먼저 확인할 수 있는 점은 이 작품이 탐구하고자 하는 대상이 현실이란 점이다. 그것은 곧 예로부터 전해져 내려오던 이야기나 현실로부터 벗어난 모험담, 과거로 되돌아가 오늘날을 반추하는 역사적인 이야기나 마음껏 상상을 펼쳐 자유로운 정신의 해방감을 만끽하는 판타지 등이 아니라는 사실이다. 이는 곧 작품이 현실에서 소재를 선택할 뿐만 아니라, 현실의 논리에 맞게 이야기를 진행시켜야 하며, 현실의 법칙 속에서 완결되어야 함을 의미한다. 다행스럽게도 『내 짝꿍 최영대』는 이 궤적을 성실하게 되밟고 있다.

　작품이 문제 삼고 있는 현실은 학교 내에서 일어나는 폭력, 이른바 '집단 따돌림'이다. 이는 어린이들이 날마다 부딪히는 문제이며, 어느 누구도 이로부터 자유로울 수 없다. 더욱이 타자의 눈에 비친 자신의 모습을 통해 스스로의 정체성을 확인할 수밖에 없는 어린아이들이기에 그것이 안겨주는 상처는 깊고 오래도록 각인될 것임은 분명하다. 문제는 이것으로 충분하다. 여기에 덧붙여 따돌림을 받는 아이는 물론 따돌리는 아이들 역시 사람다움으로부터 멀어져간다거나, 이들 현상의 바탕에 점차 극단적으로 치닫는 개인주의, 남을 밟고 일어서지 않으면 안되는 경쟁의 논리가 도사리고 있다는 식의 진단은 무의미하다. 문학은 원인을 탐구하고 대책을 제시하기보다, 상황 속에 깊이 침잠해 있는 인간, 그 상황을 온몸으로 돌파하는 인간을 문제 삼기 때문이다.

　이 작품의 중심을 이루는 대립적인 인물은 최영대와 반아이들이다. 최영대는 지저분함과 어눌함으로 따돌림의 대상이 된다. 반면 따돌리는 아이들은 특정한 개인이 아닌, 집단으로 존재한다. 그리고 서술자를 비롯한 나약하고 새침한 여자아이들과 교실에서 일어나는 일들을 명료하게 인식하지 못하고 있는 선생님이 흑백의 양극단에 놓인 회색 스펙트럼 안에 존재한다. 이러한 구도 속에서 의당 작품 구성의 중심축은 가해자인 아이들이다. 이야기의 플롯이 '상태 변화'를 주축으로 진행된다고 할 때, 변화를 거듭하는 존재는 아이들이기 때문이다. 아이들은 최영대에 대한 멸시에서 연민으로 감정을 급격하게 이동시켜간다. 여기에 비할 때, 정작 주인공인 최영대는 그다지 급격한 상태의 변화 없이 자신의 면모를 견지하고 있다. 인물 구도의 안정성과 다양성, 나아가 특정한 개인에게 집중하지 않고 가해자 전체를 동등하게 안배하고 전진케 하는 집단적 주인공의 설정이 작품의 기본적인 동력이 되고 있는 것이다.

그러나 무엇보다 두드러진 작품의 미덕은 집단적 주인공의 상태를 무엇이 변화시키고 있는가 하는 점이다. 그것은 곧 울음이다. 영대의 예기치 않은 서러운 울음을 매개로 이들 집단적 주인공들은 급격하게 정서적으로 선회한다. 이 공감에 바탕을 둔 울음이야말로 아이들의 마음을 정확하게 포착한 것이 아닐 수 없다. 특히 초등학교 3학년의 경우 언뜻 보아도 논리적인 인식을 통해 깨달음을 얻고, 구체적인 실천으로 이어지는 것이 불가능하기에 급격한 정서적인 공감으로 갈등을 해소한다는 설정은 작가가 현실을 치밀하게 탐구하지 않고서는 획득하기 어렵다. 더욱이 배경을 일상적인 공간인 교실에서 끌어내어, 예외적이고 충분히 정서적으로 고양된 공간인 여행지로 옮겨둠으로써 정서적인 감응을 극대화하는 장치로 활용하고 있는 것도 작가의 정교한 역량을 엿보게 한다.

채인선 글 · 정순희 그림
『내 짝꿍 최영대』, 재미마주

또하나 특기할 점은 서술자다. 소설에서 이야기꾼은 이야기를 전달하는 존재이며, 소설 속의 이야기를 선택하고 배치하는 존재이다. 채인선은 이 막중한 서술자의 역할을 갈등하는 인물들에게 맡겨두지 않고, 갈등을 관찰하고 평가하며 보고하는 또다른 인물인 1인칭 관찰자에게 넌지시 떠넘기고 있다. 특히 1인칭 관찰자가 갖는 미덕이 서술대상을 주관적으로 반추하는 1인칭이나 객관적으로 보고하는 3인칭과 달리, 독자와의 동일시를 적극적으로 이끌어내는 가운데 적절한 심리적 평가를 자유롭게 제시할 수 있다는 점을 상기할 때, 그 효과는 생각보다 더욱 크다. 이 서술자에 힘입어 독자는 어느새 서술자의 부끄러움과 안타까움을 공유하고, 마침내 문제의 해결에 즈음하여 안도감을 느끼게 되는 것이다.

또하나 놓칠 수 없는 성취는 서술의 층위에 놓여 있다. 작가는 작품 속에 설정한 서술자——채인선은 그 서술자가 실제로 자신의 딸아이임을 필자에게 밝힌 적이 있다——의 인식과 감성, 언어적 능력을 충실하게 재현하고 있다. 짐짓 작가의 간섭이 개입하기 쉬운 주제인데도 서술자의 눈을 통해 세계를 본다는 당연한 원칙을 일그러뜨리지 않고 수미일관 관철시켜나감으로써 작품의 현실성을 더욱 공고하게 만들어가고 있는 것이다. 문장은 어느 하나 길게 늘어진 것이 없이 짧은 단문으로 연속되고 있으며, 부사와 형용사를 적절히 덧붙임으로써 단문의 건조함을 넘어 작품에 온기를 불어넣고 있다. 정보를 취사선택할 때에도 자칫 논리적으로 인과를 따져들기에 급급할 텐데, 작가는 아이들의 호기심을 붙들어두지 못하는 곁가지는 아이들의 관점 안에서 쉽게 밀쳐둠으로써 문제의 중심으로 빠르게 전진하고 있다. 예컨대 왜 영대가 시골에서 갑자기 이사를 왔지? 어머니는 왜 돌아가시게 되었을까? 아버지는 도대체 무엇을 하고 있나? 등등의 어른스러운 질문을 단호하게 무시하고 있는 것이다.

3

몇쪽 되지 않는 작은 책이지만, 이 작품의 미덕은 이들 몇몇 언급보다 당연히, 더욱 풍부하다. 작품의 분석이란 눈에 보이는 것만 표나게 드러낼 수 있을 뿐이며, 여전히 말로 할 수 없는 느낌들이 언제나 무지근하게 남기 마련이다. 그 미묘한 울림을 드러내기에는 이 글이 어쩌면 지나치게 성글 것이다. 다만 얼기설기 그 대강의 얼개라도 그려 보임으로써 마음속의 울림이 조금이나마 매달려 있을 수 있다면 좋겠다. 하물며 작품의 결함을 지적하는 것은 더 큰 모험이 아닐 수 없다. 이렇게 저렇게 섣불리 재단하는 것이 비평의 고질적인 병폐이기 때문이다. 짐짓 짧은 단상의 형식으로 눙쳐보려고 해도, 두렵기는 마찬가지이다. 그러나 비판을 통해 더욱 많은 것을 배울 수 있다는 것은 부인할 수 없기에 비켜날 수도 없는 노릇이다.

『내 짝꿍 최영대』에서 가장 쉽게 눈에 띄는 문제는 이 작품의 어조가 지나치게 단조롭다는 사실이다. 이 단조로움은 사실 서술자의 피할 수 없는 특성이기도 하다. 그러나 작품이 실재하는 그대로를 드러낸다고 해서 현실성이 확보되는 것은 결코 아니다. 자칫 현실을 그대로 재현할 경우 자연주의로 전락할 수도 있기 때문이다. 더욱이 문제가 단순히 종결어미로 표현되는 어조에 그치지 않고, 구어체의 전통과 연결될 때 문제는 더욱 심각하다. 문어체의 '-습니다'를 지양하고, 구어체의 직접성과 현장성을 전달하고자 했다면, 상황에 맞는 더욱 적절한 어조들이 다채롭게 구사되어야 했을 것이기 때문이다. 단순히 '-습니다'를 '-어요'로 기계적으로 대체하는 것이 목적이라면 서술자의 의미가 반감될 수밖에 없을 것이다.

작품의 또다른 문제는 지나치게 드러나는 계몽성이다. "잊을 수 없는 '축 국립 경주박물관 관람기념'이었어요"에 이어지는 뒷이야기는 대체로 사족으로 보인다. 작가는 '영대'의 상처를 드러낼 뿐만 아니라 완벽하게 치유해야 한다는 생각에 사로잡혀 있거나, '내 짝꿍'이란 선명한 제목의 근거를 밝히고자 부심한 것으로 보인다. 그러나 후일담은 자칫 작품의 완결성을 무너뜨릴 수 있다. 그리고 사건으로 말미암아 영대가 다소 깔끔하고 밝아졌으며, 아이들에게서 말을 배운다는 설정은 지나치게 낭만화된 민담적인 요소가 개입된 것으로, 작품의 현실성을 현저히 약화시키는 것이 아닐 수 없다. 더욱이 이 짧은 서정적인 이야기에서 후일담은 현실주의적인 작품의 근거를 위협하기까지 한다. 오히려 정순희의 그림만으로 아이들과 어울려 노는 영대를 두 컷 남짓 그려 보이는 것이 더욱 적절한 선택이었을 것이다. 적어도 작품의 끝은 아리스토텔레스가 『시학』(Poetics)에서 말한 대로 '더이상 보태거나 뺄 것이 없는 것'이어야 하며, 바흐찐(M. Bakhtin)이 말한 대로 '단순한 종결이 아니라 미적 완결'이어야만 하는 것이다. 독자가 어린아이들이라고 해서 더 많은 설명이 덧붙여지고, 명시적으로 주제가 제시되고, 아름답고 밝고 선명하게 끝을 보여주고, 하여 미적 완결성을 그만큼 훼손시켜도 되는 것은 결코 아닌 것이다.

종결의 불철저함뿐만 아니라, 결말 부분 역시 아이들 모두가 영대에게로 다가가서 무언가를 건네준다는 생각도 다분히 의식(儀式)의 차원으로 아이들을 몰아가는 것으로 보인다. 적어도 감정에 충실하기로 한다면, 균일하지 않은 다양한 반응들이 아이들에게 존재할 것이다. 한바탕 난리를 치른 끝에 포항제철도 구경하지 못한 아이들의 마음이 그저 영대를 향한 미안함으로 충만하지는 않았을 것이다. 그 차이를 인정한 바탕 위에서, 고작해야 반장이나 서술자 정도가 기념배지를 달아주는 것으로 충분하다. 그것만으로도 영대의 표정이 밝아지는 것이 영악한 서술자에게는 너끈히 포착되었을 것이다. 그렇지 않고 모두가 영대를 향한다는 것은 또다른 희생양이 되지 않으려는 본능적인 방어벽이 아이들에게서 작동하는 것으로밖에 설명되지 않는다. 이 작품의 갈등은 함께 펑펑 눈물을 흘린 것으로 충분히 해소된 것이다. 울면서 엉금엉금 기어가 "미안해, 미안해. 다신 안 그럴게"라고 말하는 순간, 갈등은 더이상 남아 있지 않게 된다. 남아 있지도 않은 갈등을 봉합하고자 하는 것은 주제에 대한 지나친 집착, 곧 무엇인가를 분명히 손에 쥐여주어야 한다고 생각하는 조급함 때문이다.

더욱이 앞부분에서 서술자의 엄마가 말하는 것도 같은 맥락에서 비현실적이다. 따돌림을 당하는 영대의 이야기를 듣고 "영대 어머니가 하늘나라에서 얼마나 슬퍼하고 계시겠냐며 눈물을 글썽였어요"라고 말하는 엄마는 작가의 투영이기는 하나, 지나치게 이상화되어 있으며, 낭만적으로 윤색되어 있다. 이보다 자기가 그러한 상황이라면 "죽어버리겠다"고 말하는 서술자인 여자아이가 한결 아이들의 현실인식을 적절하게 드러내 보이고 있는 것이다.

그러나 작품의 낭만적 한계를 덮고도 남을 치명적인 결함은 인물 형상화에 놓여 있다. 이 작품의 주인공은 집단적으로 존재하는 아이들이지만, 그 대척에 놓인 인물은 분명히 '최영대'이다. 그러나 영대는 작품이 진행되는 가운데 어떠한 변모도 보여주지 않는다. 마지막 부분의 변화는 지극히 작위적인 것일 뿐이며, 낭만적인 종결이라고 이미 밝힌 바 있다. 물론 인물이 변화하지 않는 것은 인물 자체의 내재적인 속성 때문이다. 영대는 명료한 자기의식에 바탕을 두고 자신을 둘러싼 세계를 인식하고, 자신 또한 능동적으로 깨달음을 획득해가는 인물이 되기에는 애초에 가능하지 않은 인물로 설정되어 있는 것이다.

이처럼 피동적인 주체는 결국 영대를 함께 호흡하고 눈물짓는 인물이 아니라, 작품 내부에서 대상으로 저만큼 풍경처럼 밀쳐두게 만든다. 곧 인물을 대상화하고 마는 것이다. 이러한 대상화는 필연적으로 주체들 사이의 진정한 관계를 형성하지 못한 채, 일방적인 관계로 치닫게 한다. 결국 영대는 대상화되고, 여타의 집단적 주인공들은 연민 이상의 감정을 느끼지 못하고 만다. 이는 서술자가 보이던 애초의 안타까운 정서조차 열등한 존재에게 투사하는 불쌍함으로 단순화시키게 된다. 그러나 안타까움과 연민은 명확히 다른 정서이다. 안타까움이 한 주체가 다른 주체의 내부로 파고들어 느끼는 공감에 바탕을 두는 반면, 연민은 타자화하고 대상화한 존재에게 느끼는 심정의 표출일 따름이다.

이러한 일방적인 대상화를 벗어나기 위해서는 무엇보다 최영대가 다른 방식으로 설정되어야만 했다. 곧 스스로의 자각을 바탕으로 능동적인 '결별과 예고'가 가능한 인물이 되어야만 했다는 것이다. 그렇게 되기 위해 영대는 정상적인 아이여야 했다. 비정상적인 인물 형상은 현실성을 넘어 우화의 공간으로 작품을 옮겨가게 만든다. 평범한 개인들보다 지나치게 우월하거나 열등한 인물은 결코 근대적인 현실성을 구현하지 못한다. 그것은 민담이지 근대적인 형태의 이야기는 아닌 것이다. 오늘날 어린이문학에서 요구되는 인물 형상은 결코 영웅이 되어서는 안되듯, 두드러지게 열등한 인물로 설정되어서도 안되는 것이다. 중세의 로맨스에서 근대의 소설로 옮겨올 때, 주인공이 영웅적인 인물 형상을 극복하고 일상적인 평범한 인물이 됨으로써 비로소 획득한 현실성이야말로 현실주의적인 어린이문학에도 거듭 요구되는 지침이어야 한다. 물론 그 인물은 특수성 속에서 보편성을 앞질러 획득하는 인물이어야 하며, 이를 우리는 가치평가적인 용어로 '전형'이라고 지칭한다.

4

모든 문학작품은 가능성과 한계를 함께 거느린다. 마치 동전의 서로 다른 양면처럼. 따라서 자칫 어느 한편에 대한 일방적인 강조는 작품이 선 자리를 정당하게 평가하지 못하게 한다. 작품의 미덕에 가려 한계를 보지 못하거나, 한계로 말미암아 분명한 장점조차 아무렇게나 팽개치고 마는 것은 분명 그릇된 것이다. 채인선·정순희의 작품도 예외일 리 없다. 『내 짝꿍 최영대』가 지닌 아름다움이 그 속에 깃들인 한계로 말미암아 홀대받는 것은 목욕물과 함께 아이까지 버리는 것이며, 그가 우리 시대의 이야기꾼이라고 해서 작품의 내면에 도사리고 있는 낭만성조차 용인한다는 것은 충분히 진전할 수 있는 작가를 위해서도, 우리 어린이문학의 발전을 위해서도 흔쾌히 수긍할 수 없는 노릇이다. 그가 적어도 현실주의적인 관점으로 대상을 장악하고자 하는 작품을 쓰고자 한다면, 현실이 움직여나가는 세부를 더욱 견고하게 붙들고, 현실의 법칙 안에서 인물들이 꿈틀거리게 형상화해야 할 것이다.

『내 짝꿍 최영대』를 읽으며 나는 딸아이에게도 이 책을 안겨주었다. 딸아이는 마뜩치 않은 표정으로,

"아빠, 또 독후감 써야 돼?"

라고 물었다.

"아니, 좋았는지 나빴는지 느낌만 말해주면 돼."

대답이 끝나기도 전에, 딸아이는

"이유도 같이 말해야 돼?"

라고 토를 달았다.

"왜, 싫어?"

아마도 내 눈빛이 간절했나보다.

"아니, 그냥. 조금 귀찮잖아요."

나는 낯빛을 바꾼다.

"너, 자꾸 그러다 얻어터진다."

윽박지르며 나는 책을 건넸다.

딸아이는 후닥닥 읽고 나서, 좋은 책이라고 평가했다. 그리고 자기네 반에서도 영대 같은 아이가 있다고 했다. 꾀죄죄하고 지저분한, 그래서 모두들 싫어하는. 근데 이 아이는 오히려 더욱 다른 아이들을 성가시게 만든다고 했다. 먼저 다가와서 지분거린다는 것이다.

"그래, 너는 그 아일 어떻게 생각하니?"

"나도 그러지 말아야겠다고 생각하는데, 그래도 싫어. 삐리리가 없어요."

"삐리리가 뭐냐?"

"응, 싸가지."

"이런, 아빠가 그런 말 쓰지 말랬잖아!"

"아니, 난 안 썼는데. 아빠가 물었잖아요."

"이런 삐리리 없는 놈!"

나는 책을 냉큼 빼앗으며 엉덩짝을 걷어차는 것으로 대화를 끝마쳤다.

현실은 동화 속 세상보다 언제나 더욱 힘겨운 곳이다. 그러나 동화 역시 그 어려움에 견고하게 밀착되지 않으면 안된다. 현실과 동화 속 세상은 나란히 전진해야 하는 것이다.

■ 찾아 읽기

존 로 타운젠드, 강무홍 옮김 『어린이책의 역사1·2』, 시공주니어 1996.

채인선 『내 짝꿍 최영대』, 재미마주 1997.

———『삼촌과 함께 자전거 여행』, 재미마주 1998.

———『전봇대 아저씨』, 창작과비평사 1997.

어린이문학과 현실주의

—박기범론

1

대학에서 어린이문학이란 강좌를 맡아 가르친 지도 몇해가 지났다. 이만큼 가르쳤으면 어린이문학 전반에 관해 책 한권쯤 엮어내는 것이 마땅할 터인데, 아직도 많이 망설여진다. 무엇보다 읽은 작품이 많지 않다는 사실이 못내 걸린다. 마당에 쌓이는 눈을 쓸어도 쓸어도 새 눈이 다시금 쌓이듯, 읽는 속도가 쏟아지는 작품의 속도를 도무지 따라잡지 못한다. 많은 시간 술을 퍼먹고 깨는 데 탕진하고 마는 생은 아무래도 책상머리에 앉아 연구를 일삼기에는 부적절한가보다. 그리고 술보다 더 큰 문제는 몸이 아직도 다른 곳을 서성거리고 있기 때문이리라. 각성, 또 각성. 그리고 보니 탕진과 각성이 주기적으로 반복되고 있다. 어리석은 중생.

그러나 이 어리석은 중생에게도 어린이문학을 가르치는 일은 늘 즐겁다. 더욱이 좋은 작품을 만나 수업중에 학생들과 함께 읽는 즐거움은 무엇과도 바꿀 수 없다. 비용이 좀 들긴 하고, 저작권법에 저촉될지도 모르지만 일단 복사를 해서 나누어주며, 읽으라고 말한다. 아이들은 언제나 그렇듯이 게게 풀린 눈으로 '이런 귀찮은 노릇이 있나'라는 표정으로 뜨악하게 자료를 받아든다. 자료를 모두 받아들고도 아이들은 쉽게 활자 속에 얼굴을 파묻지 못한다. 병아리가 물을 마시듯, 제목 한번 선생님 얼굴 한번 번갈아 바라본다. '그냥 강의나 진행하시지'라는 무언의 압력이다. "읽어봐라. 아주 감동적인 작품이다"라고 말하면서도 잔뜩 양미간을 찌푸린다. 당근과 채찍을 동시에 사용하지 않으면 이 당나귀들은 도무지 움직이려들지 않는다. 그제야 당나귀들은 앞으로 나아가기 시작한다. 여전히 심드렁하게, 눈을 끔벅거리며.

그러나 웬걸, 두세 쪽만 넘기면 아이들의 표정이 달라진다. 눈이 조금 커지고, 책과의 거리도 조금은 가까워진다. 좋은 작품은 언제나 사람을 끌어당기기 마련이다. 작품이 진행될수록 아이들은 빙긋이 웃음을 띠기도 하고, 발그레 상기되기도 한다. 그리고 눈가 근육이 조금 긴장된다. 마침내 절정에 도달하면 눈자위가 아주 붉어진다. 뜨거운 기운이 눈가로 몰려들고, 짐짓 눈물 한방울이라도 맺힌 듯 서너번 눈을 깜박거린다. 책을 다 읽고도 선생님을 볼 생각이 없다. 그저 가만히 있다. 조금씩 얼굴이 평화로워진다. 울음 우는 아이가 우리를 슬프게 하듯, 동화 읽는 아이들은 언제나 나를 기쁘게 한다. 다 큰 대학생들이긴 하지만. 이제 아름다운 풍경을 함께 들여다본 우리는 비밀이라도 나누어가진 듯 짐짓 가까워진다.

그런데 그 시간에 우리는 무슨 동화를 읽었을까? 방정환의 「만년샤쓰」, 권정생의 「강아지똥」, 윤기현의 「서울로 간 허수아비」? 아니, 그것은 박기범의 「독후감 숙제」였다.

2

「독후감 숙제」는 『문제아』에 수록된 작품이다. 창작과비평사에서 주관하는 '좋은 어린이 책' 원고 공모에서 대상을 받았다. 나는 아무래도 창작과비평사가 못마땅하다. 번듯한 출판사들이 하는 일이라고는 재빨리 외국의 작품을 번역해 내다팔거나 이러저러한 문학상을 꾸려나가는 것이 고작일 뿐이다. 없는 것보다 그나마 나을지는 모르겠다. 그러나 창작동화의 저변을 확대하고 치열한 작가정신으로 가득 찬 우리네 작가를 발굴하는 것과는 거리가 멀다. 외국 작품을 번역하는 것이나 몇몇 작품에 시상을 하는 것은 잘 영근 과실을 사오거나 따는 것이지, 땀으로 얼룩진 힘겨운 노동과정은 생략된 것이기 때문이다. 출판사가 왜 어려운 계간지를 꾸려나가지 않으면 안되는지 창비는 익히 잘 알고 있을 것이다. 그렇다면 그 원칙과 애정이 어린이문학에도 똑같이 적용되어야 한다. 어린이문학은 어른들 문학의 손실을 보전하기 위한 경제적 안전판이 되어서는 결코 안된다. 이 모든 투정도 사실 창비에 거는 기대가 아직은 크기 때문일 것이다.

그런데도 나는 학생들이 읽어야 할 동화책에 박기범이 쓰고 박경진이 그린 『문제아』를 언제나 함께 건네는 데 조금도 망설이지 않는다. 그것도 제일 앞머리에. 작품의 미적 질이 특별하고, 또 뛰어나기 때문만은 아니다. 그보다 더 중요한 것은 창작을 공부하는 이들에게 많은 배움을 건네기 때문이다.

먼저 박기범은 아직 젊다. 1973년생이니 서른도 채 되지 않은 풋내기다. 이 풋내기는 동년배의 벗들에게 한없는 열등감을 불러일으킬 것이다. 그러나 다른 한편으로 스스로에 대한 기대와 가능성을 품게도 만든다. 누구나 노력하면 훌륭한 작품을 쓸 수 있다는 확신을 심어줄 것이다. 그러나 사실 좋은 작품과 나이는 아무러한 관련이 없다. 문제는 경험과 상상력이기 때문이다.

『문제아』가 우리에게 더 많은 의미를 갖는 것은 결코 그가 젊어서가 아니다. 작품은 이미 그에게서 떨어져나와, 그의 젊음과 무관하게 어린이문학의 지평 안에서 다시금 구성되고 확대되고 재생산되어야 하는 실체로 존재하기 때문이다. 정작 그의 작품집을 통해 배워야 하는 것은 이 작품들이 끊임없이 예술적 진전을 거듭하고 있다는 사실이며, 그 진전의 과정을 선명하게 보여주고 있다는 점이다. 그것은 그의 작품이 한계와 가능성, 오류와 성취를 함께 동반하고 있으며, 지금 여기에서의 어린이문학, 특히 현실주의적인 어린이문학이 어디를 향해 나아가야 할지, 무엇을 벼리로 삼아 씨줄과 날줄을 엮어가야 할지를 선취해 보이고 있기 때문인 것이다.

『문제아』에는 모두 10편의 이야기가 실려 있다. 이들 이야기들은 아주 다채롭다. 산업재해, 정리해고, 빈부격차, 가난, 문제아, 촌지, 철거민, 농가부채, 민주열사, 아픈 강아지 등 각기 다른 문제들을 거론하고 있다. 그러나 이 다양한 문제들이 사실은 하나로 긴밀하게 얽혀 있음을 우리는 안다. 그것은 곧 민중적 현실로 지칭할 수 있는 총체적인 삶의 국면이다. 박기범의 상상력은 언제나 억눌리고 소외되고 고통받는 이들의 언저리를 맴돌고 있다. 이 테두리 안에서 제재를 선택하는 한 그는 넓은 의미의 현실주의적인 작가로 자리매김될 것이다. 무엇보다 현실주의란 단순히 묘사방식을 지칭하는 사실적 기법의 문제가 아니라, 소재를 선택하고 장악하고 형상화하는 창작의 전과정에 관여하는 창작방법의 문제이기 때문이다. 그럼에도 소재의 선택은 현실주의를 논하는 출발점이며, 『문제아』는 적어도 출발선 상에서는 한결같이 현실주의의 규율을 준수하고 있는 셈이다.

더욱이 규율을 준수하고 있을 뿐만 아니라, 그 규율을 어린이문학의 틀 안에서 전례없이 심화해 보이고 있다. 기존의 어린이문학에서 다루는 현실적 소재는 크게 두 방향으로 진행되어 왔다. 하나는 아이들이 직접적으로 경험하는 현실이었다. 채인선의 『내 짝꿍 최영대』가 이러한 유형에 속한다. 또다른 하나는 어른들의 고단한 삶이 아이들의 삶에 영향을 미쳐 초래되는 고통을 형상화한 유형이다. 송언의 『하느님께 보내는 편지』나 노경실의 『상계동 아이들』이 그것이다. 그러나 박기범의 작품 속에 형상화되는 현실은 이들 어떤 유형에도 귀속되지 않는다. 물론 「독후감 숙제」나 「전학」 「문제아」와 같이 포괄적으로 보아 두번째 유형에 속하는 작품들이 있기는 하다.

그러나 단연 박기범 창작집의 새로움은 어른과 어린이의 이분법이 존재하지 않는 작품들에 있다. 「겨울꽃 삼촌」 「손가락 무덤」 등에 표현된 어른들의 삶은 어린이들의 고통과 곧바로 직결되어 있다. 어른들이 맞닥뜨린 삶의 고통은 배경으로 존재하지 않고, 그 자체로 아이들이 끌어안아야 할 현실의 일부로 구성되고 있는 것이다. 그에게는 삶이 존재할 뿐 어른들의 삶과 아이들의 삶이 따로 존재하지 않는 것이다. 그 결과는 단순히 현실을 형상화하는 유형의 확대만으로 그치지 않는다. 제재를 다루는 방식이 질적으로 달라져버린다. 『문제아』에서는 노동문제가 노동문제다운 형태로 제기되고, 또 그 틀 안에서 해결책이 모색되고 있는 것이다.

「끝방 아저씨」의 경우는 이를 선명하게 보여준다. 이 작품은 도시빈민의 삶을 다루고 있다. '끝방 아저씨'는 착하고 부지런하기에 동네사람들 모두가 칭찬하고 아끼는 이다. 그러나 결국은 부랑자가 되어 무료급식소를 기웃거리게 된다. 성실한 청년이 부랑자가 되어버리는 과정은 철거민들 모두에게 일어날 수 있는 삶의 과정이다. 그가 특별하게 열등하거나 나태한 것이 아니라, 아주 건실한 청년이었기 때문이다. 마찬가지로 성실히 하루치의 노동과 하루치의 일용할 양식을 맞바꾸는 사람들 모두가 의당 겪는 과정일 것이다. 그렇게 되지 않기 위해서라면, 집을 지키기 위해서라면, 돌을 던져서라도, 송전탑 위에 올라가서라도 싸우지 않으면 안되는 것이다. 돌을 던지는 것은 결코 나쁜 사람이거나 못난 사람이기 때문이 아니라, 이 땅 도시빈민들이 최소한의 인간다운 삶을 보장받기 위한 거친 몸부림이라는 것이다.

작품의 이러한 자각은 적어도 도시빈민의 문제를 검토하는 기초적인 인식이며, 올바른 시야이기도 하다. 이러한 양상은 「겨울꽃 삼촌」에서도 마찬가지로 나타나고 있다. 민주화운동과정에서 산화해간 숱한 젊음을 바라보는 기본적인 시각이 어린이문학의 틀 안이라고 해서 달리 투영되는 것이 아니라, 어린이들의 삶 내부에서 하나로 연결된 채 조망되고 있는 것이다.

제재의 확대, 그리고 심화야말로 박기범 창작의 새로움이며, 그의 창작에 내재된 동력이다. 그러나 소재의 선택이 문제를 해결해줄 리는 없다. 소재는 다만 재료일 뿐, 밥상 위에 오른 요리는 아닌 것이다. 물론 신선한 재료, 좋은 재료가 맛있는 요리의 비결일 수는 있다. 그러나 소재에 전적으로 기댈 때, 하여 새로운 소재, 기발한 소재를 찾는 데만 고심하고, 그것만으로 '시작이 반'이라고 스스로를 추켜세울 때, 우리는 여지없이 소재주의란 딱지를 붙이곤 한다. 삼류 요리가 되고 마는 것이다. 상상력이란 소재의 선택과 함께 그 소재를 형상화하는 방식까지 포괄하는 것이다. 날것 그대로의 이야기를 담론 형태로 형성하고 구성하는 창작의 전과정 속에 끊임없이 상상력이 작동해야만 하는 것이다.

그렇다면 박기범의 창작을 관통하는 상상력은 구체적으로 어떻게 작동하고 있는가? 작품집 앞머리에 실린 「손가락 무덤」은 이 창작집을 장악하고 있는 상상력을 앞질러 확인케 한다. 이 작품 역시 다른 작품들과 마찬가지로 묘사의 중심에는 '민중적 삶'이 존재한다. 현실로부터 소외된 존재들이다. 의당 그가 주목하는 것은 노동현실이다. 열악한 작업 환경으로 빚어지는 산업재해와 그 재해가 한 개인과 가정의 삶에 각인해 나가는 고통과 불행을 형상화하고 있다. 그렇다고 작품이 고통과 불행 자체의 묘사에만 초점을 두지는 않는다. 고통과 불행을 드러내는 것이 중심일 때, 작품은 그저 자연주의적인 작품으로 전락하고 만다. 문제는 그 고통과 불행을 어떻게 지각하고 인식하며, 마침내 새로운 희망으로까지 밀어올리는 과정을 보여주는가에 달려 있다. 물론 이 지각과 인식의 주체는 어린이문학의 경우 어린이가 된다. 「손가락 무덤」에서도 어린이가 주인공이며, 서술자이기도 하다. 1인칭 서술자라는 서술의 방식은 박기범 창작의 주요한 특성이며, 따로 분리하여 논의해야 할 만큼 중요한 우리 어린이문학의 이론적 쟁점이다.

「손가락 무덤」에는 세 인물이 등장한다. 서술자와 오빠, 아빠가 그들이다. 명시되어 있지는 않지만 서술자는 어린 초등학생이며, 오빠는 중학생인 듯하다. 이들 어린 두 인물은 아빠의 '손가락 무덤'으로 표상되는 삶의 현실성과 대면하게 된다. 그 결과 지각이나 태도를 변화시키거나 그 변화의 기미를 느끼게 해준다. 서술자는 '아빠가 창피한' 것에서 시작하여, '하지만 아빠는 떳떳하다'로 느낌을 달리 갖게 되며, 오빠는 '시험'이 무엇보다 중요하다는 인식에서 시작되어 '공부한답시고 ……제일 쉬운 것들을 까먹지는 말라'는 아빠의 가르침을 받아들이게 된다. 결국 서술자를 비롯한 인물들이 현실을 사회의 일반적인 시각으로 재단하고 평가하는 데서부터 출발하여 새로운 자각, 새로운 인식으로 눈뜨는 과정을 작품은 그려내고 있는 것이다. 이러한 작품의 내적 구도는 작품에 따라 변주를 거듭하며 계속된다. 다만 대상이 노동현실에서 농촌현실(「송아지의 꿈」)로, 선생님(「김미선 선생님」)으로, 아이들(「문제아」)로 변형되어 힘겨운 민중적 삶의 면모를 폭넓게 형상화하고 있는 것이 다를 뿐이다.

결국 박기범 창작을 관통하는 기본정신은 새로운 인식과 새로운 자각, 정확히 말하면 민중적 인식과 자각으로 민중적 현실을 들여다보고자 하는 것이다. 더러 계급적 지향이 분명한 작품들이 존재하는 것도 사실이나, "친한 사람들끼리 어울려서 쭉 같이 사는"(70면) 삶을 선택하는 것이나 다양한 현실의 면모들을 통합적으로 거론하고자 하는 지향들로 미루어볼 때, '자각적인 민중적 연대감의 표현'이라고 지칭함이 적절할 터이다.

그러나 작가가 자칫 민중적 연대를 표나게 드러낼 경우 작품은 다음과 같은 이유로 충분히 현실주의적이지 못하게 된다. 첫째, 현실의 생생한 국면들을 섬세하게 포착하는 대신, 민중과 반민중, 선과 악의 대립적인 축으로 현실을 단선적으로 파악하고 말 가능성을 언제나 안고 있게 된다는 점이다. 더욱이 이러한 대립적 이념의 설정이 어린이문학으로 구체화될 때, 그 한계는 더욱 증폭되어 나타날 수밖에 없을 것이다. 대립적인 축의 중간항을 섬세하게 포착하는 것이 서술자에게도, 독자에게도 그리 쉽지 않을 것이기 때문이다. 둘째, 이념을 앞세울 경우 이념을 어린이 스스로의 자각과 발견으로 체득할 수 없다는 어린이문학의 특성으로 말미암아 이념을 대변하는 목소리를 다른 인물들 속에 배치하지 않으면 안된다는 점이다. 곧 이상화된 인물의 목소리를 통해 직접적으로 주제가 제시될 개연성을 갖게 된다.

안타깝게도 박기범의 『문제아』에 수록된 많은 작품들은 이들 두 한계를 고스란히 보여주고 있다. 현실주의적인 소재의 선택과 그것을 정당한 관점 속에 배치하는 주제의식을 획득한 대신, 구체적인 현실성을 많은 부분 놓치고 있는 것이다. 이러한 한계는 인물의 배치에서 잘 드러난다. 박기범의 작품 속 인물은 크게 세 유형으로 고정되어 있다. 서술자를 포함한 착한 사람들과 서술자의 대척에 서 있는 나쁜 사람들, 그리고 서술자의 인식을 끌어올리는 완벽한 사람들이 이들 인물 유형이다. 「문제아」에 등장하는 인물들은 이들 유형을 단적으로 드러내 보이고 있다. 하창수, 선생님들과 아이들, 봉수 형이 이들 유형에 각기 대응한다.

"나를 보통 아이들처럼 대해 주면 나도 아주 평범한 보통 애라는 걸 아는"(89면) 단 한 사람 '봉수 형'의 역할을 「손가락 무덤」에서는 아빠가, 「아빠와 큰아빠」에서는 '윤석이 형'이, 「끝방 아저씨」에서는 '공부방의 대학생 언니'가 나누어 맡게 된다. 이처럼 삶과 삶의 고통을 선취하고 있는 인물들이 갖는 의미 기능이 전적으로 부정적인 것만은 아니다. '앞질러 지니고 있음'을 뜻하는 '선취'란 현실주의적인 미학을 구성하는 독특한 개념이며, 작품의 전과정을 배면에서 추동하는 동력이 된다. 그러나 '선취'가 전면에 등장할 경우, 작품은 인물을 이상화하여 제시할 뿐, 인물의 내적인 발전과정을 섬세하게 짚어나가지 못하게 된다. 필요한 최소한의 '선취'와 가능한 한 최대치의 정교한 '발전'이 현실주의적 작품의 기본 요건임에도 박기범의 작품들은 선취가 발전을 압도하는 형국이다. 물론 이러한 요건이 미흡한 것은 박기범이 선택한 단편이란 양식의 한계에도 기인하는 바가 클 것이다. 이러한 여러가지 원인들의 결과, 「문제아」는 문제아로의 발전과정은 충분히 생생하게 표현하였으나, '문제아'를 극복해가는 어떠한 내재적인 단서도 제시하지 못한 채 끝나고 만다.

예컨대 「겨울꽃 삼촌」은 박기범이 왜 글을 쓰는가를 보여줄 수 있는 내밀한 목소리의 아름다움을 충분히 이야기 안에 끌어안고 있음에도 불구하고 많은 사람들에게 씨앗을 심어주지 못한 채 박래전 열사가 꽃이었음을 밝히는 선에서 그치고 만다. 「손가락 무덤」과 「송아지의 꿈」 역시 노동현실과 농촌현실을 비판적으로 조명하고 있음에도 불구하고, 아빠의 관점과 설명에 전적으로 기대고 있는 나머지 서술자는 주체적인 자각인 아닌 수용하고 받아들이는 것에 만족해야만 하는 것이다.

현실을 보는 정당한 관점을 지닌 이상적인 인물의 설정은 주요한 인물의 발전을 가로막는 장애가 될 뿐 아니라, 다른 한편으로 설명을 길게 끼워넣게 만드는 원인이 되기도 한다. 이야기는 사건 속에서 진행되는 것이 아니라 회상이나 설명에 의존하게 되고, 그것의 개입으로 이야기의 맥을 끊어놓기에 이른다. 결국 '말씀'이 수직으로 작품 속에 그대로 떨어져내림으로써 사건이 아니라 사유가 서사의 중심축으로 옮겨오게 된다. 이는 무엇보다 작품이 구체적인 현실성에서 출발하고 발전하지 못한 채, 일정한 이념 안에서 통제되고 있는 것이 아닌가하는 혐의를 지우기 어렵게 한다. 작가의 계몽적 기획은 어디까지나 작품의 미적 자질이 허용하는 범위 안에서 이루어져야 하는 것이다. 어느 평론가가 지적하였듯이 작가는 쓰고 싶은 것을 쓰는 것이 아니라, 쓸 수 있는 것을 쓸 따름이다. 특히 현실주의적인 작품은 더욱 그러하다. 모름지기 아무리 쓰고 싶은 것일지라도 쓸 수 있을 때까지 오래도록 들여다보며 기다려야 하는 것이다.

지나치게 이상화된 인물과 그 인물의 계몽적 목소리와 함께 박기범 창작의 또다른 문제점은 이분법적인 세계 인식이다. 박기범 창작에는 어김없이 선명한 대립의 축들이 존재한다. 「전학」의 경우 미래초등학교와 선옥초등학교, 우리와 남이 명확하게 갈라져 있다. 「문제아」에서도 존재하는 모든 인물들은 이 이분법의 어느 한편에 어김없이 편입된다. 그 결과 다양한 삶의 방식을 지나치게 단순화하며, 삶의 현실성을 폭넓게 재현하지 못하게 된다.

뿐만 아니라 이들 이분법적인 세계 인식은 인물 자체의 내적 속성에 바탕을 두기보다 귀속적인 신분이나, 계층, 직업에 따라 속성을 부여받고 있는 것도 문제다. 선생님은 선생님이기에, 기업주는 기업주이기에, 잘사는 사람은 잘사는 사람이기에 부정적으로 서술되고 있는 것이다. 우리는 권정생 선생의 『몽실 언니』가 갖는 미덕이 고정된 이데올로기적 틀을 넘어 북한군들 안에도 선한 사람이 존재하며, 국군들 가운데에도 난폭한 사람이 있음을 드러내는, 삶을 들여다보는 눈길의 깊이에 있다고 알고 있다. 그러나 박기범의 작품에는 인물들이 유형화되어 제시되고 있다. 이는 명확히 만화적인 상상력이며, 유형화되고 고착된 상상력이다. 이들 이분법이 자칫 사물, 세상, 인간을 보는 경직된 눈을 고착화시키지 않을까 우려되기까지 한다. 예컨대 「아빠와 큰아빠」의 경우 큰아빠가 갖는 심리적 고통은 암시적으로 드러날 뿐 풍부하게 제시되지 못한다. 그러나 이들 인물의 심리적 고통을 민감하게 어루만질 수 있을 때, 좋은 작품, 현실을 적절하게 드러내는 작품이 될 수 있음은 물론이다.

삶은 명료한 선악의 이분법으로 재단할 수 없는 수많은 경계를 자신의 내부에 끌어안고 있다. 생각보다 더한층 복잡한 양태로 우리 앞에 모습을 드러내는 것이다. 물론 어린이문학의 특성 가운데 단순함[1]이 있기도 하다. 그러나 그 단순함은 복잡한 현실을 단순화해 드러내는 것이 아니라, 그 자체로 단순한 현실을 나타낸 것이다. 마치 백제의 미륵반가사유상이 지닌 매끄러운 청동의 날렵한 형상을 단순화해 투박한 돌에 새겨넣어 마애삼존석불이 되는 것이 결코 아니듯 말이다. 서산의 마애삼존석불은 복잡한 부처의 형상을 단순화한 것이 아니라, 부처 자체를 소박

---

1) 어린이문학 이론가 페리 노들먼은 어린이문학의 몇몇 특성 가운데 첫번째로 단순성을 들고 있다. 그러나 노들먼은 '단순하되 반드시 가장 단순할 필요는 없다(simple but not necessarily simplistic)'라고 함으로써 단순성을 좁게 인식하지 않고 있다.(Perry Nodelman *The Pleasures of Children's Literature*, Longman Press 1992, 190면)

하게 인식하고 이를 형상화한 것일 따름이다. 어린이문학의 단순성이란 단순하게 만든 것이라기보다, 단순함 자체로부터 오는 고결함임을 잊지 말아야 할 것이다.

기실 박기범 창작에 드러나는 이들 문제점은 궁극적으로는 구체적인 현실성의 부족 때문으로 보인다. 어린이문학이란 시종일관 어린이의 눈으로 현실을 재구성해야 한다는 당연한 원칙이 그의 작품 안에서는 다소 소홀하게 다루어지고 있는 것이다. 박기범은 자신의 창작 속에 자신의 목소리를 가능한 한 누그러뜨리고 인물들이 스스로 말하고 생각할 수 있도록 해야 할 것이다. 그러나 박기범의 정형화된 이분법이 문제라고 해서, 다른 곳에서 획득한 주인공들의 생동하는 면모까지 폄하해서는 안된다. 「문제아」의 하창수나 「김미선 선생님」의 선생님 같은 역동적인 인물 형상만으로도 충분히 높이 평가받을 만하기 때문이다.

3

지금까지 박기범 창작의 특성과 문제점을 살펴보았다. 그러나 의도적으로 작품집의 빛나는 표정에 해당하는 「독후감 숙제」는 언급하지 않았다. 물론 표제작으로 제시된 「문제아」 역시 뛰어난 작품임은 틀림없다. 하창수라는 한 인물이 문제아가 되기까지, 아니 문제아로 취급되기까지의 과정을 상세하게 밝혀 보임으로써, 겉으로 드러나는 현상의 이면에 깔려 있는 원인을 깊이있게 탐구해나가고 있다. 더욱이 하창수가 '깡이 세다'는 것을 빼고는 평범한 아이들과 아무러한 차이가 없음이 인물의 발전과정 속에서 설득력 있게 제시되어 있다. 누구나가 다 마찬가지의 상황에서라면, 하창수처럼 행동하는 것이 오히려 당연하고 자연스러운 것임을 표나게 드러내고 있는 것이다.

　풍부하고 전형적인 주인공의 인물 형상, 상황과 그 안에서 일어나는 사건의 적절한 발전, 그로부터 이끌어내고 있는 주제의 깊이 등이 근래의 어린이문학으로서는 찾아보기 힘든 성취임은 분명하다. 그러나 주인공을 제외한 다른 인물들의 형상이 지나치게 단순화되어 있음은 이미 지적한 바 있다. 지금까지 논의한 소재나 인물, 배경, 주제 등은 사실 작품 이전에 존재하는 스토리의 차원이다. 이분법적으로 말하면 심층적인 구조에 해당한다. 인물, 사건, 배경이 소설 구성의 3요소인 것은 이들 각각이 이야기의 구성에 관여하는 요소들이기 때문이다. 그러나 이야기를 정작 예술의 차원으로 끌어올리는 것은 구성이 아니라 표현이다. 무엇을 말하고 있는가가 아니라 어떻게 말하고 있는가에 따라 미적 질은 확연히 달라지는 것이다. 그것은 곧 담론의 차원이며, 서술의 특성으로 요약된다.

　「문제아」뿐만 아니라 사실 작품집 전체의 서술 특성은 단순하다.

　　나는 문제아다. 선생님이 문제아라니까 나는 문제아다. 처음에는 그 말이 듣기 싫어서 눈에 불이 났다. 지금은 상관없다. 문제아라거나 말거나 상관없다. 어떤 때는 그 말을 들으니까 더 편하다. 문제아라고 아예 봐주는 것도 많다. (「문제아」 72면)

　　나는 오늘 청소 당번이었다. 청소를 다 하고 나서, 다른 청소 당번 애들이랑 검사를 기다렸다. 그런데 아무리 기다려도 선생님이 안 왔다. (「독후감 숙제」 38면)

　별다른 고려 없이 여기저기서 뽑아낸 이야기의 앞부분들이다. 앞의 작품은 현재형을 택하고 있으며, 뒤의 작품은 과거형을 택하고 있다. 현재형을 택한 작품들은 현재시점에서 회상의 형식, 설명의 형식, 결과를 빚어낸 원인 탐구의 형식으로 서술되어 있으며, 과거형을 택한 작품들은 이들 기조들을 유지하는 한편, 사건의 과정과 사고의 과정이 한층 더 섬세하게 서술되어 있는 것이 특성이다. 그러나 과거/현재라는 시제의 차이에도 불구하고, 이들 작품들이 한결같이 1인칭 고백체의 형식을 택하고 있음을 쉽게 발견할 수 있다.

이 1인칭의 '나'는 이야기의 서술 전체를 장악하는 주체이다. '나'는 이야기를 들려주는 서술의 주체이며, 동시에 이야기를 보고 듣고 겪는 초점화의 주체이기도 하다. 주로 1인칭 서술시점은 인물이 세계와 맺어나가는 관계를 드러내기보다, 세계를 경험하는 인물의 내면적인 의식을 드러내는 데에 적합한 서술방식이다. 단 하나의 행위를 두고 아주 정교하고 섬세하게 내면적인 의식을 묘사하는 심리적 소설들이 즐겨 사용하는 서술의 특성인 것이다. 그리고 이러한 심리묘사가 충분한 효과를 얻기 위해서는 인물 자체가 사유를 끌고나갈 수 있는 힘이 있어야 한다. 서사의 흐름을 멈춰세우고, 풍부하고 또 치밀하게 경험이 가져다준 내면의 결들을 재구성할 수 있어야만 하는 것이다.

그러나 어린이문학 속에 등장하는 주인공인 어린 서술자에게는 이러한 탐구능력이 제한되어 있다. 이 어린 서술자들은 자신을 둘러싼 세계를 논리적으로 인식할 수 없다. 다만 정서적으로 욕망을 표현할 수 있을 따름이다. 다음과 같이.

그렇게 될 수는 없을까. 남쪽이랑 북쪽을 갈라놓고, 사람들을 왔다 갔다하지 못하게 하려고 만든 총이랑 탱크를 다 팔면 안 될까. 그걸 판 돈으로 소들을 더 살리고 거두면 안 될까. (「송아지의 꿈」 149면)

인용에서처럼 1인칭 서술자는 세계를 보는 시야가 좁고, 그것에 대한 반응 역시 제한될 수밖에 없다. 이 '제한된 서술자'야말로 박기범 창작에서 분방하게 실험된 서술 특성임은 명확하다. 그리고 그의 작품집에 드러나는 공과는 거의 이 '제한된 서술자'[2]를 여하히 운용하고 있는가에 달려 있다고 해도 과언이 아니다. 박기범의 작품이 질적 편차가 심한 까닭도 여기에 있다.

'제한된 서술자'가 일정한 성취를 획득하기 위해서는 무엇보다 서술대상과 밀착되어야 하는 것이 선결조건이다. 곧 서술자와 서술대상은 직접적인 형태로 결합되어야 한다. 그렇지 못할 경우 서술자의 인식과 감성은 충분히 발전하지 못한다. 특히 자신이 겪은 현실의 일부를 서술자가 아닌, 다른 매개적인 인물을 통해 의미화할 때, 작품은 내적 발전을 감행하지 못한 채 좌초하고 말 우려가 있다. 「독후감 숙제」 「전학」 「문제아」를 제외한 작품들이 여기에 해당한다. 내적 발전이 아닌 외적 강제가 개입함으로써, 서술자가 겪는 정서적인 변화의 양상을 적절히 형상화하지 못한 채, 정서적 공감에 바탕을 둔 비약으로 결말을 이끌어 내고 있기 때문이다. 결국 이들 작품들은 작품의 중심축으로 존재하는 현실이 여전히 서술자와 긴밀하게 결합되지 못한 채 유리되어 있는 것

---

2) '제한된 서술자'를 마리아 니꼴라예바는 '신뢰할 수 없는 서술자(unreliable narrator)'로 제시하고 있으며, 오늘날 포스트모던한 어린이문학의 한 특성으로 설명하고 있다. 그리고 다음과 같이 1인칭 서술자의 의미기능을 밝힌 바 있다. "아스트리드 린드그렌은 『내 아들, 미오』와 20년이 지난 다음에 쓴 『사자왕 형제의 모험』에서 1인칭 서술자를 활용하고 있다. 이를 통해 린드그렌은 독자들로 하여금 전통적인 신화와 옛이야기 속에 완벽하게 동화되도록 하였으며, 영웅의 생각과 느낌에 더욱 가깝게 다가설 수 있게 하였다. 이 1인칭 서술자로 말미암아 작가는 아주 자유롭게 사건의 전과정을 변경하고 세부를 생략하는 등 객관적인 서사보다 주관적인 느낌을 재창조하는 데 성공하고 있다."(Maria Nikolajeva "Exit Children's Literature", *The Lion and the Unicorn* Vol. 22 no. 2, 1998, 230면)

이다.

더욱이 이들 작품의 인물들이 대체로 '제한성'을 명백하게 지니고 있는 저학년이라는 점도 주목할 만하다. 인물을 순수한 얼굴을 하고 있는 저학년으로 설정함으로써 결말의 비약을 피할 수 없었다기보다 작가가 결말의 비약을 스스로 유도한 것이 아닌가 하는 혐의를 지우기 어렵다. 비약은 서사적 진행이라기보다 시적인 자질에 가깝다. 이러한 시적 자질에 기댈 때, 작품은 서사적 현실과 시적 대응 사이의 충돌을 애초에 자신의 내부에 안을 수밖에 없는 것이다. 그것은 서사적 현실 자체가 제한된 서술자로는 도무지 감당하기 힘들 만큼 버거운 것이기 때문이다. 그 결과는 아주 참담하다. 독자는 이 서술자의 느낌과 깨달음을 공유하기보다 혼란만을 더한층 심각하게 겪을 것이기 때문이다.

그렇다면 「독후감 숙제」 「전학」 「문제아」가 이러한 충돌, 모순을 비켜날 수 있었던 까닭은 무엇인가? 겉으로 보아 이 작품들의 인물이 모두 6학년으로 설정되어 있는 것은 흥미로운 장치다. 경험에 미루어볼 때, 6학년이라면 적어도 초등학교에서 어떤 일이 일어나고 있는지를 뻔히 알고 있다. 삶이나 인생은 아직 모를지언정, 학교는, 적어도 초등학교는 자신의 눈으로 보고, 머리로 생각할 수 있다. 따라서 이들 주인공들은 적어도 누구보다 자신의 앞에 가로놓인 현실을 정확하게 꿰뚫어보는 눈을 지니고 있는 것이다. 이들은 '제한된 서술자'이지만, 그 제한 안에서 아주 '정교한 서술자'가 될 가능성을 이미 획득하고 있는 것이다.

이 작품들에서 현실은 가난, 계층적 대립, 소외 등의 포괄적이고 일반적인 현실이 아니다. '독후감 숙제' '전학' '문제아' 등은 구체적으로 존재하는 현실이며, 인물들이 직접적으로 경험하는 현실이다. 그림자를 크게 부풀리며 존재하는, 주체를 한없이 무력하게 만드는 현실, 도무지 시작과 끝, 높이와 바닥을 알 수 없는 현실이 아니라, 적어도 그 논리를 나아가 대응책까지도 미루어 알 수 있는 만만한 현실들인 것이다. 이 작품들의 인물들은 적어도 이들에게 허락된 날카로운 현실인식으로 현실의 본질 한 귀퉁이를 정확하게 붙잡고 있다.

그러나 「전학」의 서술자는 "찔리고 쫄아드는 마음이 없기만 하면 된다"는 지나치게 단순화된 논리로 시종하며, 「문제아」의 하창수는 현실을 보는 냉소적인 태도가 압도적이라는 점에서 「독후감 숙제」에 현저히 미치지 못한다. 여기에 비할 때 「독후감 숙제」는 참으로 흠잡을 데가 없다.

4

사실 이 글은 「독후감 숙제」를 읽은 느낌을 논리적으로 해명하고자 시작되었다. 그런데도 여기에 이르는 동안 정작 「독후감 숙제」에 대해서는 아직껏 제대로 분석조차 하지 못하고 있다. 글은 지겨워질 때까지 길어져, 그만두어야 하는 시점이 다 되었는데도. 아마도 정말 좋은 작품은 이렇게저렇게 구설수에 올릴 수가 없는가 보다. 고작해야 읽고서 코를 훌쩍거리거나, 꽉 잠긴 목을 쓰다듬으며, "나는 가슴이 목에 달렸나, 왜 감동을 목으로 받지"라고 구시렁거리며 진정시키는 것밖에 할 수 없나 보다. 그래도 몇마디 하지 않을 수 없다면, 이렇게 말할 것이다.

「독후감 숙제」의 주인공이며 서술자는 아주 넉넉하며 사려깊고, 섬세하며 단단하다. 「독후감 숙제」에는 이분법적인 단순성이 없으며, 이상화된 인물도 없다. 이 여자아이는 자신과 나란히 서 있는 만화 속의 인물을 자신에게로 잔뜩 끌어당겨 깊이 응시할 수 있는 눈을 가졌으며, 누구의 도움도 없이, 아니 오히려 엄마에게 "욕좀 하지 마"라고 가르칠 만큼

박기범 「독후감 숙제」, 『문제아』,
창작과비평사

스스로 바르게 성장할 수 있는 힘을 자신의 내부에 지녔다. 가난하면서도 가난에 주눅들지 않고 작품의 여기저기에 흩어져 있는 웃음도 아름다웠으며, 이야기의 끝에서 "엄마의 젖가슴은 크게 부풀었다가는 떨리면서 작아지곤 했다"는 묘사도 그 가슴에 얼굴을 묻고 있는 듯한 느낌이 들었다. 물론 『문제아』 전체가 담아내고 있는 미덕을 온전히 건사하고 있기 때문에 이 모든 느낌들이 가능했을 것이다.

한가지 사족처럼 덧붙이고 싶은 것은 지금까지 언급하지 않은 「어진이」에 대한 평가이다. 이 작품은 1인칭 서술시점이 아닌 3인칭을 택하고 있는 것이 특징적이다. 그러나 1인칭 서술자가 이야기하는 다른 작품보다 득철과 서술대상이 더욱 밀착되어 있다. 초점화자를 득철로 설정함으로써 서술자를 유명무실하게 만들었기 때문이기도 하지만, 서술대상이 살아있는 한 존재였기 때문일 것이다.

그러나 정작 이 작품은 그다지 깊은 감동을 주지 못한다. 이는 무엇보다 제 역할을 하지 못하는 유명무실한 서술자 때문이다. 앞으로 박기범 창작의 지평을 더한층 확장해줄 이 3인칭 서술자는 유명무실할 뿐만 아니라, 방해가 되기까지 한다. 그것은 이 서술자가 유명무실한 주제에 지나치게 기교를 부리고 있기 때문이다. 이 서술자는 교활하게 통제된 담론을 구사함으로써, 종국에는 속았다는 느낌을 필자에게 또 독자들에게 안겨주기 때문이다. 필자의 경우 그림이 없었더라면 계속해서 '어진이'가 개가 아니라 사람인 줄 알았을 것이다. 그림을 그린 박경진조차 득철을 포스터 앞에 붙어 서 있게 함으로써 어진이의 모습을 가리게 한 것으로 보아 이 착각과 혼동은 의도적으로 기획된 것임이 틀림없다. 이제 좋은 작가의 반열에 들어선 그가 기교가 아닌, 자신의 고유한 장점인 현실주의적인 정신에 기댄 채, 계속 전진해나갔으면 좋겠다. 필자는 변화된 현실에 적극적으로 대응하여 새로운 현실탐구에 나서는 그의 다음 작품이 벌써부터 기다려진다.

■ 찾아 읽기

페리 노들먼, 김서정 옮김 『어린이 문학의 즐거움』, 시공주니어 2001.
Maria Nikolajeva "Exit Children's Literature", *The Lion and the Unicorn* Vol.22 no.2, 1998.
박기범 글·박경진 그림 『문제아』, 창작과비평사 1999.

현실주의의 현단계

— 황선미론

1

황선미 선생님께

건강하신지? 지난번 광주에서 열렸던 '어린이문학협의회' 연수에서 뵌 지도 달포가 지났습니다. 그날도 밤늦은 시간까지 굵은 빗줄기가 연신 짙은 풀잎들을 두들겼는데, 지금 역시 또다른 태풍이 이끄는 빗줄기가 연일 멈추지 않고 내립니다. 여름 뒤끝의 비는 '아무짝에도 쓸모없는 비'라고, 곡식과 과일과 채소 등속에게 '이즈음 필요한 것은 마지막 쨍한 햇볕과 시작되는 서늘한 바람'일 뿐이라고 연신 고시랑거리던 농사 짓던 시인의 투덜거림이 생각납니다. 제가 기다리는 가을과 일하는 사람이 기다리는 가을이 어찌 한결같기야 하겠습니까마는 세월이 지날수록 더욱 그 거리가 멀어지고 있음은 서글픈 노릇이 아닐 수 없습니다. 자연의 호흡과 갈수록 동떨어져가는 우리네 삶의 황폐함을 자못 안타깝게 들여다볼 따름입니다.

요즘 근황은 어떠신지? 암탉 '잎싹'을 닭장에서 마당으로, 그리고 저수지로, 마침내는 들판으로 이끈 이래 또 무엇을, 어떤 이야기를 만지작거리고 있으신지? 덕분에 저는 잘 있습니다. 그저 어제와 다르지 않은 오늘이, 또 고만고만한 내일이 기다리고 있을 터이고, 그 안에서 일용할 양식을 축내며 살아가고 있습니다. 다만, 선생님을 만난 다음날, 광주의 망월동에서 보았던 수많은 거친 봉분들, 그 앞에 줄지어 늘어서 있던 영정들, 빗물이 마구 스며들던 유리함 속 고통과 그리움이 뒤범벅된 몇몇 유품들, 이 모든 것이 불현듯 떠올라 더러 늦은 밤까지 잠 못 이루고 뒤척인다는 것이 달라졌다면 달라진 일입니다.

돌아오는 길에서는 차마 취하지 않고는 배겨낼 도리가 없었습니다. 1980년 그날 이후 20년 동안 살아낸 내 삶이 모래 위에 지은, 종이로 만든 집이 아니었는지를 그 도저한 역사적 현실이 되물어왔기 때문입니다. 만취하여 버스 안에서 토해내던 그 광기가 현재의 제 모습에 대한 자학이었는지 아니면 과거의 제 모습에 대한 서투른 결별이었는지 아직도 알지 못합니다. 그러나 그 날카로운 마주침으로부터 비껴나고자 하는 망설임의 한켠에, 건너편 잘 다듬어진 묘역에서 보았던 섬뜩한 느낌들, 그 거칠고 힘찬 역사조차 제도 속에 편입되었을 때 삶의 자취는 흔적도 없이 지워져버린, 박제가 되고 만다는 그 느낌은 깊게 갈무리해두고자 합니다.

아마도 이 늦은 밤 글을 써야겠다고 끄응 몸을 일으킨 것도 모두 그 때문입니다. 덕분에 이렇게 편지 비슷한 것도 쓰게 되었습니다. 그러고 보니 20년 남짓 밀쳐두고 있었던 것은 광주뿐만이 아니었던 듯합니다. 그러나 안타깝게도 동이 부윰하게 터오르도록 쓰고 또 썼던 그 즈음의 편지들마냥, 가슴 한켠을 아프게 짓누르며 번져가던 곡진한 그리움들은 끝내 다시 되살아오지 못할 것입니다. 이 편지 또한 그 서늘한 그리움

대신 어린이문학이란 길 위에 함께 선 이들이 의당 나누어가져야 할 연대감으로 채워져 있을 것입니다. 다만 사사로운 편지글을 빌려 전하고자 하는 선생님에 대한 애정만큼은 고스란히 전달되기를 바랍니다.

선생님의 작품을 처음 읽었던 것은 지난 여름이었나봅니다. 잡지사의 청탁으로 다른 분들의 작품 몇편과 함께 서평을 써야 했고, 그 안에 선생님의 작품이 들어 있었습니다. 『나쁜 어린이 표』라는. 먼저 작품을 읽고 저는 깜짝 놀랐습니다. 그것은 '아, 좋은 작가가 있었구나'라는 반가움이었습니다. 수업중에 학생들에게 읽어주다가 시간이 되어 "다음 시간에 이어서 읽어주마. 기대하시라, 개봉박두!"라고 했을 때, 의외로 학생들의 반응은 "선생님, 마저 읽어주세요"였습니다. 아주 그럴싸한 강의를 진행할 때에도 시간만 되면 이 녀석들은, 뒤란 풀섶에 바람이 불기라도 한 듯, 일제히 수런거리곤 하던 녀석들이었습니다. 불쾌했지만 꾹 참고, "점심 먹어야지. 배 안 고파?"라고 말하자, 녀석들은 "매일 먹는 밥인걸요"라고 응수했습니다. '순 진짜 원조 나쁜놈들. 그럼 내 강의 때는 특식을 먹기로 했남.' 배신감을 느꼈지만, 또 꾹 참아야 했습니다. '짜식들, 그래도 작품 보는 눈은 있어 가지고.'

그러나 정작 청탁 받은 글에서 작품에 대한 언급은 길게 하지 않았습니다. 탄탄한 구성의 힘과 인물 형상의 비현실성을 나란히 드는 것으로 갈음해야 했습니다. 지면의 양도, 성격도 걸맞지 않았기 때문입니다. 더욱 꼼꼼하게 읽고, 한층 본격적인 평을 써야 한다는 생각이 들었습니다. 적어도 지금 여기에서 선생님의 작품은 우리 어린이문학의 한 정점이며, 그 정점이 앞으로 향하게 될 방향이 우리 어린이문학의 새로운 지평이 될 것이기 때문입니다. 저는 그 지평이 더욱 넓고 심원해지기를 기대하며 어설프게나마 글을 쓰려고 합니다. 물론 선생님은 자칫 넘쳐나거나 부족하게 될 평을 너끈히 감당해주실 것이라 생각합니다.

2

작품을 읽고 가장 앞질러 든 생각은 구성이 아주 정교하다는 것이었습니다. 군더더기 없이 말쑥하게 단장이 된 깨끗한 얼굴을 보는 느낌이었지요. 특히 드라이버를 끌어들임으로써 깊은 절망에 잠기게 하고, 그에힘입어 사건을 절정으로 끌어올리는 것은 근래 어디서도 볼 수 없었던정교한 장치였습니다. 더욱이 그 구성은 인물과 사건의 발전과정과 긴밀하게 결합된 것이기에 단순한 형식적인 정교함에 그치지 않고 이야기가 요구하는 서사의 힘을 획득하고 있었습니다. 대부분의 동화가 인물의 정서 혹은 이미지에 집중하여, 장면 자체의 감동을 불러일으키는 데에 진력하는 최근의 경향에 견줄 때, 이야기의 서사적 본질에 충실하다는 것은 충분히 높이 살 만한 미덕이라고 생각됩니다.

서사의 본질이 '그래서 어떻게 되었을까'라는 소박한 물음을 거듭 불러일으키는 것이며, 그에 대한 개연성 있는 응답들을 엮어나가는 것이라고 할 때, 이 작품은 서사의 고전적인 척도에 비추어보아도 부족함이없습니다. 게다가 그 서사의 기본축을 구성하는 갈등이 단순하지 않고복합적인 면모를 갖추고 있다는 것도 작가가 아주 공들여 이룬 결실이라고 생각되었습니다. 인물의 내면적인 갈등과 인물과 다른 인물이 충돌함으로써 초래되는 외적 갈등이 서로 맞물린 채 발전하고 있다는 것입니다.

내면적인 갈등은 당연히 주인공 건우의 갈등입니다. '나쁜 어린이표'로 초래된 문제상황에 어떻게 대응해야 할 것인가라고 되물으면서나름의 해결책들을 건우는 모색하고 있습니다. 아주 주체적으로. 그러나 당연히 그 모색은 쉽사리 응답을 얻지 못한 채, 더욱 심각한 문제상황으로 인물을 내몰고, 그만큼 인물의 내면적 혼란도 증폭되어가고 있습니다.

그러나 이 작품에서 정작 중심이 되는 갈등은 이 내적 갈등을 끊임없이 촉발하고 멀리서 조정하는 외적인 갈등일 것입니다. 물론 그것은 직접적으로 충돌하는 갈등이라기보다 평행으로 마주 달려오는 갈등이기에 갈등은 지속·발전할 수 있으며, 독자를 끌어들이는 흡입력 또한 아주 강하게 작동할 수 있게 되었습니다. 끊임없이 '나쁜 어린이 표'를 건우에게 내미는 선생님과 그에 맞서 선생님에게도 똑같이 '나쁜 선생님 표'를 잠재적으로 건네는 건우는 갈등의 양상을 일방적으로 편향되게 만들지 않고, '팽팽한 긴장'을 유발합니다. 그런데 이 팽팽한 긴장이야말로 우리 어린이문학의 새로운 면모가 아닐 수 없습니다.

사실 우리 어린이문학은 주체인 어린이를 보는 관점이 여전히 제한적입니다. 어린이문학은 스스로의 본질을 동심의 문학으로 규정하고 있으며, 동심을 보는 관점 자체를 둘러싼 논쟁을 아직도 거듭하고 있습니다. 저마다 자신들의 생각에 따라 이것이 동심의 본질이라고 주장하고 있는 실정입니다. 그러나 저는 동심이라는 추상적 규정을 벗어나는 것이야말로 우리 어린이문학을 진일보시키는 디딤돌이라고 생각하고 있습니다. 동심을 상정하는 한, 어린이들의 현실은 현실 그 자체로 투명하게 드러나지 못하며, 어른들의 프리즘을 투과한 굴절된 빛으로 형상화된다는 것입니다. 동심천사주의나 동심의 본성을 있는 그대로 살려야 한다는 '동심본성주의'도 어른의 시각이란 굴절된 빛으로 어린이를 대상화한다는 점에서는 다를 바가 없습니다. 무엇보다 어린이는 스스로 현실을 구성하는 독립적인 주체로 인식되어야 합니다. 어린이를 어른이 되기까지 많은 것을 가르쳐야 할 훈육의 대상으로 간주한다거나 어른이 본받아야 할 순결한 영혼을 아직도 지니고 있는 경외의 대상으로 간주하는 것은 결코 독립적인 주체로 어린이를 보는 것일 수 없습니다.

그러한 관점에서 본다면 『나쁜 어린이 표』에서 발견되는 팽팽한 긴장은 동심을 둘러싼 쓸모없는 논쟁을 한꺼번에 작품으로 극복하고 있는, 어린이문학의 새로운 출발인 것입니다. 이 작품 속에 등장하는 어른과 아이는 동일한 주체로 대립을 멈추지 않고 스스로를 발전시켜나갑니다. 오히려 선생님의 형상이 정해진 테두리를 맴도는 것에 비할 때, 주인공 건우의 발전은 가히 눈부실 지경입니다. 건우는 끊임없는 자기 성찰을 통해 갈등 자체를 해소하지는 못하지만 그 전단계에까지 진지하게 육박해가고 있습니다. 물론 건우라는 인물 형상이 비현실적으로 과장되어 있다고 평가할 수도 있습니다. 그러나 현실성이란 있는 그대로의 현실만을 기계적으로 지칭하는 것은 아닙니다. 경험과 체험이 서로 다르듯, 현실(the real)과 현실성(reality) 역시 엄밀히 보아 동일한 개념은 아닙니다. 세부묘사의 현실성이 있는 그대로의 현실을 집중적으로 드러내는 것임에 비할 때, 인물과 사건의 현실성은 있는 그대로의 현실을 넘어 발전의 행정(行程)을 개연성 있게 형상화할 수 있어야 할 것입니다. 그제야 문학은 개인의 현실적 경험을 넘어 보편적인 진실을 드러내는 예술적 실천으로 자리매김될 수 있는 것입니다.

결국 이 '팽팽한 긴장'을 통해 『나쁜 어린이 표』는 어린이를 보는 올바른 관점을 획득하였을 뿐만 아니라, 어린이문학 또한 문학이어야 한다는 당연한 진리를 다시금 확인케 함으로써 이중의 성취를 달성한 것이라고 평가할 수 있습니다. 그리고 이 긴장에 힘입어 작품 전체의 주제인 한 사람의 주체로 승인받고자 하는 인정 투쟁 또한 설득력 있게 제시될 수 있었던 것입니다.

사실 어린이들의 세계는 아주 주관적인 내면세계에서, 가족을 매개로 자아와 세계가 중개되는 기간을 거쳐, 또래집단이란 특정한 사회적 지

황선미 글·권사우 그림 『나쁜 어린이 표』, 웅진

평으로 발전해갑니다. 그런데 이 시점까지는 여전히 수평적인 관계인데 반해, 초등학교 2, 3학년에 이르면 비로소 수직적인 사회적 관계와 대면하게 됩니다. 그 처음이 바로 선생님과의 관계입니다. 언제나 자신을 안으로 감싸줄 준비가 모두 되어 있는 가족과 달리 선생님은 경험하지 못했던, 그러나 반드시 대면해야만 하는 새로운 사회적 관계항입니다. 그러나 처음으로 접하는 그 수직적 관계가 일방적인 시혜적 관계로 설정되어 있는 것이 지금의 교실풍경일 것입니다. 선생님에게 아이들은 여전히 미숙한 어른으로 비칠 뿐, 서로 소통하는 주체로 여겨지지는 않습니다. 작품이 문제삼고 있는 주제는 곧 이러한 현실 속에서 스스로를 사회적 주체로 인정받고자 하는 건우의 욕망, 바로 그것입니다.

그런데 인정받고자 하는 욕망과 거듭되는 욕망의 좌절, 욕망의 궁극적인 성취라는 보편적인 이야기구조는 크게 보아 다른 작품들과 다를 바 없습니다. 그러나 욕망의 좌절에도 불구하고 갈등을 역동적으로 진척시켜나갈 수 있었던 것은 건우라는 새로운 인물 형상을 통해 창조된 것입니다. 그리고 그 바탕에는 상황을 뒤집어 생각하는 전복적 사고가 깔려 있습니다. 어린 건우의 상상력을 관념적인 틀 안에 묶어두지 않고, 대등한 한 주체의 상상력으로 고양해낸 것이야말로 뛰어난 문학적 장치인 것입니다. 그리고 이와같은 건우의 독특함은 앞으로 우리 어린이문학이 추구해나가야 할 어린이의 형상 하나를 선명하게 제시한 것이기도 합니다.

그렇다고 건우라는 새로운 인물 형상이 작가가 창조한 주관적인 인물은 결코 아니었습니다. 그것은 무엇보다 작품의 실감을 더욱 증폭시키고 있는 심리묘사에 힘입은 바 큽니다. 1인칭 서술자인 건우 자신의 관점에 견고하게 밀착됨으로써 인물 자신의 목소리를 전면으로 이끌어내고, 반면 작가의 목소리를 최대한 은폐할 수 있었기 때문입니다. 다음과 같은 묘사는 그 선명한 예가 될 것입니다.

> 가슴이 벌렁거려서 선생님 얼굴을 똑바로 볼 수가 없었어요. 숨소리
> 도 자꾸 커지는 것 같아서 입을 꼭 다물고 콧구멍을 크게 벌린 채 살금
> 살금 숨쉬어야만 했지요. (33면)

다소 과장된 듯이 느껴지지만, 두려움과 기대로 새로운 자아와 세계에
눈떠가는 주인공 또래들에게는 지극히 자연스러운 감정상태일 것입니
다. 모든 것들이 대체로 처음일 터이며, 선생님을 향한 마음속의 이반
역시 상상치도 못했던 경험일 것이기 때문입니다. 그리고 그 감정을 추
스르고자 하는 건우의 노력은 얼마나 생동하는 묘사로 가득 찬 것인지
놀랍기까지 합니다. 이와같은 서술의 객관성과 핍진성이, 인물이 인물
자신의 목소리로 생각하고 말하도록 하는 것이 곧 현실주의 작품의 전
제이며,『나쁜 어린이 표』는 이 전제에 충실하고 있습니다.

3

황선미 선생님!
지금껏 작품의 긍정적인 계기를 살펴보았습니다. 사실 이 지점에까지
도달하기 위해 우리 어린이문학이 기울인 노력은 참으로 힘겨운 것이었
습니다. 그 흘린 땀들을 생각할 때, 『나쁜 어린이 표』의 성취가 선생님
개인의 몫만이 아님을 느낍니다. 선생님 또한 적어도 그 연장선 위에 서
있고자 한다면, 이제 홑몸이 아니라는 것만큼은 아셔야 할 것입니다. 선
생님의 성취는 개인의 성취라기보다 우리 어린이문학의 역사가 허락한

성취이기 때문입니다. 이 거친 글 또한 어린이문학의 발전을 향해 있으며, 하여 비판은 능력이 닿는 한에서 날카로울 수밖에 없을 터입니다.

먼저 지적하고 싶은 것은 인물 형상의 불균형입니다. 건우가 지닌 역동성에 비할 때, 여타의 인물은 충분히 개성적인 인물로 여겨지지 않는다는 점입니다. 경식이나 은주는 다만 서사의 진행을 위해 끌어들인 부차적인 인물로 머물러 있습니다. 물론 단일한 서사를 통해 선명한 인상을 주기 위해 이루어진 불가피한 선택으로 보이기는 합니다. 그러나 지나치게 도식적인 역할만을 수행한다는 점에서 흠으로 받아들여집니다. 부차적인 인물들에게도 동일한 수위의 미학적 고려가 필요할 것입니다.

그러나 이보다 더 큰 결함은 선생님의 인물 형상이 갖는 불철저함에 있습니다. 언뜻 보아도 선생님은 갈등을 축조하는 부분과 갈등을 해결하는 부분에서 동일한 인물로 등장하지 않는 듯합니다. 이전에 어떠한 단서도 제공된 적이 없는데, 갑작스럽게 풍부한 내면을 갖춘 인물로 돌출되고 있기 때문입니다. 이러한 인물 형상의 불철저함은 '팽팽한 긴장'의 한 축을 형성해온 인물이기에 단순히 인물의 문제로 국한되지 않습니다. 서사 자체를 비틀거리게 만들 수도 있으며, 더 나아가 주제 자체를 뒤흔들어놓을 수도 있기 때문입니다.

다소 과장된 듯이 느껴지겠지만, 『나쁜 어린이 표』를 읽고 언뜻 떠올린 것은 헤겔(G. W. F. Hegel)이 정신현상학에서 거론한 '주인과 노예의 변증법'이었습니다. 짧은 기억으로는 그 부분의 주요한 내용이 '인정투쟁'이었으며, 헤겔에 따르면 이 치열한 인정투쟁 속에서 노예는 주인으로, 주인은 노예로 뒤바뀐다는 것이었습니다. 그런데 아쉽게도 『나쁜 어린이 표』의 인정투쟁은 그렇게 치열하게 진행되질 못하였습니다. 그것 또한 인물 형상의 불철저함 때문이며, 거꾸로 주제를 끝까지 밀고나가는 동력의 불철저함이 인물 형상의 기형을 초래한 것이기도 할 것입니다. 물론 선생님께서도 "다른 대안이 없지 않은가" 하고 마련된 자리에서 어려움을 토로하기는 했습니다만, 저는 그렇게 생각하지 않습니다. 대안이 없다고 해서 차선을 택하는 것은 불가피한 선택이 아니라 그릇된 선택인 것입니다. 그렇다고 아이와 선생님을 주인과 노예로 뒤바꾸는 것이 서사의 돌파구가 아님은 물론입니다. 다만 선생님이 생각하는 '다른 대안'이라는 것이 제가 보기에는 계몽적 기획이 허락하는 한도 안에서의 대안이 아닌가 하는 의구심이 든다는 사실입니다.

계몽성, 달리 말하면 교육적 기능이라고들 합니다만, 저는 동심만큼이나 비판적으로 검토해야 할 개념 중의 하나가 이 계몽성이 아닌가 합니다. 모든 문학은, 더욱이 참된 문학은 교육적이며 계몽적입니다. 하지만 원칙적으로 교육적 자질은 의도가 아니라 결과이며, 구조가 아니라 독자에게 미치는 영향이란 점에서 좋은 문학작품의 '내적' 자질이라고 할 수는 없습니다. 덤으로 얻어지는 것이지, 담아내기 위해 전전긍긍해야 할 것은 아니라는 점입니다. 그런 점에서 본다면 적어도 선생님의 작품은 계몽의 한계 안에 머무르고 있는 것으로 보입니다. 그리고 그 계몽적 기획이 부과하는 압력이 작품의 아름다움을 흔들리게 하고 있습니다. "우리끼리 비밀"스럽게 타협할 수밖에 없었던 것도 바로 그 때문인 게지요.

작품에 나타나는 계몽적 특징은 유독 결말처리나 인물의 형상화에만 국한된 것은 아닙니다. 작품의 도처에 계몽성이 도사리고 있어, 부담스럽게 느껴지기까지 합니다. 예컨대 어느 한 인물도 열려진 상태로 종결짓지 못하고, 꼭꼭 매듭을 짓곤 하는 데에서도 잘 나타납니다. 아빠의 구두를 닦은 다음날 아침의 울먹임도, 은지가 우산을 씌워주는 것도, 경식이의 고통을 건우가 자각하는 것도 모두 구성 측면에서는 탁월한 장치들이지만, 지나친 계몽적 기획이란 비판으로부터 자유로울 수 없습니다.

물론 저 역시 계몽성이 기능적인 특성이라기보다 어린이문학의 핵심적인 미적 범주 가운데 하나라고 생각합니다. 어쩌면 제가 어린이문학의 주변에서 맴도는 것도 그 때문이기도 하구요. 더이상 어른들의 문학에서 계몽성을 논의한다는 것은 무의미해져버렸지요. 그런데 이곳에서 한동안 기웃거려본 지금은 자주 답답함을 느끼곤 합니다. 바로 그 계몽의 성격 때문입니다. 어린이문학으로 이끈 그 등불이 이제 질곡이 되어 거꾸로 옥죄고 있는 것입니다.

그런데 따지고 보면 교육은 해방의 기능보다 억압의 기제로 작용하기 십상입니다. 특정한 이데올로기를 내면화하도록 가르치는 것입니다. 사회화란 부정적인 측면에서 보자면 체제내적인 인간형으로 양성되어가는 과정을 뜻합니다. 이렇게 따져볼 때 어린이문학의 계몽성은 지극히 부르주아적인 가치체계 안에서의 계몽입니다. 자본의 질서가 허락하는 범위 안에서의 각성일 따름인 것입니다. 그렇게 보면 디즈니 풍의 만화영화와 우리들의 어린이문학은 추구하는 가치가 이윤과 삶의 진정성이란 측면에서 확연히 다를지라도, 동일한 주제의 변주일 뿐입니다. 엄밀히 보아 자본의 질서를 내면화한다는 점에서 조금도 다르지 않다는 사실입니다.

짧은 소견으로 미루어 볼 때, 그로부터 벗어나는 대안은 무엇보다 전복적 상상력을 수미일관 밀고나가는 것밖에 없습니다. 뚜렷한 전망을 가질 수는 없을지라도 치열하게 현실을 뒤집어보는 노력이 요구되는 것입니다. 적정한 수준에서의 타협이 아니라, 현실의 법칙 안에서 밀고 나갈 수 있는 만큼 힘차게 밀쳐보아야 한다는 사실입니다. 저는 아직도 그렇게 밀어붙일 수 있는 힘이 문학 그 자체로부터 분출되어 나온다고 생각하고 있습니다. 문학이야말로 삶의 진정성을 펼쳐 보일 수 있기 때문입니다. 문학이 아닌, 다른 그 무엇이 개입할 때, 그 힘은 소진되어버리고 말 것입니다.

또다른 하나의 대안은 계몽성 자체로부터 다소 자유로워지는 것입니다. 영화이론에서는 모든 서사가 억압적이라고 말합니다. 서사는 처음, 중간, 끝으로 이루어져 있으며, 균형에서 불균형으로, 그리고 다시 균형으로 되돌아가는 구조를 갖추고 있다고 말합니다. 따라서 모든 서사는 필연적으로 균형을 되찾고자 하며, 필연적으로 계몽적인 본질을 감출 수 없다는 것입니다. 그럴 때 영화이론에서는 이미지의 중요성을 환기합니다. 서사와 이미지로 이루어진 영화는 서사를 통해 억압을 강요하지만 이미지를 통해 계몽으로부터 자유로운 심리적 해방을 끊임없이 감행해나간다는 것입니다.

만약 계몽적인 서사를 통해 부르주아적인 이데올로기를 온존·강화해나가는 것이라면, 어린이문학의 서사는 서사를 가능한 한 이미지로 대체할 수 있어야 하지 않겠는가 하는 점입니다. 그러나 어린이문학은, 특히 이야기는 애초에 그 자체 속에 이미지를 극대화하기 어렵게 되어 있습니다. 문학은 영화가 될 수 없으며 영화가 되어서도 안되기 때문입니다.

그렇다면 영화에서 이미지의 역할을 무엇이 감당할 수 있을까요? 저는 오랜 생각 끝에 괴테(J. W. von Goethe)의 논의를 떠올렸습니다. 괴테는 모든 서사가 세 가지 모티프로 이루어져 있다고 말한 바 있습니다. 두 가지 모티프는 전진적 모티프와 후퇴적 모티프입니다. 『나쁜 어린이 표』의 건우가 선생님의 인정을 받고자 벌이는 모든 노력들이 전진적 모티프에 해당한다면, 그 반대편에서 건우의 노력과는 아랑곳없이 '나쁜 어린이 표'를 붙이는 선생님의 행위는 후퇴적 모티프에 해당합니다. 나머지 하나의 모티프는 지연적 모티프라고 부르는 것입니다. 그것은 건우와 선생님의 갈등으로부터 잠깐 눈을 돌려 다른 곳을 헤매고 다니는 것입니다. 서사의 진행과는 직접적인 관련이 없이 에피소드 자체의 자율성을 용인하는 부분입니다. 예컨대 판소리에서 서사의 진행과는 무관하게 장면 자체가 자아내는 즐거움에 관객을 푹 잠기게 만드는 부분이 여기에 해당합니다. "흥부는 가난하였다"라고 한마디만 해도 충분히 서사진행이 가능한데도, 얼마나 가난한지를 길게 보여주는 부분을 생각하면 될 것입니다. 그런데『나쁜 어린이 표』에서는 단 한 곳만이 지연적 모티프를 활용하고 있을 뿐입니다. 아빠의 구두를 닦는 부분이지요. 하지만 이조차도 지연적 모티프가 갖는 이점은 전혀 살리지 못한 채, 계몽적 기획을 더욱 표나게 드러내는 역기능만을 충실히 수행하고 있을 뿐입니다.

간혹 선생님의 작품을 읽으면 숨가쁘게 정점을 향해 치닫고 있다는 느낌이 듭니다. 상대적으로 지면이 많지 않은『나쁜 어린이 표』도 그렇지만, 다소 자유로울 수 있었을『마당을 나온 암탉』에서도 다르지 않습니다. 이 또한 계몽적 기획이 지나치게 전면에 나섰기 때문이라고 저는 생각하고 있습니다. 그러나 자칫 숨가쁜, 군더더기 없는 서사의 진행이 끊임없이 화면을 이어가는 텔레비전 드라마와 비슷하다고 한다면? 독자는 서사의 진행을 좇다 그저 작품 속에 깊이 몰입하고 마는 것은 아닌지? 어떠한 비판적 거리두기도 용납하지 않은 채 획획 화면만 좇다 서사의 종결에 직면하는 것은 아닌지?

저는『마당을 나온 암탉』을 읽으며, 바흐찐(M. Bakhtin)의 시공성(chronotope)이란 개념이 딱 들어맞는 작품이라는 생각을 했습니다. 바흐찐의 시공성이란 소설 속에서 시간과 공간의 교차배열이 특정한 소설형식을 구성하고 있다는 개념입니다.『마당을 나온 암탉』은 봄에서 다시 봄으로 이어지는 순환하는 대자연의 시간과 마당에서 들판에 이르는 억압공간에서 해방공간으로의 이동이 엄밀히 조응하면서 잘 짜인 작품의 한 전형을 보여주고 있다고 생각합니다. 물론 이들 시간과 공간의 이동이 갖는 상징적 의미는 거듭 되물어야 할 것입니다. 이와 별개로 그 정교한 발전이 섬세한 내면의 관찰에 바탕을 둔 개인의 선택으로 시종하고 있는 것은 불만스러웠습니다. 자칫 군더더기 없는 서사의 진행이 초래할지도 모를 우려를 이 작품 역시 고스란히 끌어안고 있는 것입니다. 저는 이들 한계가 다음 작품에서 극복될 수 있기를 바랍니다.

4

황선미 선생님.

이 글을 쓰는 동안 저는 약간 행복했던 것이 사실입니다. 언제나 작가들에게 예술적 완결성을 요구했지, 완결성을 획득하고 난 이후의 문제를 우리 어린이문학에 요구한 적이 없었기 때문입니다. 부르주아적 계몽성이 갖는 한계라든가 서사로부터의 상대적인 자유로움을 요구할 만큼 우리 어린이문학이 전진하지 못하고 있었기 때문입니다. 물론 어려운 주문이라고 생각하고 있습니다. 그리고 우리네 어린이문학은 이 지점을 돌파하기 위해 또 얼마나 많은 노력을 기울여야 할지 저는 알 수 없습니다.

그러나 분명한 것은 우리에게는 광주라는 역사적 체험이 있다는 사실입니다. 추상적 이론이 아닌 구체적인 역사적 현실 안에서 자본의 질서를 넘어 새롭게 펼쳐질 바람직한 삶의 전망을 이미 체험한 바 있다는 점입니다. 역사는 고통이지만 빛이기도 합니다. 그 빛살이 선생님의 작품 한편에 언제나 먼 풍경으로 깃들기를 바랍니다.

곰살궂게 다가서야 할 편지가 아주 딱딱해져버렸습니다. 다시금 읽어보니 바람이 지난 자리만큼 황폐한 구석이 턱없이 많이 보입니다. 그렇지만 이렇게나마 제 뜻을 전하지 않고서는 생이 너무 보잘것없이 느껴질 듯해, 그대로 보내려고 합니다. 언제나 그렇듯 이제 오래지 않아 가을이 올 것입니다. 남도의 더없이 맑은 가을 빛살 안에서 평강 있으시기를 바랍니다. 그리고 평강 뒤끝에 오는 치열함으로 어린이문학을 풍성하게 가꾸어나가시기를 바랍니다. 건강하십시오.

멀리 봄내에서

김상욱 올림

■ 찾아 읽기

이지호 「아동문학교육론: 동심(童心)의 문제를 중심으로」, 『문학과교육』, 1999년 여름.

원종찬 「마당을 나온 암탉론」, 『동화읽는어른』, 2000년 9월호.

황선미 『나쁜 어린이 표』, 웅진 1999.

——— 『까치 우는 아침』, 웅진 2000.

——— 『내 푸른 자전거』, 두산동아 1996.(개정판: 『늘 푸른 나의 아버지』, 두산동아 2001)

——— 『초대받은 아이들』, 웅진 2001.

——— 『들키고 싶은 비밀』, 창작과비평사 2001.

어린이문학, 선 자리와 갈 길

1

　지난 수년간 우리 어린이문학은 눈부시게 발전해왔다. 수많은 작품들이 쏟아져나왔고, 또 그 작가, 편집인 들의 노력에 부응할 만큼 더 많은 독자들이 형성되었다. 이후 씌어질 어린이문학의 역사는 기꺼이 지금 이곳에서의 눈부신 발전을 '황금시대'라는 빛나는 명칭으로 부르게 될 것이다. 그러나 이 황금시대를 이끌어가는 중심축을 가만히 살펴볼 때 석연치 않은 점들 또한 적지 않다. 무엇보다 어린이문학의 내적인 발전이 외적인 상황을 끌어가고 있다기보다, 거꾸로 현실이 문학을 앞질러 끌어당기고 있기 때문이다.

　어린이문학을 이만큼이나 진전시켜온 현실의 진원지에는 언제나 상업적 기획이 도사리고 있다. 더욱이 이 상업주의는 번들거리고 탐욕적이었던 예전의 면모를 벗어던지고, 누구에게나 호감을 줄 듯한 매끈한 얼굴로 화사하게 웃으며 우리 앞에 손을 내밀고 있다. 그러나 달라진 외모에도 불구하고 이 상업주의가 이윤의 창출을 여전히 가장 중요한 덕목으로 여기고 있음은 물론이다. 이들은 수줍게 마주 내미는 어린이문학의 손길을 팽개치고 휑하니 등을 돌릴 준비가 언제라도 되어 있다.

그나마 이들의 외면을 가로막고 있는 것은 독자들의 구매력, 구체적으로는 어린 독자들의 후견인 역할을 하는 어른들의 구매력 때문이다. 이들은 5, 60년대의 궁핍한 시대에 태어나 제대로 된 책 구경도 변변히 하지 못하며 자랐고 7, 80년대 폭풍의 시대를 거쳐오며 깨어 있는 정신이 어떻게 역사를 건사하는지를 줄곧 지켜봐온 세대들이다. 이들은 다음 세대의 우리 아이들에게는 궁핍함도, 어리석음도 결코 물려주고 싶어하지 않는다. 그 바람이 어린이문학을 이만큼이나 끌어온 것이다.

물론 이들 외적 현실이 어린이문학의 내적 발전에 많은 도움이 되었던 것은 부인하기 어렵다. 빛나는 작품들이 이 현실 안에서 자양분을 얻으며 태어나고 있으며, 수많은 작가를 길러내고 있기 때문이다. 그러나 외적 요구에 바탕을 둔 발전은 결코 자생적인 발전 혹은 안팎의 조화로운 전진에 비길 바가 못된다. 어쩔 수 없이 많은 왜곡을 초래하기 마련이다. 전체적인 양으로 보아서는 발전이지만, 그것은 특정한 부분의 지나친 도약과 또다른 부분의 정체, 과잉과 결핍으로 점철된 발전일 따름이다. 일본제국주의의 침탈로 양적 성장을 거듭한 식민지경제가 민족경제의 발전을 오히려 왜곡하고 변질시켰음을 거듭 상기할 필요가 있다.

특정한 양식의 이상 비대를 가장 잘 보여주는 것은 장르간의 불균등 발전을 들 수 있다. 문학의 기본장르에 해당하는 서정과 서사, 극 가운데, 서사장르만이 현재 어린이문학의 발전을 도맡아 감당하고 있는 것이다. 동시와 동극 장르는 답보하기는커녕 오히려 퇴행을 거듭하며, 문학 전체의 발전과는 무관하게 점차 고립되고 잠식되는 작은 섬으로 남겨지고 있다. 이는 서사가 현실을 현실 그 자체의 형식으로 표현하는 장르, 곧 삶의 형식에 기대어 있는 장르이며, 이것이 대중과의 접촉면을 넓히는 동인이 되고 있기 때문이다. 그리고 이 대중과의 접촉면이 현실적인 구매력과 직결되고 있다는 것은 명확하다.

이러한 지체와 퇴행이 서정장르인 시에 국한되는 것만은 아니다. 서사장르에 귀속될 수 있는 그림동화나 판타지 역시 자생력을 갖지 못한 채 미흡한 상태로 머물러 있다. 이들 양식의 기본구조가 서사로 이루어져 있음은 분명하다. 그러나 서사장르임에도 불구하고 이들 양식은 공통적으로 서정적 자질을 풍부하게 안고 있다. 그림동화는 전체적인 구도로 보면 서사장르이지만, 그 부분적인 장면들은 서정장르와 다르지 않다. 판타지는 오히려 부분적인 장면들은 서사장르이지만, 전체적인 구도는 그 자체가 은유(metaphor)라는 시적 원리로 이루어져 있다. 그림동화와 판타지는 서사장르이지만 각기 다른 방식으로 시의 양식적 특성을 자신의 내부에 담고 있는 것이다. 따라서 시의 발전 없이 그림동화와 판타지의 발전은 결코 기대할 수 없다. 이 내적인 발전을 감당하지 못하는 창작 역량과 서사장르에 기대하고 있는 대중적 요구로 말미암아 외국의 그림동화와 판타지가 무한정 직수입되는 기현상이 있게 된 것이다.

결국 어린이문학의 완미한 발전을 위해 선결되어야 하는 과제는 시정신의 회복이다. 그것은 곧 서정장르인 시의 본질에 충실하고자 하는 작가들의 치열한 노력이 그 어느 때보다 절실하게 요구된다는 것이다. 물론 시정신의 회복과 나란히 이야기 고유의 역동적인 힘도 놓칠 수는 없을 것이다. 그리고 이들 어린이문학의 두 계기가 서로 분리될 수 있는, 각기 다른 갈래의 특징이 아님을 놓치지 말아야 할 것이다. 동시와 동화 각각의 갈래 모두에 한층 긴밀하게 시정신과 산문정신이 결합되어 있는 것이 어린이문학의 특성이기 때문이다. 시정신의 회복과 서사적 힘의 획득이야말로 어린이문학이 지금, 여기에서 헤쳐나가야 할 과제인 것이다.

2

어린이문학의 내적 발전을 위해, 나아가 외적 현실에 끌려가는 어린이문학이 아니라 현실 그 자체를 역동적으로 수정·변화·발전시켜나갈 수 있는 어린이문학, 시정신과 서사적 역동성을 발견할 수 있는 문학작품이 지금 여기에 아주 없는 것은 아니다. 우리 어린이문학에는 그 계기들 또한 씨앗으로 끌어안고 있는 작품들이 분명 있을 터이다. 그 대표적인 작품은 2000년에 몸을 내민 김중미의 『괭이부리말 아이들』과 황선미의 『마당을 나온 암탉』이다.

두 작품은 적어도 어린이문학의 심화와 확대라는 점에서 대표적인 성과가 아닐 수 없다. 『괭이부리말 아이들』은 현실주의적 방법을 더한층 진전시킨 작품이며, 『마당을 나온 암탉』 역시 판타지의 초기 형태를 단단하게 펼쳐 보임으로써 어린이문학에서 판타지를 논의할 수 있는 바탕을 마련해준 작품이다. 그러나 두 작품은 방법적 차이에도 불구하고, 많은 공통점을 지니고 있다. 그 공통점을 두고 볼 때, 차이는 오히려 미미한 듯이 보인다. 구체적으로 살펴보면 더욱 확연해질 것이다.

두 작품의 두드러진 공통점은 먼저 제재를 들지 않을 수 없다. 두 작품은 모두 소외된 존재를 탐구 대상으로 설정하고 있다. 『마당을 나온 암탉』의 주인공 '잎싹'은 난용종 암탉이며, 폐계이다. 더이상 암탉으로서의 기능을 하지 못해 구덩이에 버려진 존재이다. 『괭이부리말 아이들』의 아이들 역시 버려진 폐계와 다를 바 없다. 아주 오래 전 형성된 '괭이부리말'이란 빈민지역에 사는 이 아이들은 부모로부터 버림받고 벽장 구석에서 본드를 마시며, 펄프에 깔려 숨진 아버지의 삶과 고통을 결코 잊지 못한다.

오늘날을 대표할 만한 우리 어린이문학의 두 작품이 여전히 삶의 고통

김중미 『괭이부리말 아이들』, 창작과비평사 　　　　황선미 『마당을 나온 암탉』, 사계절

으로부터 문학적 사유를 시작하고 있다는 점은 주목할 만하다. 다채로운 빛살로 펼쳐지는 삶 가운데 어둡고 칙칙한 고통이 유독 이들의 시야에 포착된 것은 이들이 삶의 현실성을 어떤 미적 자질보다 중시하고 있음을 뜻한다. 그리고 이 고통스러운 현실은 왜곡되고 은폐된 현상적인 삶을 바로잡고 들춰냄으로써 삶의 진정성에 한결 가깝게 다가서게 한다는 점에서, 이들 작가들이 문학의 본질적인 역할을 스스로의 역할로 정당하게 자리매김하고 있다는 것을 의미한다. 더욱이 삶의 고통이란 그동안 어린이문학이, 나아가 한국의 근대문학 전반이 힘겹게 획득해온 현실성이기도 하다. 하여 쉽사리 현상적으로 넘쳐나는 풍족함 속에 안주한 채, 무시해도 좋은 현실이 결코 아니다.

　현실의 고통을 문제 삼는다는 것은 단순히 제재의 문제로 그치지 않는다. 고통 그 자체를 핍진하게 드러내는 것이 전부일 수 없기 때문이다. 제재를 고통으로 설정한다는 것은 고통의 이면에 가로놓인 원인탐구와 함께 그 고통을 극복해가는 과정이 서사의 중심축으로 진입해 들어온다는 것을 뜻한다. 그것은 궁극적으로 드러나게 되는 희망과 결합되어 있다. 결국 고통과 희망이 서로 대립하는 가운데, 각축을 벌여나가는 것이 서사의 근간을 형성하게 되며, 이를 통해 서사적 본질이 더욱 풍부하게 개화될 여지를 앞질러 획득하게 되는 것이다. 따라서 두 작가의 예술적 실천이 이들 고통의 현실성에 튼튼하게 뿌리를 내리고 있다는 것은 향후 전개될 어린이문학의 발전이란 측면에서도 여간만 다행스러운 일이 아닐 수 없다. 서사의 본질에 대한 반성과 성찰이 어린이문학의 틀 안에서 거듭 숙고될 것이기 때문이다.

그러나 엄밀히 따져보았을 때, 두 작품이 닻을 내리고 있는 절망과 고통의 성격이 동일한 것은 아니다. 『마당을 나온 암탉』이 탐구하는 고통의 원인은 전적으로 존재론적이다. '잎싹'은 태어나는 순간부터 난용종 암탉으로 규정된 존재이며, 그가 겪는 고통의 본질도 존재 자체의 본성에 대한 회의로부터 비롯된 것이다. 결국 실존 자체를 돌파하는 것만이 그에게 허락된 유일한 희망이다. 이는 『마당을 나온 암탉』에서 획득한 판타지 양식이 알레고리로만 국한된 것에 기인한다. 작품이 만일 판타지의 본질적인 표지인 '머뭇거림'을 텍스트 내부에 끌어들였다면, 하여 현실세계와 판타지세계가 텍스트 내부에 공존할 수 있었다면, 존재론적 질문을 넘어 사회적 실천과 결합되는 지점을 반드시 획득했을 것이기 때문이다.

반면 『괭이부리말 아이들』이 탐구하는 고통은 존재론적이기보다 사회적인 속성을 갖는 것이다. 인물이 겪는 고통은 '괭이부리말'이란 특정한 현실공간 안에서 일어난 일들이며, 그 시간과 공간이 직조하는 현실성을 떠나서는 고통 자체가 무의미해져버리기 때문이다. 한편으로 상황이 초래한 고통은 자못 선명할 수 있으나, 그것이 과연 충분히 전형적인 것인가라는 질문을 제기해볼 여지는 충분하다. 과연 『괭이부리말 아이들』

에서 직조된 상황은 충분히 전형적인 상황인가? 그 상황은 우리 사회의 경향적 발전과 궤를 함께하는가? 쉽게 답할 수 있는 성질의 것은 결코 아닐 것이다. 그러나 한가지 분명한 것은 작가는 그것이 우리들이 몸담고 살아가는 현실의 본질적인 면모라고 평가하고 있다는 점이다. 그리고 『괭이부리말 아이들』에서 포착된 고통이 사회적 상황에서 기인하는 것이기에 그 희망의 궤적 또한 사람과 사람의 관계 속에서, 그 관계의 양상과 밀도를 한층 진전시킴으로써 획득되고 있다는 점이다.

3

사실 두 작품이 공통적으로 고통과 희망을 전하고자 함은 새로울 바가 없다. 그것은 아주 해묵은 어린이문학의 모티프이며, 오히려 고통 그 자체 속에 머무르는 것이 어린이문학의 발전을 한 단계 앞질러 보여주는 것일 수도 있다. 전망이란 추상적인 희망 속에서가 아니라, 어떻게 고통을 자신의 것으로 받아들이고 맞서 싸워나가는가에 달려 있기 때문이다. 따라서 정작 주목해보아야 할 것은 이들이 고통과 희망을 이야기하기 위해 미적 형상화의 방식으로 끌어들인 방법, 곧 이야기의 구조에 있다. 이야기 구조야말로 이야기가 몸담고 있는 예술적 실체이기 때문이다. 이들 두 작품은 미적 자질이란 점에서도 공통점을 지니고 있다.

그 첫번째는 공간의 상징성이 두드러진다는 점이다. 두 작품은 모두 공간 이동을 통해 인물의 발전을 도모한다. 『마당을 나온 암탉』의 경우 공간 이동은 수평적인 이동이 중심을 이룬다. 물론 닭장에서 마당으로의 이동은 수직적 이동이나, 그것은 이야기의 전개 자체를 가능케 하기 위한 최소한의 조건이란 점에서 문제시되지 않는다. 이를 제외하고 수평적으로 펼쳐지는 공간 이동, 곧 마당에서 저수지로, 다시 들판으로의 이동은 시시각각 이야기의 발전을 가능케 하며, 인물의 선택을 개연적으로 만드는 유효한 장치로 충분히 작동하고 있다. 물론 이들 공간은 단절된 공간이 아니라 끊임없이 되돌아오기도 하는 회귀 공간이며, 끊임없이 이전의 공간을 포괄하는 확장 공간으로 존재한다. 그것은 '암탉'이라는 잎싹의 문제적 특성 때문일 것이다.

반면 『괭이부리말 아이들』의 공간 이동은 중층적이다. 수직적인 공간과 수평적인 공간이 함께 상징적으로 구축되어 있다. 수평적 이동은 동수, 동준의 집과 영호의 집으로의 이동이다. 아이들은 여지없이 자신의 집을 떠나 새로운 공간 속에 몸을 풀고, 마음을 기댄다. 숙자나 숙희 또한 자신의 공간을 거느리기는 하나, 영호의 집을 모든 외적 갈등을 감싸 안는 안식의 공간으로 지각하기는 마찬가지이다. 또하나 문제적인 것은 수직적 이동으로 존재하는 명희의 공간이다. 명희는 '연수동의 아파트'에서 다시금 '괭이부리말'의 판잣집으로 이동해온다. 그것은 단순히 심정적인 이동에 그치지 않고, 현실공간 그 자체를 이동함으로써 안락한 중산층의 삶을, 그 허위의식을 극복해가는 유효한 매개로 설정되어 있다. 물론 그 이동이 충분히 매끄러운 서사의 발전 속에서 이루어진 것인지는 여전히 의문으로 남는다. 명희의 이동은 아무래도 석연치 못한 구석을 많이 남겨주고 있기 때문이다.

이 두 작품이 공간구도를 주요한 구성 장치로 활용하고 있다는 점은 우리 어린이문학의 발전에 시사하는 바가 크다. 지금까지 어린이문학에서 공간의 위상은 사건을 풀어놓는 개연적인 무대로서만 존재했을 뿐 주제 자체를 건사하는 주요한 거멀못으로서의 장치를 수행하지 못하였기 때문이다. 그러나 무릇 공간이란 서사의 보조적 역할을 수행하는 그 이상이다. 무엇보다 공간의 상징성을 포착하고 있다는 점은 이야기의 서사적 자질에 덧붙여 상징적인 시적 자질을 덧붙이고자 하는 기획의 결과가 아닐 수 없다. 적어도 모든 이야기는 상황 속에서 펼쳐진다. 그리고 그 상황은 추상적인 상황이 아니라, 구체적인 시공간에서의 상황이다. 따라서 시간과 공간에 대한 자각과 인식을 정교한 장치로 구상할 수 있다는 것은 서사의 본질에 한결 가까이 육박했음을 의미할 뿐만 아니라, 공간의 상징성 자체가 갖는 시적 자질로 말미암아 어린이문학이 갖는 고유한 특성을 더욱 확장한 것이 아닐 수 없다. 이는 판타지나 그림동화가 시적 자질과 관련을 맺고 있다는 점에서 향후 어린이문학이 놓치지 말아야 할 미덕일 것이다.

두 작품의 또다른 미적 장치는 중심인물의 변화이다. 그동안 어린이문학의 주요한 인물은 의당 아이들이었다. 특히 우리의 경우 그 대상연령은 기묘하게도 최대치가 초등학교 5, 6학년에 머물러 있던 것이 사실이다. 심지어 동물들이 등장하는 이야기에서조차 보편적인 인간적 특성을 지니기보다 유아적인 속성으로 제시되는 것이 일반적이었다. 그러나 이들 두 작품에서 중심인물은 명확하게 다른 양상을 지닌다. 『마당을 나온 암탉』의 중심인물은 암탉이다. 그 암탉이 던지는 질문들은 결코 어린아이들의 질문들이 아니다. 작품을 읽은 대부분의 어른들은 오히려 자신들에게 끊임없이 질문을 던지고 있어 곤혹스러웠다고 했다. 특히 모성의 문제를 전면에서 거론함으로써 어린이문학으로서는 다소 부적절하지 않은가 하는 의아심을 떨치기 어려웠다는 것이다.

『괭이부리말 아이들』에서도 이러한 양상은 다르지 않다. 주인공이라 할 수 있는 동수나 동준, 숙자나 숙희보다 오히려 변화의 중심은 김명희 선생님에게로 현저하게 기울어져 있는 느낌이 들었다. 적어도 이야기의 본질은 상태의 변화에 놓여 있다. 처음에는 어떠한 상태였는데, 서사가 진행되면서 이러저러하게 변모하는 것이 서사의 중심축인 것이다. 그런데 정작 작품 안에서 변화하는 존재는 아이들이 아니라 오히려 어른들이다. 영호는 어머니의 죽음 이후 그 헛헛한 구석을 채울 길 없는 상태로 시작하여 아이들을 가까이 둠으로써 위로받기에 이르는 것으로 끝난다. 또다른 어른에 속하는 인물인 김명희 선생님은 이 이야기 전반의 가장 중심적인 변화의 축으로 가장 극적인 변모를 보여주는 인물이다. 또있다. 동수의 변화가 그렇다. 동수는 가장 일그러진 모습으로 시작한다. 그러나 점차 회복하여 마침내는 건강한 노동자로서의 삶을 찾아나가는 것으로 끝맺고 있다. 이 이야기의 마지막 장면이 동수의 깨달음으로 끝나는 것은 작가가 무엇을 기획하고 있는지를 엿보게 한다. 그러나 동수 역시 초등학생이 아닌 것만은 분명하다. 적어도 작품 속에 떨구어져 있는 흔적들에 미루어 볼 때, 그는 고등학생쯤 된다. 더이상 어린이가 아닌 것이다.

인물의 무게중심을 아이들에서 어른들로 옮겨낸 것은 결코 내용의 변화가 아니다. 행위하는 인물이 아닌 사유하는 인물로 무게중심을 바꾼 것은 서사의 중심축을 사건에서 의식으로, 서사에서 묘사로 전환시킨 것으로 획기적인 미적 장치의 변화가 아닐 수 없다. 2000년의 가장 주목할 만한 두 편의 작품이 이러한 양상으로 펼쳐졌다는 것은 이제 우리 어린이문학도 새로운 변화를 현실적인 것으로 받아들일 시점에 놓이게 되었음을 의미한다.

그러나 이들 두 작품이 인물의 무게중심을 옮겨낸 것에 대한 평가 자체는 여전히 유보적이다. 문학사의 관점에서는 의당 환영할 만한 것이나, 문학사의 신기함만을 좇아 미적 완결성을 비롯한 고유한 특성들이 홀대되어서도 안되기 때문이다. 역사는 언제나 새로움을 향해 눈과 귀를 열어두고 있는 것이 사실이다. 그러나 생활은 역사와 다르다. 생활은 자신만의 고유한 거푸집이 더욱더 견고해지기를 바란다. 『마당을 나온 암탉』에서 시도한 판타지가 더욱 완벽한 판타지가 되기를 바라며, 『괭이부리말 아이들』에서 추구하고자 하는 현실주의가 더욱 견고한 현실주의이기를 바라는 것이다. 중심인물들을 확대하는 것도 필요하나, 기존의 인물들을 더욱 완벽하고 견고하게 구축해나가는 것도 역시나 중요하기 때문이다.

그것은 인물의 배치에만 국한된 문제가 아니다. 서술방법을 변화시키는 것도 기존의 역사적 성과를 적극적으로 받아들이는 가운데 이루어져야 한다. 중심은 의연히 존재하는 가운데 실험이 거듭되어야 하는 것이다. 예컨대 『괭이부리말 아이들』의 경우 이야기성의 회복이란 점에서는 높이 평가될 만하나, 그동안 현실주의적인 작품들이 획득해온 묘사의 핍진성을 저만큼 밀쳐두고 있다는 점에서 거듭 반성이 요구된다. 작품을 읽으며 이야기를 듣고 있다는 느낌, 날것 그대로의 경험을 기록하고 있다는 느낌을 떨칠 수 없었기 때문이다. 서사 본연의 이야기성도 물론 중요한 미덕이나, 묘사의 핍진성 또한 거듭 요구되어야 하는 미덕인 것만은 분명하다.

4

우리 어린이문학은 이제 새로운 출발점에 서 있다. 이는 그저 첫마음을 강조하기 위한 수사가 결코 아니다. 지금 여기 어린이문학의 내적인 발전이야말로 어린이문학에 쏟아진 관심에 부응하는 길이며, 그 관심을 지속적으로 유지해가는 것이기도 하다. 이는 어린이문학뿐만 아니라 어린이문학이 몸담고 있는 문학 일반, 나아가 문학이 기대고 있는 예술, 또 예술을 포괄하는 문화와 함께, 문화를 통해 비옥해지기도 하고 척박해지기도 하는 우리들의 삶의 질 전반과 밀접하게 관련되어 있기도 하다. 그 출발점에서 거듭 반성하며 되돌아보지 못할 때, 우리는 그 모든 가능성들을 자본의 손아귀에 속수무책 넘겨주게 될 것이다.

황선미와 김중미의 두 작품을 눈여겨볼 때, 우리 어린이문학이 선 자리와 갈 길은 다소 분명하게 드러난다. 그것은 무엇보다 현단계의 어린이문학이 어린이와 문학의 기계적이고 산술적인 합이 아니라, 문학의 독특한 한 장르임을 유감없이 입증해 보여야 한다는 점이다. 이는 곧 교육적인 계몽의 도구로서 어린이문학을 운위하는 수준을 넘어 문학으로서, 예술로서 어린이문학을 정당하게 끌어올려야 함을 의미한다. 두 작품이 공통적으로 공간의 상징성을 강화함으로써, 또 인물의 유형을 확대함으로써 문학성을 획득하고 있음은 살펴본 그대로이다.

그러나 어린이문학이 문학으로서의 자질들을 더한층 강화해야 한다는 주장은 언뜻 당연한 듯이 보이지만, 그 속을 들여다보면 그리 단순하지 않다. 단순하지 않은 까닭은 어린이문학을 문학의 다른 하위장르와 구분할 수 있게 하는 특질이 어린이에 있기 때문이다. 결국 어린이문학은 어린이를 위해 존재해야 한다는, 하여 성장에 필요한 정신적 자양분을 건네주어야 한다는 사회적 요청으로부터 결코 자유로울 수 없다는 사실이다. 계몽적인 속성은 그저 예술성에 전적으로 넘겨주어도 좋을 문제가 아닌 것이다.

문학성과 계몽성 가운데 그 어느 것도 포기할 수 없다는 사실은 한편으로 어린이문학을 어린이문학답게 만드는 것이자, 다른 한편으로는 어린이문학의 갈 길을 혼란스럽게 만드는 것이기도 하다. 예컨대 어린이문학의 역사적 발전과정을 살펴보면, 이 두 계기를 조화롭게 통합하지 못한 채, 각기 다른 편향으로 치닫고 만 사례들이 만만치 않다. 심지어 동시라는 양식의 명칭마저 폐기할 정도로 1960년대와 70년대의 동시는 문학주의로 치닫고 말았으며, 비슷한 시기의 동화는 정반대로 일정한 주제 아래 의도적으로 창작된 교훈주의적 작품 일색이 되고 말았다. 이 두 편향을 극복하는 데에 우리 어린이문학은 많은 노력과 시간을 기울여야만 했으며, 지금에야 그 성과들을 조금씩 발견하게 된 것이다. 그 성과들을 거듭 반추하며, 문학성과 계몽성이란 날카로운 두 벼랑 사이에서 팽팽한 긴장을 유지하는 일이야말로 우리 어린이문학이 지속적으로 발전시켜야 할 과제인 것이다.

문학성과 계몽성의 적절한 조화뿐만 아니라, 두 작품에 대한 탐구는 또다른 쟁점 역시 쉽게 이끌어낼 수 있게 해준다. 그것은 현실주의와 판타지라는 어린이문학의 주요한 두 양식이 어떻게 관련을 맺고 있으며, 어떻게 서로에게 힘이 되어야 할 것인지를 보여준다는 점이다. 둘은 공통적으로 현실을 바탕에 두고 있으며, 그 고통스러운 현실을 각기 다른 미적 형상화의 방식으로 구현하고 있다. 한 작품은 선명한 현실주의적 방법으로 형상화하고 있으며, 또다른 작품은 판타지세계를 창조함으로써 현실을 극복하고자 한다. 그러나 정작 이들 현실주의와 판타지는 충분히 개화한 것이라고 보기 힘들다. 현실주의적인 작품인 『괭이부리말 아이들』은 묘사의 핍진성을 비롯한 서술의 양상이 단조로운 반면, 『마당을 나온 암탉』은 현실의 고통을 존재론적인 것으로 파악함으로써 현실과의 접촉면을 현저하게 제한하고 있다. 결국 양자는 서로가 서로를 비추어보면서 미적 완결성을 획득하기 위해 노력해야 한다. 어린이문학의 다양한 양식들은 스스로의 경계를 끊임없이 확장해야 할 뿐만 아니라, 각자의 영역을 심화하기 위해 노력해야 할 시점에 이른 것이다.

물론 이들 선언은 구체적인 창작 실천에 힘입지 않고서는 고작해야 구두선이 될 따름이다. 이제 우리는 신발끈을 다시금 단단하게 묶고 새로운 도약을 위해 심호흡을 가다듬어야 할 때가 온 것이다. 그 결의로 가득 찬 당찬 눈길이 마침내 닿아야 하는 목표지점 또한 아주 분명하다. 그것은 곧 예술성과 현실성의 결합·통합이며, 양식의 심화와 확장으로 치달아야만 하는 것이다. '길이 시작되자 여행은 끝난다'는 루카치(G. Lukács)의 비유에 기댈 때, 이제 비로소 우리는 길 위에 서게 된 것이다. 다만, 여행은 끝나지 않고 본격적으로 시작되고 있는 것이다. 그 첫출발에 『마당을 나온 암탉』과 『괭이부리말 아이들』이란 두 작품이 나란히 어깨를 걸고 도약의 발판으로 존재하고 있다.

그렇다고 두 작품이 새로운 세기를 향한 도약의 시작이지 완성은 아니다. 그럼에도 썩 괜찮은 시작이라 자못 미래에 거는 설렘이 크다. 그 설렘을 구체적인 감동으로 고양시키기 위해서는 작가들의 노력이 어느 때보다 더욱 절실하다. 그 노력은 마침내 어린이문학의 황금시대를 명실상부한 것으로 채워나가는 굵고 튼튼한 지렛대가 될 것이다.

■ 찾아 읽기

원종찬 「마당을 나온 암탉론」, 『동화읽는어른』 2000년 9월호.

김중미 『괭이부리말 아이들 1·2』, 창작과비평사 2000.

황선미 『마당을 나온 암탉』, 사계절 2000.

루카치, 반성완 옮김 『소설의 이론』, 심설당 1985.

찾아보기

숲에서 어린이에게 길을 묻다
김상욱 아동문학평론집

초판 1쇄 발행/2002년 1월 25일
초판 12쇄 발행/2012년 8월 6일

지은이 / 김상욱
펴낸이 / 강일우
편　 집 / 신수진 김태희 박상육 김민경
펴낸곳 / (주)창비
등록 / 1986년 8월 5일 제85호
주소 / 413-120 경기도 파주시 회동길 184
전화 / 031-955-3333
팩시밀리 / 영업 031-955-3399 · 편집 031-955-3400
홈페이지 / www.changbikids.com
전자우편 / enfant@changbi.com

이 책은 전적으로 문학으로서의 어린이문학, 예술로서의 어린이문학으로 강조점을 이동하고자 기획되었다. 그러나 자칫 문학에 대한 지나친 강조가 어린이의 특수성을 간과하는 또다른 편향으로 기울지 않아야 함도 물론일 것이다. 어린이는 어린이문학을 가능케 하는 가장 중요한 내적 본질이기 때문이다. 따라서 문학으로서의 보편성과 어린이문학으로서의 특수성, 그 어느 한 편에도 치우침 없이 날카로운 긴장을 유지하고, 또 예술적 폭과 깊이를 모색하는 것이야말로 어린이문학이 가야 할 길일 것이다.

– '머리말' 중에서

값 18,000원

03810

9 788936 463076

ISBN 978-89-364-6307-6